नंगे शहर का सफरनामा

(उपन्यास)

नंगे शहर का सफरनामा

(उपन्यास)

सुभाष अखिल

प्रलेक प्रकाशन प्रा.लि.
Pralek Prakashan Pvt. Ltd.

प्रलेक प्रकाशन का लोगो विश्व प्रसिद्ध महान चित्रकार **मिकी पटेल** ने बनाया है।

ISBN : 978-81-945444-5-6 (Paper Back)

प्रकाशक

प्रलेक प्रकाशन प्रा.लि.

PRALEK PRAKASHAN PVT. LTD.

वितरक

JVP PUBLICATION PVT. LTD.
602, I-3 Global City,
Virar (west), Thane 401303, Maharashtra
Cell : 9833402902 / 7021263557
Email : pralek.prakashan@gmail.com
Website : www.pralekprakashan.com

पहला संस्करण : 2020

आवरण सज्जा : सचिन राठौर

आवरण चित्र : राज कमल

पुस्तक सज्जा : Jvp Publication Pvt. Ltd.

लेजर टाइप सेटिंग : आशीष कुमार पाठक

Nanghe Shahar Ka Safarnama :
Novel By Subhash Akhil

नंगे शहर का सफरनामा :
सुभाष अखिल

समर्पण

परम आदरणीय वरिष्ठ साहित्यकार
श्री उमादत्त दुबे 'अनजान' जी के प्रति
जो मेरे लिए कभी 'अनजान' नहीं रहे।
जिनके प्रशिक्षण ने हमेशा मुझे तराशा।
एवं
पिता तुल्य श्वसुर स्व.
गोविंद सिंह जी के प्रति—जब मैंने
उनमें पिता को दोबारा पाया!

स्नेह अर्पित

पत्नी भूमिका अखिल जी एवं सुपुत्री
सुश्री आकृति अखिल के प्रति
यदि आपका सहयोग न मिला होता,
तो पचास वर्ष बाद यह उपन्यास यूँ जन्म न ले पाता।

लेखक की ओर से

इसमें दो राय नहीं इस कोविड-19 या कोरोना वायरस ने पूरी दुनिया के तमाम सारे समीकरण गड़बड़ा दिए हैं। हमारे निजी जीवन से लेकर अंतरराष्ट्रीय संबंधों तक पर बहुत गहरा असर पड़ा है। यहाँ तक कि इस अतिसूक्ष्म, अदृश्य वायरस ने पूरी दुनिया को ही एक विश्व युद्ध के मुहाने पर ला खड़ा कर दिया। लाखों की तादाद में मानवीय जिस्म मिट्टी हो गए।

लेकिन हर विनाश में, एक नव-निर्माण के बीज भी छिपे होते हैं। धरती और जीवन का स्पंदन कभी रुकता नहीं है। यही इस उपन्यास के साथ भी हुआ। जब सभी कुछ 'लॉक डाउन' में लॉक कर दिया गया। ऐसे हालात ने हर इंसान को अकेला कर दिया।

यही अकेलापन, रचनात्मकता के लिए सबसे मुफीद समय होता है, जो हमें निराशा के माहौल में भी संयत बनाए रखता है। ऐसे समय में युवा मित्र जितेन्द्र पात्रो ने मुझसे संपर्क किया और 'दरमियाना' उपन्यास से, कहीं आगे का उपन्यास लिखने की चुनौती खड़ी कर दी। हालाँकि हमारी बात भी, 'किन्नर विमर्श' पर सबसे पहले आयोजित वेबीनार के साथ ही शुरू हुई थी।

एक लम्बे अज्ञातवास या एकांतवास ने चिंतन-मनन का अच्छा समय दिया। तब, करीब 40-50 वर्ष पूर्व के बहुत-से चित्र मेरे जहन में उभरने लगे। कुछ अपने और कुछ अपने आसपास के पात्रों से जुड़े। लगा कि 50 वर्षों में तो आधी सदी बीत जाती है और आधी सदी में, पूरी दुनिया ही बदल जाती है। इस तरह जितेन्द्र जी के आग्रह पर कुछ ऐसी कहानियाँ कुलबुलाने लगीं, जिनके कुछ अंश तो बरसों पहले बाहर आ चुके थे, मगर तमाम सारे चित्र—बाहर आने के लिए 'कैनवॉस' तलाश रहे थे। वर्ष 1971 से लेकर 1980 तक का दशक तेजी से पंख फड़फड़ाने लगा था। आजादी के बाद से, अब तक का यही एक ऐसा दशक है, जिसने दुनिया और देश के साथ ही—दिल्ली तक के इतिहास को भी तेजी से बदलते देखा है।

इसी बदलाव को रेखांकित करना, रोचक अनुभव रहेगा—यही सोचकर मैंने भी इसी दशक के काल खण्ड को, अपने इस उपन्यास के लिए अधिक रोमांचक पाया। आप जब मेरे साथ इस दशक की यात्रा पर निकलेंगे, तब पाएँगे कि इसमें ऐसा बहुत कुछ है, जिसकी आप कल्पना भी नहीं कर सकते। इस उपन्यास में, एक ऑटो चालक के नजरिये से तथा कुछ अन्य पात्रों के माध्यम से भी—ऐसे चित्र देखने को मिलेंगे, जो बेहद रोचक और रोमांचक होंगे।

यह सही है कि पाठक प्रायः ऐसी किसी रचना में अपने लेखक को तलाशने लगता है... मगर मेरा मानना है कि ऐसा करते हुए लेखक के प्रति कोई धारणा बना लेना उचित

नहीं है। लेखक तो जाने कहाँ-कहाँ कुलाचें भरता फिरता है! मैं यह नहीं कह रहा कि वह अपनी रचना में मौजूद होता ही नहीं। किन्तु हर रचना लेखक की ही 'कहानी' हो, ऐसा समझना भी उचित नहीं।

लेखक यदि पुरुष है, तो वह स्त्री पात्रों में... और लेखिका है, तो वह अपने पुरुष पात्रों में भी 'परकाया प्रवेश' करते हैं। यह उनका लेखकीय अधिकार भी है। तभी वे पात्रों के सही चरित्रों को पाठकों के समक्ष रख पाते हैं। मेरा पिछला उपन्यास किन्नरों पर था। ऐसे में परकाया प्रवेश करके, तृतीय लिंगी पात्रों में उतरकर, उनके चरित्रों को बाहर निकाल पाना भी सरल कार्य नहीं था। इसी प्रकार, यहाँ भी आपको तमाम ऐसे पात्र मिलेंगे, जिनकी सहज कल्पना करना भी आम पाठक के लिए आसान नहीं है। कुछ पात्र तो बेहद जटिल हैं... और यदि बारीक संवेदनात्मक चश्मे से न देखे जाएँ, तो पाठक उनके साथ नाइंसाफी करेंगे।

यदि वे सभी घटनाक्रम, पात्र, किस्से, प्रसंग, संदर्भ आदि आपको प्रामाणिक लगते हैं, तो इसे लेखकीय दक्षता माना जाए—न कि लेखक का जीवन! कोई भी लेखक, किसी भी कथानक या पात्रों को हवा से नहीं पकड़ता। वह हर घटना और पात्र, लेखक के आसपास ही होते हैं या हो सकते हैं। अब यह भी समझिए कि इस उपन्यास में अन्य पात्रों के अलावा स्वयं आप (पाठक) और 'दिल्ली' भी, एक पात्र के रूप में ही आए हैं। यहाँ आपको भी ऐसा ही लगेगा कि इस यात्रा के आप भी एक सहयात्री हैं।

दरअसल, हर महानगर के दो चेहरे होते हैं—एक दिन में और दूसरा रात में। मेरा यह मानना है कि एक ड्राइवर से बेहतर अपने शहर को कोई नहीं जानता। किसी भी बड़े महानगर की तरह दिल्ली भी अपने चेहरे बदलती है। ये चेहरे रात में कहीं ज्यादा बदरंग हो जाते हैं। यहाँ हम बात करेंगे कि 50 साल पहले की दिल्ली किस तरह धड़कती थी। तब से लेकर आज की आधुनिक दिल्ली का वह सफर कैसा था, जब आज के मॉल, मेट्रो, मल्टीप्लेक्स और मल्टी स्टोरीज बिल्डिंग्स के बिना—बेतहाशा धड़कती और जिंदादिल दिल्ली कैसी थी।

इसमें बहुत कुछ ऐसा है, जो आज वास्तव में है ही नहीं। आज के बहुत-से पाठकों के लिए तो यह कल्पना कर पाना भी आश्चर्यजनक रहेगा कि—'अच्छा, कभी ऐसा भी रहा होगा!' यह सफरनामा केवल दिल्ली का ही नहीं है, यहाँ के धीरे-धीरे बदल रहे इतिहास और भूगोल का भी है। यह संस्कारों और सोच के परिवर्तन का सफरनामा भी है। यह उस दौर की युवा पीढ़ी के संघर्षों का फलसफा भी है, जो युवाओं की बहुत-सी तकलीफों को सामने रखते हुए चलता है। इस कैनवॉस पर इतने रंग हैं कि आप हत्प्रभ रह जाएँगे।

'नंगे शहर का सफरनामा' पूरा ही नहीं हो पाता, यदि प्रयागराज (इलाहाबाद) में बैठे मेरे युवा मित्र रोहित मिश्र ने इसे कंप्यूटर के शेयरिंग सिस्टम से, वहाँ बैठे-

बैठे कंपोज़ न किया होता। यह इतना आकर्षक न बन पाता, यदि बड़े भाई मित्र राज कमल ने इसका इतना सुंदर आवरण न बनाया होता। इसका जन्म भी इतनी जल्दी न हुआ होता, यदि प्रलेक प्रकाशन के सीईओ पुत्रवत-मित्र जितेंद्र पात्रो ने इसे प्रकाशित करने का बीड़ा न उठाया होता।

आप सभी प्रिय मित्रों के प्रति मैं हृदय से आभार व्यक्त करता हूँ। अपने सुधी पाठकों के प्रति नमन!

सुभाष अखिल

अध्याय - 1

यह उन दिनों की बात है—जब जिंदगी से 'दो-दो हाथ' हो रहे थे। यानी एक तरफ हम थे और दूसरी तरफ हालात! ऐसा भी नहीं कि संघर्षों का यह दौर देखने वाले हम पहले या अकेले रहे हों! अब तक, जितना भी पढ़ा था—यही पढ़ा था कि संघर्ष तो इंसान को तपाकर कुंदन बना देते हैं। पीछे मुड़कर पाया, तो लगा कि सही भी तो है! सभी 'महान' लोगों को, उनके संघर्षों ने ही तो तराशा है।... किन्तु यहाँ अपने संघर्षों का बखान करना... या खुद के कोई महान होने का दावा ठोंकने का उद्देश्य कतई नहीं है।

उद्देश्य, मात्र आपका मनोरंजन है... और यदि आप किंचित भी संवेदनशील हैं, तो आपको—आपका शहर समझाने का ही उद्देश्य मात्र है। मेरा मानना है कि हर शहर के दो चेहरे होते हैं, एक दिन में और दूसरा रात में। फिर एक ड्राइवर से बेहतर, अपने शहर को शायद ही कोई जानता हो! कुछ आसपास, केवल पुलिस वाले भी जानते हैं और चोर-उचक्के भी, लेकिन उनके चश्मे से 'दिल्ली शहर' को देखने की नजर मेरे पास नहीं है।

हाँ, अपने चश्में से दिल्ली शहर को जो मैंने देखा, वह मैं आपके सामने रख रहा हूँ। हालाँकि मैं तो मात्र एक मामूली-सा ऑटो चालक हूँ... और आप यदि उस दौर के अपने 'शहर दिल्ली' को समझना चाहते हैं, तो यह यात्रा आपको मेरे 'ऑटो' में बैठकर ही पूरी करनी होगी!... इसके लिए आपको कोई किराया भी नहीं देना होगा, क्योंकि वह तो आपने 'उपन्यास' खरीद कर कर चुका दिया है। अब आप 'आभासीय' रूप से मेरी सवारी बनिए—और 'दिल्ली दर्शन' का आनंद लीजिए।

आपके सवार होने से पहले मैं आपको इस यात्रा के कुछ पिछले परिपेक्ष्य समझा देता हूँ—ताकि आप आगे के संदर्भों को भलीभाँति समझ सकें।

सो, हुआ यह कि अपुन ने दिल्ली विश्वविघालय से 'हिन्दी ऑनर्स' में स्नातक की उपाधि पाई। हर तरह से 'अयोग्य' घोषित कर दिए जाने के बाद अपना 'ग्रेजुएट' हो जाना, एक अचंभित करने वाली घटना थी।... मगर अब हो ही गए, तो स्वीकार भी किए ही गए। अपने एक 'हिन्दी प्रेमी' और भारत सरकार के एक प्रतिष्ठित 'केंद्रीय हिंदी संस्थान' में अधिकारी मित्र ने तुरंत 'ज्वाइन' करने का निमंत्रण दे डाला। दिल्ली के अरविंदो मार्ग पर तब यह ऑफिस हुआ करता था।

माता-पिता के हर्ष का ठिकाना नहीं—कि 'ऐसे नालायक को सरकारी नौकरी मिल गई!' बात भी सही थी—तब हायर सेकेंड्री के बाद टाइप सीखो, शॉर्ट हैंड सीखो, परीक्षा दो और तब बनो सरकारी बाबू!... जबकि यहाँ तो हम सीधे ही एक 'कनिष्ठ अधिकारी'

हो गए थे। अपने समकालीनों से सुना था कि यदि वे अंग्रेजी टाइप (टाइपराइटर पर) सीखते, तो कहा जाता कि आजकल हिन्दी की डिमांड है!... और यदि वे 'हिन्दी टाइपिंग' भी सीख लेते, तो कहा जाता—'बिना शॉर्ट हैंड' जाने कुछ नहीं होगा! यह बात पुराने लोग जानते हैं।

ऐसे में, हम भी और हमारे अपने भी, गददायमान थे—कि लड़के की जिंदगी सुधर गई। चलो शादी-ब्याह का सोचो! मगर हम तो कुछ और ही सोच रहे थे। दरअसल, इस सरकारी नोटिंग-ड्राफ्टिंग में हमें कोफ्त होने लगी थी। विभिन्न विभागों के सरकारी पत्र अंग्रेजी में आते और उनके 'सरकारी' उत्तर हमें हिन्दी में तैयार करने होते थे। ऐसा कुछ माह तो चला, मगर फिर अपना दम घुटने लगा! लगा कि मैं इस काम के लिए नहीं बना हूँ। मुझे 'कुछ और' करना है। बड़ी छटपटाहट महसूस होने लगी थी।

फिर किसी एक दिन, बिना किसी को सूचित किए—इस्तीफा दे दिया और उस 'तनाव' से 'मुक्त' हो गए। भाड़ में गई ऐसी नौकरी, जो दिल-दिमाग और फेफड़ों में 'खुली हवा के झोंके' न भरने दे!

❑❑❑

सो, नौकरी छोड़ सड़क पर आ गए।

अब जो होना था, वही हुआ। पूरी रात जाग कर काटी और हम आगे के सपनों में रंग भरने लगे। तय किया कि अभी और पढ़ना है। हालाँकि उस समय इतना भर हो जाना काफी था, पर मन नहीं माना।

अगली सुबह देर तक सोते रहे, तो पिता जी ने माता जी से कहा, "इस गधे को ऑफिस की चिंता है या नहीं!" आप में से बहुतों को आश्चर्य हो सकता है—विशेषकर हमारी युवा पीढ़ी को... कि तब पिता-पुत्र में सीधा संवाद बहुत कम होता था। सारी बातें 'वाया भटिंडा' (यानी पुत्र के लिए माँ और पिता के लिए उनकी पत्नी के माध्यम से ही होती थीं)।

सो माता जी ने, पिता जी की टाई की नॉट ठीक कर, उन्हें रूमाल-पर्स-ब्रीफकेस पकड़ा कर विदा किया—और फिर मेरे सिरहाने आ बैठीं, "उठ बेटा, ऑफिस नहीं जाना क्या?" कहते हुए उन्होंने मेरे बालों में आशीर्वाद की उँगलियाँ फिरा दीं!

"गए वो?" हमने आँख खोलते ही पूछा, तो वे मुस्करा दीं!

"हाँ गए... मगर इसका मतलब तू सोया नहीं था?"

"सोया तो था माँ, पर बहुत देर से सोया था। इसलिए उठने का मन नहीं हो रहा था।"

"और ऑफिस की चिंता नहीं है क्या?... क्या सोचेंगे वो लोग कि अभी-अभी नई नौकरी लगी है और ये इतनी लापरवाही कर रहा है!" माँ के चेहरे पर सबसे बड़ी संतान के भविष्य की चिंताएँ छलक आई थीं।

मैंने माँ को बाँहों में भरा और अपने बिस्तर पर ही खींच लिया, ''गए न वो... तो आओ, अब तुम भी थोड़ी देर मेरे साथ सो जाओ। सुबह से कामों में लगी हो!''

''हट!'' माँ ने एक लगाया, ''नालायक... अब उठ और ऑफिस जा।''

''कैसा ऑफिस माँ?'' मैंने यूँ ही पड़े-पड़े कहा, ''नौकरी तो मैं छोड़ आया!''

''बेटा यह मजाक का समय नहीं है राजा! उठ, तैयार हो!''

माँ उठकर जाने लगीं, तो मैंने हाथ पकड़कर फिर बैठा लिया, ''सच कह रहा हूँ माँ! मैंने नौकरी छोड़ दी! अब मैं मुक्त हूँ!'' मैं उठ बैठा और अपने दोनों हाथों को, हाथों की दिशाओं में ही फैला दिया। मुझे लगा था कि मैं इन बाहों में आसमान समेट रहा हूँ।

मगर तभी, माँ के चेहरे पर जैसे बिजलियाँ गिरीं—आसमान फट पड़ा। वे कुछ समझ ही नहीं पा रही थीं कि क्या कहें। फिर इतना ही कह पाईं, ''तू...तू... क्या कर रहा है राजा?''

मैं जानता था कि माँ की पहली प्रतिक्रिया यही होगी। फिर उन्हें बहुत प्यार से बैठाया और समझाया, ''इस काम में मेरा मन नहीं लग रहा था! मुझे लगातार लग रहा था कि मुझे कुछ और करना चाहिए! यह नोटिंग, ड्राफ्टिंग, फाइलिंग, टाइपिंग... और डायरी-डिस्पेच, 'यस सर—यस सर!' करना मुझे रास नहीं आ रहा था माँ! मुझे लगता है कि मैं कुछ और करने के लिए बना हूँ!... यह सब मुझसे नहीं होगा, प्लीज माँ! तुम चाहती हो न कि मैं 'बड़ा इंसान' बनूँ—वो मेरा वादा है। देखना, एक दिन तुम मुझ पर नाज करोगी!''

ब्ला-ब्ला-ब्ला! मैं जो कुछ भी कहता रहा, वह शायद माँ तक पहुँच ही नहीं रहा था।... या फिर, वे दो तरह के बवंडरों से आतंकित हो गई थीं—एक तो शायद मेरे भविष्य की चिंता से और दूसरे शायद 'घर में उठने वाले' तूफान से! उस सुबह मुझे उठाते-उठाते, उन्हें शायद 'शाम को आने वाले भूकंप' का अंदाजा हो गया था।

फिर वे कुछ और नहीं बोलीं। बस इतना ही कहा, ''चल उठ!...फ्रेश होकर नाश्ता कर!''

❑❑❑

ऐसी ही तो होती है माँ—आपको पूरा-पूरा समझती, सभी अहसास को खँगालती-सँभालती... और सभी तूफानों से आपको महफूज बनाए रखने वाली। उस दिन, जो मैं सुबह बाहर निकला, तो फिर देर शाम ही घर लौटा था। दिन-भर एम.ए. ज्वाइन करने को लेकर कॉलेज गया था। प्रिंसीपल साहब से सारी बातें तय हो गई थीं। वे पिछली पढ़ाई को कवर करवाने... और फीस तथा अटेंडेन्स की भरपाई करने की बात मान गए थे। इसमें मेरे एक तत्कालीन गुरुवर डॉ. नरेन्द्र कोहली ने भी मेरी सहायता की थी, जिन्होंने उन्हें समझाया था कि यह प्रतिभाशाली छात्र है—और हमारे कॉलेज के लिए

एक उपलब्धि भी! सो, दाखिले का प्रबंध तो हो गया था... मगर आमदनी का सवाल अभी बाकी था, क्योंकि यह तो पता ही था कि जब आपके द्वारा आ रही आमदनी खत्म हो जाए—और आप खर्चा बढ़ा लें, तो क्या होगा।

देखेंगे—क्या रहता है! तब यही सोचा था, मगर एम.ए. करना ही है—यह भी निश्चित हो गया था। इतना अनुमान भी हो रहा था कि कम से कम इससे तो बेहतर ही रहूँगा। हालाँकि इससे पूर्व भी, मैं पिता जी से कोई मदद नहीं लेता था—इसके बावजूद कि वे सक्षम थे! ऐसा भी नहीं कि वे देना न चाहते हों, मगर बस यूँ ही! एक घटना ने 10वीं क्लास में ही समझा दिया था कि—'पैसा कमाना, इतना आसान नहीं है!... जब कमाओगे तो पता चल जाएगा!'

❑❑❑

दरअसल, यही वह आप्त वाक्य था—जिसने फिर सारी जिंदगी ही बदल दी थी। मेरा मानना है कि जितना हम सभी तमाम सारी किताबों और महाग्रंथों से भी नहीं सीख पाते—उससे ज्यादा यह 'जिंदगी की किताब' हमें सिखाती है! तभी शायद हमारे पुरखों के पास किताबी ज्ञान न रहा हो, मगर उनके अनुभवों ने हमेशा उन्हें बहुत 'समृद्ध' बनाए रखा!

हुआ यह था कि दसवीं क्लास में, उस समय मेरा जेब खर्च 15 रुपये हुआ करता था। इसमें से 9 रुपये 25 पैसे फीस, सरकारी स्कूल में दे देने के बाद भी मेरे पास, पर्याप्त पैसे बच जाते। एक बार ऐसा हुआ कि किसी महीने की 10 तारीख हो गई और पिता जी जेब खर्च देना भूल गए... या हो सकता है कि उन्हें कोई आर्थिक तंगी रही हो। लेकिन इससे अपनी 'अर्थ-व्यवस्था' भी तो गड़बड़ा गई थी, जो उन्हीं के 'अनुदान' पर निर्भर थी... और जिसे हमने गलती से अपना अधिकार समझ लिया था।

और एक शाम जब पिता जी घर आए, तो हम अपना 'कथित उधार' वसूलने पहुँच गए, "दस तारीख हो गई—आपने अभी तक मुझे पॉकेट मनी नहीं दी।"

अब कह नहीं सकते कि उन्होंने हमें किस निगाह से देखा, मगर देखा घूर कर ही था! शायद उन्हें लगा हो कि 'हम अपने पुत्र होने की फिरौती' माँग रहे हैं... या फिर किसी मजदूर संगठन के नेता वाला कोई 'तुच्छ प्राणी'... फिर हमारा अंदाज भी तो अधिकार वाला ही था। यह और बात है कि हमारे बीच यूँ भी ज्यादा संवाद नहीं होता था—और उस दिन अचानक हुआ भी, तो—केवल डिमांड के लिए!

"तुझे और कुछ भी सुझाई नहीं देता?... रात-दिन पैसे-पैसे?... पैसे की कुछ कद्र भी है?...जब कमाओगे—तो अक्ल ठिकाने आ जाएगी।.... एक-एक पैसा कैसे कमाया जाता है, कुछ इल्म है?..." वे कहते तो बहुत कुछ रहे, मगर इससे आगे मैंने कुछ सुना ही नहीं।

किन्तु उनकी दूसरी बात ने मुझे बुरी तरह झकझोर दिया था—'पैसे की कुछ कद्र भी है, जब कमाओगे तो अक्ल ठिकाने आ जाएगी!' उनकी बाकी सारी बातें मुझे अपनी कमीज पर चढ़ आई धूल की तरह लगती रहीं... और मैं प्रायः उन्हें झाड़ भी देता था, मगर इस बार 'चोट' सीधे अपने स्वाभिमान पर लगी थी।.... और बहुत गहरे लगी थी।

एक दसवीं क्लास का मासूम-सा बच्चा जो और बच्चों की तरह का नहीं था। न उतना वाचाल, न उतना जागरूक, न उतना सूचना-समर्थ... और न उतना संपर्क-वान!... लेकिन पिता जी के उस आप्त-वाक्य ने जो संदेश दे दिया था, वस्तुतः 'नंगे शहर का सफरनामा'—तो तभी से शुरू हो गया था।

❑❑❑

उनकी 'ब्ला-ब्ला' को वहीं छोड़, मैं दूसरे कमरे में चला आया था। अपने पढ़ने की मेज पर एक हाथ की हथेली पर, दूसरी को टिका कर—ऊपर माथा रख दिया था!... उनके वे शब्द बार-बार, चीख कर प्रतिध्वनि कर रहे थे—'कमाओगे, तो अक्ल ठिकाने आ जाएगी!' बस उसी मुद्रा में, अभी यह मंथन चल ही रहा था कि—अक्ल का अंतिम ठिकाना कहाँ है... माँ चली आईं। हालाँकि मैं इतना बड़ा नहीं था कि सोच पाता—मैं, माँ और पिता का संयुक्त 'टापू' हूँ... और यह भी नहीं समझ पाता था कि मेरी माँ—मेरी माँ होने के बावजूद—मेरे पिता की पत्नी भी हैं! इन पर 'किसका अधिकार' बड़ा है?... मेरा या उनका?

माँ आईं और फिर मेरे सिर पर एक लगाया (यह तो उनका कॉपीराइट था—उनकी रचना जो था मैं)। उनके हाथों में पंद्रह रुपये थे, जो उन्होंने मेरी ओर बढ़ा दिए, "ये ले—नालायक कहीं का!"

"ये क्या है?" मैंने पूछा था।

"तुझे इतनी शरम नहीं राजा कि पिता जी अभी ऑफिस से थके-हारे आए हैं। हजार परेशानियाँ उनके मन में होंगी और तू सीधे पैसे माँगने चला गया?... थोड़ी देर बैठने देता, कुछ हँस-बोलकर बात करता!... तू तो सीधे पैसों पर पहुँच गया!"

झटके-से लगा कि माँ सही कह रही थीं। वे कहे जा रही थीं, "कुछ परेशानी भी तो हो सकती है बेटा!... आर्थिक या दफ्तर की भी हो सकती हैं।" ध्यान आया कि पिता जी विजिलेंस अधिकारी हैं। ऐसा भी हो सकता है कि वे दफ्तर के किसी तनाव में हों।... मगर अब जो हो गया था, वह तो हो ही चुका।

मैंने माँ के दिए पंद्रह रुपये उन्हें लौटा दिए, "नहीं माँ!... मैंने बुरा नहीं माना! उन्होंने आज मुझे 15 रुपये से ज्यादा बड़ी सीख दे दी है।... अब ये पैसे मैं कभी नहीं लूँगा!" वे रुपये मैंने माँ को लौटा दिए।

"अच्छा-अच्छा, ठीक है। रख ले... बड़े हैं, बाप हैं तेरे—कोई बात कह भी दी, तो बुरा मानेगा?... इतनी नाक वाला हो गया तू?" माँ कुछ विचलित-सी हो गई थीं।

मैंने भी अपनी नाक पर हाथ फेरा, "हाँ, नाक तो है माँ! इसी लिए आज के बाद से, कभी भी, मैं उनसे कोई पैसा नहीं मागूँगा!"

तब शायद पहली बार माँ को लगा था कि उसका बेटा बड़ा हो गया—मगर इतनी जल्दी... और इतना बड़ा हो जाएगा—इसकी कल्पना माँ ने पहले से नहीं की थी!

"चल, अब जाने दे—रख ले।" माँ ने इस बार बहुत प्यार से मेरे सिर पर हाथ फेरा था।

"नहीं माँ, आप ये पैसे उन्हें लौटा दें और कह दें कि अब कभी नहीं माँगूगा!" यह मेरा अंतिम निर्णय था। उस समय मैं दसवीं कक्षा का छात्र रहा हूँगा।

❑❑❑

हमारे समाज की तब यही शायद सबसे बड़ी विडम्बना हुआ करती थी कि माँ, पति और युवा हो रहे पुत्र के बीच एक पेंडुलम बन जाया करती थी।... इधर से उधर—और उधर से फिर इधर! सच पूछें, तो यह संबंधों की बहुत जटिल बुनावटों का समय था, जहाँ प्रत्यक्ष संवाद की संभावनाएँ तो बहुत ही कम हुआ करती थीं। साहस ही नहीं हुआ करता था या फिर इसे मर्यादा समझ लिया जाता था।

सो, मेरे पंद्रह रुपये महीने का जेब खर्च, उस दिन से बंद हो गया।... हो क्या गया, मैंने खुद ही कर दिया। 'अब, जो खुद अपने पाँव पर कुल्हाड़ी मारी हो, तो पछतावा कैसा?' यही वह पहला विचार था, जिसने आगे सोचने की ताकत दी थी।

बस, यहीं से शुरू हुआ था—शहर का सफरनामा और अब तक यह नहीं पता था कि यह शहर 'नंगा' भी है। चाचा जी ने एक साइकिल दिलाई थी—शायद अपनी नौकरी लगने पर,उसकी खुशी में!... और यह भी हमें पता ही था कि अपने अध्ययन काल में, उन्होंने भी लोगों के घरों में 'अखबार' डाले हैं। हमने भी एक परिचित के माध्यम के पता किया, तो जाना कि—आज जहाँ आर. के. पुरम के मुख्य प्रवेश द्वार पर 'हयात् रेजेंसी' पाँच सितारा होटल खड़ा है, वहाँ कभी 'राज टाकिज' हुआ करता था, जो टीन की चद्दरों से बना था। इसी टाकिज कि टीन में हो रखे या कर दिए गए सुराखों में से छाँककर कभी हम भी चोरी-छिपे, सिनेमा के कुछ चित्र देख लिया करते थे, जब तक पीछे से डंडा नहीं पड़ जाता।

उसी चौराहे पर, सारे अखबारों की गाड़ियाँ सुबह 3-4 बजे के आसपास आती हैं और सभी एजेंट अपने ग्राहकों की संख्या के अनुसार अलग-अलग अखबारों की प्रतियाँ लेते और अपने हॉकरों में वितरीत कर देते। ये हॉकर मेरी ही उम्र के आसपास के युवा होते थे। अपने एक परिचित की मदद से मुझे यह काम मिल तो गया, मगर घर पर अभी बताना नहीं था। यह भी एक विवशता थी, इसलिए सुबह 3-4 बजे 'सैर' या 'साइकिलिंग' के नाम से मैं निकल जाता—और दी गई सूची के अनुसार अखबार डालता रहता!

कहते हैं न! ऊपर वाला जब आपकी दिशा और दशा तय करता है, तो रास्ते भी उसी के अनुसार बनाता चलता है। ऐसा प्राय: होता है कि जब हम चल रहे होते हैं तो अनेक बार गन्तव्य पता नहीं होता कि जा कहाँ रहे हैं, या कि जाना कहाँ है!... और अनेक बार ऐसा भी होता है कि हमारी अनिश्चित यात्रा ही, हमारा निश्चित गन्तव्य तय कर देती है। हम उसी दिशा की ओर बढ़ रहे होते हैं—जहाँ पहुँचना हमारा प्रारब्ध होता है!

❑❑❑

आगे चलते हैं!... वस्तुतः 'सफरनामा' तो यहीं से शुरू हुआ था, क्योंकि अपनी जिंदगी ने भी—अपने दम पर, इस दुनिया को समझने—और 'कमाने' के गणित की चुनौती खड़ी कर दी थी।

मामला तय हुआ कि मैं अपने क्षेत्र में नहीं डालूँगा, बाकी कहीं भी पेपर डालने में मुझे परेशानी नहीं थी। अपनी सुविधा के अनुसार—मैंने सरोजिनी नगर चुना और वह मुझे मिल भी गया।

'सफरनामा' यहीं से शुरू हुआ था—यह मैंने इसलिए कहा था कि सुबह-सुबह 3-4 बजे साइकिल लेकर निकल पड़ना... और दरवाजे-दरवाजे अखबारों के बंडल पर रबड़ चढ़ाकर इन्हें फेंकने का अभ्यास होने लगा था!... और हाँ, धीरे-धीरे 'निशाना' भी 'स्टीक' बैठने लगा था। यानी—जहाँ फेंको, वहीं गिरे। यूँ भी, सरोजिनी नगर के फ्लैट दो—मंजिला ही थे, इसलिए ज्यादा कठिनाई नहीं थी।

अखबार डालते-डालते यह भी पता चलने लगा था कि कौन-सा पाठक 'The Times of India' पढ़ता है, कौन 'नवभारत टाइम्स' कौन 'दैनिक हिन्दुस्तान' आदि और कौन 'The Indian Express' वगैरा-वगैरा। इसी तरह सभी अखबारों और उनसे जुड़े पाठकों को समझने की अक्ल आने लगी थी, लेकिन यह सवाल भी मन में उठने लगे थे कि एक खास पाठक, एक खास अखबार ही क्यों पढ़ता है?... और होता क्या है इन अखबारों में कि कोई इंसान इन्हें रोज पढ़ता है! हम से तो, तब अपनी किताबें ही नहीं पढ़ी जा रही थीं।

जिनके भी घरों में अखबार आता है, वे नहीं जानते कि ये लड़के, जो आपके घरों में अखबार डालते हैं—इनके जीवन का यथार्थ क्या है? आँधी, बारिश, तूफान, भूकंप—कुछ भी हो!... मगर अखबार आपको हमेशा मिलता ही है। थोड़ा देर-सबेर सही।

अब, जो लड़के सुबह 3-4 बजे आते थे, सभी भूखे-प्यासे होते। बस वहीं, एस.एन. (सरोजिनी नगर) मार्केट के कोने पर 'शंकर टी स्टाल' नाम से, हम जैसे लड़कों का 'ठिकाना' या कहें—कि 'अड्डा' बन गया था। सभी लड़के पेपर डाल लेने के बाद, वहीं जमा हो जाते और शुरू हो जाती—'उस उम्र की चुहलबाजी' हँसी-मजाक, गाली-गलौज, जुमले-चुटकुले!

❑❑❑

इसी दौरान अपने मन में कुछ सवाल उठने लगे थे। मैं समझ गया था कि मैं 'इन लड़कों' जैसा नहीं हूँ। मुझे उनकी बातों में कोई रस नहीं आता, तो मैं चाय के साथ 'रस' और 'फैन' या 'मट्ठी' जैसी किसी खुराक के साथ सुबह-सुबह अपनी भूख को प्रणाम करता। शायद मेरी सोच, परिस्थितियाँ, हालात और मेरे संस्कार उनसे अलग थे या फिर मेरा प्रारब्ध कुछ और था, जो ईश्वर ने मेरे लिए निर्धारित कर दिया था।

धीरे-धीरे मैं समझने लगा था कि जिन घरों में मेरे द्वारा 'कल का' डाला गया अखबार नहीं उठाया गया, उस घर में, मुझे अगले दिन अखबार नहीं डालना चाहिए। मैं सोचने लगा था कि कई दिनों के 'रबड़ चढ़े' अखबार पड़े देखकर कोई भी चोर समझ सकता है कि ये लोग कई दिन से यहाँ नहीं हैं!... जबकि केवल एक 'बंद पड़ा अखबार' उनके यहाँ न होने की चुगली नहीं करेगा।

इस बारे में जब मैंने अपने 'ठेकेदार अंकल' को बताया, तो कहने लगे, ''बेवकूफ मत बन! वे जब आएँगे और उन्हें पूरे अखबार नहीं मिले, तो हमारे पैसे कटेंगे... और मेरे पैसे कटेंगे, तो मैं तेरे पैसे काटूँगा।''

''नहीं, आपके पैसे नहीं कटेंगे।'' मैंने पूरे आत्मविश्वास से कहा था।

''तू कल का लौंडा, मुझे बताएगा कि यदि अखबार नहीं मिला, तो वो पैसे नहीं काटेंगे?'' अंकल की भृकुटियाँ तन गईं—जैसे किसी रंगरूट ने, अपने उस्ताद को ही ललकार दिया हो!

''बल्कि आपको दोहरा फायदा होगा!'' मैंने फिर अंकल के सम्मान में एक मिर्च पेश कर दी। इस बार, उनका मुँह खुला का खुला रह गया!

उन्होंने मुझे हड़काया नहीं, तो मेरा कुछ साहस बढ़ा, ''देखिए!... वैसे भी जब कोई ग्राहक एक अखबार बंद करवाकर, दूसरा शुरू कराता है—या जो अखबार हमारे पास किसी भी कारण बच जाते हैं, तो हम उस अखबार का 'मास्ट हैड' (यानी हर अखबार का 'माथा', 'नाम या टाइटल' जिस पर उस अखबार का 'गुरुर' होता है... और उस दिन की तारीख छपी होती है) फाड़कर कंपनी को भेजते हैं न... तो फिर उस अखबार की कंपनी, उस 'मास्ट हैड' के आधार पर, उस प्रति की वसूली हमसे नहीं करती!... बाकी बचा अखबार तो हम रद्दी में ही बेचते हैं—उसकी कीमत, मूल प्रति की कीमत से तो कम ही होती है न!''

उस्ताद अंकल चुप!

''अब समझिए कि जिन घरों में कई दिनों तक ताले लगे रहते हैं, उनके यहाँ रबड़ चढ़े अखबार भी कई दिनों तक पड़े रहते हैं! इसी से चोरों को पता चल सकता है कि यह घर इतने दिनों से बंद है!''

अंकल अब मुझे कुछ इस तरह देख रहे थे कि मानो उन्होंने रात में ही, अगली सुबह का सुरज उगता देख लिया हो! मैंने फिर साहस किया और अपनी बात आगे बढ़ाई, ''अब हम क्या करेंगे कि जिन घरों में ताला लगा होगा, वहाँ अखबार नहीं

डालेंगे!... और उन बचे हुए अखबार के 'मास्ट हैड' फाड़कर हम कंपनी को भेज देंगे। साथ ही, हर घर के हिसाब से, उसका अखबार 'नंबर डालकर' सुरक्षित रखेंगे—जो उनके लौटने पर हम उन्हें सौंप देंगे!''

मैंने देखा कि अचानक उस्ताद जी की आँखों में चमक आ गई। मैंने आगे बताया, ''मास्ट फाड़ने और उनके घर की सुरक्षा के लिहाज से, रोज अखबार न डालने का कारण, जब हम उन्हें बताएँगे, तो वे हमें कम से कम एक कप चाय जरूर पिलाएँगे।.... और हाँ गुरुजी, मास्ट हैड फाड़ने के बाद हमें बाकी अखबार को रद्दी में बेचने से जो मिलता है—उससे यह मुनाफा कहीं ज्यादा है!... कंपनी उतने दिनों के अखबार का पैसा हमसे लेगी नहीं... और ग्राहक हमें पूरे पैसे भी देगा!''

उस्ताज्जी झटके से उठे, तो मैं डर गया!... मगर उन्होंने मुझे बाँहों में भरकर मेरा माथा चूमा, फिर बोले, ''बेटा!... शंकर से कह दियो—कल से तेरी चाय-मट्ठी, या जो भी तू खाए-पीए वो सब मेरी तरफ से!... और हाँ अब सरोजिनी नगर से लेकर, नौरोजी नगर तक का, तू ही इंचार्ज रहेगा!'' शायद 'जिंदगी के सफर' में यह मेरी पहली प्रमोशन थी—चाय और मट्ठी के साथ 'एक अडिशनल इलाका!'

❑❑❑

खैर, इसका एक बहुत बड़ा लाभ मुझे यह हुआ कि अब जो अखबार बच जाते, उन्हें 'शंकर टी स्टॉल' पर आकर मैं खुद पढ़ने लगा! चाय-मट्ठी-फैन-बिस्कुट की समस्या भी खत्म! कई बार दो-दो चाय और चार-छह मट्ठियाँ हो जातीं, मगर अखबार छोड़ने का मन ही नहीं होता था। मेरे इस आइडिया से उस्ताज्जी की आमदनी में भी इजाफा हुआ था।... और धीरे-धीरे मेरी नॉलेज भी कुछ बढ़ने लगी थी, मगर फिर भी बहुत सी बातें मुझे समझ नहीं आ रही थीं।... जैसे राजनीति, देश-दुनिया, अर्थशास्त्र... कुछ भी समझ नहीं आता। हाँ, मगर पं. नेहरू के बाद शास्त्री जी और फिर इंदिरा जी की सरकारों के तौर-तरीके बदलने लगे थे। हालाँकि ज्यादा समझ कुछ नहीं आता था!

ज्यादातर वे खबरें चौंकाने लगी थीं, जो 'धमाकेदार' होती थीं—गोली चली, बम फटा, चार मरे, पाँच घायल, हत्या, डकैती, लूट, बलात्कार, भाषण, उद्घाटन—तब यह तो नहीं सोच पाता कि यह क्या हो रहा है... या क्यूँ हो रहा है?... मगर इतना जरूर सोचने लगा था कि 'वो आदमी कौन होता है, जिसे सबसे पहले यह पता चल जाता है कि—यहाँ यह हो गया!... और उसे कैसे पता चलता है कि यह सब हो गया?... अमेरिका में भी, रूस और जापान में भी?'

आश्चर्य तो बहुत हुआ करता था... और धीरे-धीरे मन यह स्वीकार भी करने लगा था कि मैं—वही आदमी बनूँगा, जिसे सबसे पहले यह पता चल जाता है कि यहाँ—यह हो गया! (उस समय पत्रकारिता के पेशे का उतना प्रचार-प्रसार नहीं था और कोई

आम इंसान पत्रकार बनना भी नहीं चाहता था। शायद इसमें लाभ कम और जोखिम ज्यादा रहता रहा हो।)

यही मेरे जीवन का सबसे बड़ा टर्निंग पॉइंट था। निर्णायक क्षण—जब एक दसवीं क्लास के लड़के ने अपने लिए एक दिशा निर्धारित कर ली थी शायद। शायद इसलिए—कि आगे की एक बहुत लम्बी यात्रा... और एक ऐसी यात्रा, उसकी प्रतीक्षा कर रही थी—जिसका ओर-छोर भी दूर तक ज्ञात नहीं था... और यह भी नहीं कि यह यात्रा—आगे कितनी दुर्गम होने वाली है।

❑❑❑

आर.के. पुरम के उसी चौराहे पर, 'The Times of India', नवभारत टाइम्स' अखबारों और 'धर्मयुग', 'सारिका', 'दिनमान', 'पराग' और 'माधुरी' जैसी पत्रिकाओं के नामों से सजी एक गाड़ी रोज आया करती थी। 'पराग' तो मैं खुद भी पढ़ा करता था। इतने दिन से यह गाड़ी रोज अखबार ला रही थी मगर, मैंने ही उस गाड़ी को इतने ध्यान से नहीं देखा था या कहिए कि ऐसा विचार ही मन में नहीं आया था... मगर एक दिन, जब उस गाड़ी ने हमारे 'राज टाकिज' वाले सेंटर पर, हमारी रसद उतारी, तो मैं उस गाड़ी के ड्राइवर अंकल से पूछ बैठा, "अंकल! मैं देखना चाहता हूँ कि ये अखबार छपते कैसे हैं?"

अंकल कोई दयावान सज्जन थे। पहले मुस्कराए, फिर बोले, "आ जाना पुत्तर, दिखा दूँगा!... आईटीओ पर 'टाइम्स ऑफ इंडिया' का दफ्तर पूछना—वहाँ पहुँच कर मेरा नाम ले देना—राम लाल (या शायद श्याम लाल)।"

कुछ ऐसा ही बताया था उन्होंने। अब मुझे वह 'अखबार' छपते हुए देखना था, जिसे रोज एक रबड़ चढ़ाकर मैं उछालता आ रहा हूँ। बस, फिर क्या था! वह रात, पता नहीं कितनी कल्पनाओं में कटी—कैसे बनता होगा अखबार?... कहाँ से आती होंगी खबरें?... कैसे होती रही होगी उन खबरों की—खोज-खबर? फिर लिखी कैसे जाती हैं—और फिर, वह छपा रूप में कैसे सामने आ पाती हैं? सवाल-दर-सवाल!

अगली सुबह मैंने अंकल से मिलने का आग्रह किया, तो बोले, "शाम को आना बेटा! अखबार की दुनिया में, सुबह कुछ नहीं होता! पर हाँ, एक बात और याद रखना बेटा कि जब दुनिया सुबह सोकर उठती है—तब, प्रेस इंडस्ट्री सोती है! इस तरह समझ कि जब तू अखबार डालकर अपने घर जाता है न बेटा... तब हम दुनिया को जगाते हैं... सोते से भी—और जागरूकता के लिहाज से भी!"

फिर बाद में समझ आया कि आपके घर में अखबार डालकर मैं ही तो जगाता हूँ आपको... और फिर घर जाकर सो जाता हूँ। उसके बाद ही दुनिया में वे सारी घटनाएँ घटती होंगी, जो कल के अखबार की सुर्खियाँ बनेंगी।

❑❑❑

इस 'सफरनामे' का अगला महत्त्वपूर्ण सफर, अगली शाम को शुरू हुआ! मैं नैकर पहने, अंकल के बताए पते की ओर बढ़ गया था। पता था—'नवभारत टाइम्स' या 'The Times of India' 7, बहादुरशाह जफर मार्ग, नई दिल्ली। किसी तरह आई टी ओ पहुँच कर, 'टाइम्स हाउस' पहुँचा था! अरे बाप रे! इतनी ऊँची बिल्डिंग!... और बिल्डिंग भी ऐसी कि जिसे बाहर से समझ पाना तो नामुमकिन ही था। थोड़ी अक्ल लगाई और द्वार पर खड़े 'दरबान साहब' से पूछा, "मुझे श्याम लाल अंकल से मिलना है!"

उन्होंने एक बड़े-से द्वार का आधा भाग खोला और मुझे अंदर आने दिया, "इनसे पूछ!"

द्वार के ठीक सामने से कुछ सीढ़ियाँ ऊपर जा रही थीं, मगर बायीं तरफ कुछ आँटियाँ, नीचे बैठे हुए थीं और हर आने-जाने वाले से सवाल कर रही थीं।

"हाँ बेटा, कहाँ जाना है?" तभी एक आंटी ने मुझसे पूछा था।

"जी मुझे वो... वो राम लाल जी... नहीं-नहीं श्याम लाल जी अंकल से मिलना है!"

"कौन राम लाल, श्याम लाल?"

"जी... वो..." मैं अचकचा गया था। कुछ भी कहते नहीं बन पा रहा था। मैं इससे ज्यादा परिचय तो जानता ही नहीं था। उन्होंने बताया भी नहीं था।

"कौन-सा डिपाटमेंट है बेटा?" उन्होंने फिर पूछा?

"जी, वो क्या होता है?" मैं फिर अचकचा गया।

"हमारा मतलब, क्या काम करते हैं, तुम्हारे अंकल?"

"जी, वो मैं लोगों के घरों में आपका अखबार डालता हूँ... और अंकल आर.के. पुरम में अखबार की गाड़ी लेकर आते हैं!"

तभी एक दूसरी 'आंटी' (रिसेप्शनिस्ट) समझ गईं, जो हमारी बात सुन रही थीं, "सुन, ट्रांस्पोर्ट डिपार्टमेंट में हैं एक श्याम लाल जी!... मगर इसे यहाँ से नहीं, पीछे से भेज!" उन्होंने पहले वाली आंटी से कहा।

"देखो, तुम ऐसा करो—यहाँ से बाहर निकल कर, 'एक्सप्रेस बिल्डिंग' के बराबर से एक गली अंदर जा रही है, वहाँ से जाओ... और इसी बिल्डिंग के ठीक पीछे जाकर, अपने ड्राइवर अंकल को पूछना!... ठीक है?"

मैंने 'हाँ' में गर्दन हिला दी... और करता भी क्या?

पीछे पहुँच कर जैसे-तैसे श्याम लाल अंकल को पूछा और अंततः उन तक पहुँच ही गया। वे अपने साथियों के साथ चाय पीते हुए, ताश खेल रहे थे। मैंने उन्हें पहचान कर नमस्ते किया, फिर कहा, "अंकल, मैं राजा!... वो आपने बुलाया था न!"

"मैंने, अबे मैंने कब बुलाया बेटा?" वे एकाएक मुझे पहचान नहीं पाए।

"नहीं अंकल, वो...कल मैंने कहा था न कि मैं अखबार छपता हुआ देखना चाहता हूँ।... तो आपने कहा था कि आ जाना...."

"अच्छा-अच्छा... हाँ, ठीक है। अभी बैठ! इस गेम के बाद चलते हैं!"

"जी!..."

इसके बाद, वे लोग ताश के कुछ पत्ते कभी उठाते और फिर कोई एक पत्ता फेंकते रहे! फिर अचानक सभी ने अपने-अपने पत्ते एक-दूसरे के सामने रख दिए! गेम खत्म! फिर अंकल ने मेरे कंधे पर हाथ रखा, "चल पुत्तर!... आ मेरे नाल!"

मैं उनके पीछे-पीछे हो लिया... मगर इस बार वे मुझे, एक्सप्रेस बिल्डिंग के पास से नहीं, बल्कि 'टाइम्स हाउस' के पिछले गेट से ही अंदर ले आए। वहाँ 'कोई आंटी नहीं थी, रोकने वाली'। किसी ने भी, न उन्हें रोका, न मुझे। मैंने पहली बार जीवन में कोई 'ऑफिस' देखा था!... क्या भव्यता थी, उस बिल्डिंग की! अंकल मुझे लेकर वहीं आ गए, जहाँ मैं रोका गया था। वे वहाँ से बाहर भी आ गए, जहाँ मैं पहले आया था। मन डूबने लगा था कि क्या अब ये मुझे भगा देंगे! क्योंकि यह तो बाहर का ही रास्ता था। तभी उन्होंने 'टाइम्स हाउस' की बिल्डिंग के बाहर, सड़क की ऊँचाई के स्तर पर लगी जालियों के सामने मुझे ला खड़ा किया, "देख पुत्तर, यहाँ छपता है अखबार—और ऐसे छपता है।"

अब यदि किसी ने दिल्ली के आई टी ओ पर 'टाइम्स हाउस' को बाहर से भी देखता है... और उसकी वे जालियाँ देखी हैं, जो बिल्कुल सड़क से जुड़ी हैं... और उन जालियों से अंदर झाँककर नीचे देखा है—तो वही व्यक्ति समझ सकता है कि 'टाइम्स हाउस' जितना ऊपर दिखाई देता है—उतना ही नीचे भी है।

मैंने भी नीचे झाँका—'अरे बाप रे!'... लगा कि जैसे जमीन के नीचे कोई समुद्री जहाज खड़ा है।... इतनी बड़ी मशीन कि उसके तीन-तीन फ्लोर पर आदमी खड़े थे—और कागज की, एक बड़ी धागे जैसी रील चल रही थी—जो कभी ऊपर, कभी नीचे होते हुए चल रही थी... और अंत में छपा हुआ अखबार—कुछ उसी तरह से गिर रहा था, जैसे कभी चक्की में गेंहू डालकर और आटा पिस कर निकलते देखा था।

यहाँ तो न गेहूं समझ में आया और न आटा! अपना तो भेजा ही चकरा गया! यहाँ खबरें कहाँ डाली गईं? फोटो कहाँ? किसने, कब, कहाँ और क्या लिखा, कुछ भी समझ में नहीं आया!

थोड़ी देर मैं विस्मित आँखों से वह सब देख रहा था कि तभी अंकल ने पूछा, "ओए देखा पुत्तर? यह सप्लिमेंट छप रहा है, मेन पेपर रात में छपता है।"

"जी...." आश्यर्य और अनिश्चय में इससे ज्यादा नहीं बोल पाया!

"चल, हुण-फूट!" उन्होंने प्यार से मेरे सिर पर एक लगाया और वापिस 'टाइम्स हाउस' के अंदर चले गए।

मैं निराश और हताश-सा वापिस लौट तो आया, मगर यह निश्चय और मजबूत हो गया था—कि मैं वही आदमी बनूँगा, जिसे सबसे पहले यह पता चलता है कि 'यहाँ यह हो गया!'

❑❑❑

अब सरकारी नौकरी तो जाती ही रही, घर में भी जो थोड़ी-बहुत इज्जत मिलनी शुरू हुई थी, उस पर भी जैसे ग्रहण लग गया। पैसा तो पिता जी से लेना ही नहीं था। उन्हीं बचे हुए अखबारों ने यह भी सिखा दिया था कि पत्रकार होने की पहली शर्त—भाषा और घटनाओं का सूक्ष्म विश्लेषण ही है। इसी लिए तो भाषा और साहित्य में स्नातक हुआ था... और इसी 'योग्यता के चलते' वह नौकरी मिली थी—जिसे कथित रूप से—'हम कुल्हाड़ी पर पाँव मार आए थे!'

पहली बार यह लगा था कि अभी 'इस शहर की पथरीली, सर्प-सी काली और जहरीली सड़कों का सफर पूरी तरह शुरू होना बाकी है!' यह अंदाजा भी तब नहीं था कि आखिर कैसा होगा—अपना यह शहर... और यह भी कि इस 'शहर' के कपड़े उतरते हुए देखने का सौभाग्य मुझे कभी मिलेगा भी या नहीं?

मगर वह अवसर भी धीरे-धीरे सामने आने ही लगा था। मैं समझने लगा था कि आगे की राह कुछ कठिन अवश्य है—मगर रोचक भी होगी ही।

अब तक जो सबसे बड़ी पूँजी मैंने कमाई—उसे दो संदर्भों में देखा जाना चाहिए! एक तो यही कि 'पैसा' कैसे कमाया जाता है और 'उसकी कद्र क्या है?' दूसरा यह आत्मविश्वास कि पिता जी से जेब खर्च न लेने का मेरा निर्णय सही था, जिसने मुझे आत्मनिर्भर और स्वाभिमानी बनाया।... एक और बड़ी बात जो मैं समझ पाया कि 'अपनी आमदनी और खर्चों में' संतुलन कैसे कायम किया जाना चाहिए। अब मैं कभी-कभी उसी 'राज टाकिज' में टिकट लेकर सिनेमा भी देखने लगा था, स्कूल से बंक मार कर!

❑❑❑

अध्याय - 2

हालाँकि उस समय स्नातक हो जाना और वह भी अपने जैसे इंसान का, थोड़ा कठिन जरूर लगता था, दूसरों को... किन्तु मुझे नहीं लगा था। शायद इसकी नींव भी पहले ही रखी जा चुकी थी। अखबार डालने ने स्नातक तो बनाया ही, सिखाया भी बहुत कुछ। बीच-बीच में ट्यूशन, वह भी कुछ अमीर घरानों के बच्चों की, क्योंकि वे अंग्रेजी स्कूलों में पढ़ते थे, लिहाजा उनकी हिन्दी कमजोर होती थी। ठीक उसी तरह, जैसे हम सरकारी स्कूल में पढ़े, लिहाजा हमारा हाथ भी अंग्रेजी में थोड़ा कमजोर होता ही था। कपिल देव और कपिल शर्मा की तरह!

स्नातकी तो इन दोनों कामों के साथ जैसे-तैसे बीत गई—मगर नौकरी छोड़कर एम.ए. करने की जिद ने एक बखेड़ा और खड़ा कर दिया था। घर से पैसा तो लेना ही नहीं था, सो अब कमाई का जरिया क्या हो? यही उधेड़बुन अपने दिमाग में चल रही थी। सरोजिनी नगर अपने लिए कोई नया इलाका तो था नहीं, बल्कि अखबार डालने के कारण वहाँ कि गली-गली से अपना परिचय हो ही गया था। फिर यूँ ही एक दिन शाम को अपने एक पुराने सहपाठी से मुलाकात हो गई। किसी काम से सरोजिनी नगर जाना हुआ तो देखा कि 'एस.एन. मार्केट' की दूकानों के बाहर, सामने पटरी पर एक युवक महिलाओं के नकली आभूषणों की दूकान सजाए था। सामने एक फोर्डिंग पलंग और उसके पीछे कुछ रैक में रखी हुई 'आर्टिफिशल ज्वैलरी'।

मैंने देखते ही पहचान लिया था, "अबे अनिल!" यह अनिल कपूर था जो हायर सेकेंडरी में मेरे साथ पढ़ता था, मगर फाइनल बोर्ड परीक्षा में फेल हो जाने पर उसने पढ़ाई छोड़ दी थी।

"आहा राजा!.... तू यहाँ?" वह तपाक् से आगे बढ़ा और कस कर गले लगा लिया, "यहाँ क्या कर रहा है?"

"ऐसे ही, किसी काम से आया था।" मैंने कहा, "तूने आगे पढ़ाई छोड़ दी क्या?" जानना चाहा कि उसका पिछला समय कैसा रहा?

"यार राजा!... एक बात बता—साला पढ़कर भी करना क्या है?... कमाना ही है न?... तो काहे को फालतू में किताबें चाटी जाएँ?... यहाँ शाम को 3-4 बजे के करीब आता हूँ और 8-9 बजे तक अच्छी कमाई हो जाती है! बाकी समय मस्ती ही मस्ती... बीवी भी खुश रहती है!" उसके आखिरी वाक्य ने चौंका दिया था।

"अबे बीवी?... किसकी बीवी?" अपना खोपड़ा चकरा गया।

"अपनी यार—और किसकी?..."

"तूने शादी कर ली?... इतनी जल्दी?"

"करनी पड़ गई यार। तुझे याद है—वो प्रीति?" अनिल ने हम उम्र दोस्तों के बीच किसी 'प्रीति' का जिक्र किया, तो याद आया कि वह तो उमेश मल्ला की गर्लफ्रेंड थी। उमेश भी अपना ही सहपाठी था।

"वो उमेश वाली प्रीति?" मुझे आश्चर्य हुआ था।

"हाँ वही यार! जब वो उमेश से कट गई, तो अपने से सैटिंग हो गई! कुछ दिन तो फ्रैंडशिप चलती रही, फिर वो प्रेग्नेंट हो गई! साला इसी चक्कर में शादी करनी पड़ गई। तेरा एक भतीजा भी है!" बताते-बताते अनिल झेंप गया था।

"अबे क्या बात कर रहा है यार?... साला, इतना कुछ घट गया और हमें खबर तक नहीं! मैंने तो काफी समय यहाँ पेपर डाला है—पर तुझसे कभी मिलना नहीं हुआ।"

"नहीं, मैं शाम को ही आता हूँ यहाँ। बस यही कोई चार-छह घंटे। दिन में यह मार्केट नहीं लगती। तब केवल बाबू मार्केट और मेन मार्केट खुली रहती हैं। शाम को ही कुछ घंटों के लिए यहाँ पटरी लगती हैं। हाँ, कुछ लोग हैं, जो दिन में भी पटरी लगा लेते हैं—मगर मैं तो शाम को ही आता हूँ! सारा खर्चा-पानी निकाल कर महीने के 4-5 सौ बच जाते हैं। वो हम तीन लोगों के लिए काफी हैं!" अनिल ने अपने 'बिजनेस' का संक्षिप्त गणित समझा दिया।

"और अंकल-आंटी?" मैंने जानना चाहा।

"वो बड़े भैया के साथ हैं। शादी के बाद हमें उन्होंने निकाल दिया था।"

"ओह!... चल, प्रीति को मेरा नमस्कार बोलना। अभी चलता हूँ।"

"ऐसे नहीं 'चलता हूँ'..." उसने मेरा हाथ पकड़कर खींचा और अपने पास रखे एक स्टूल पर बैठा दिया। फिर किसी को पुकारा—और 'दो' उँगलियों का इशारा किया।

"अभी नहीं यार, फिर कभी आऊँगा।" मैंने कहा, तो उसने फिर खींचकर बैठा लिया।

"फिर तो तू अब घर आएगा बेटा। अपनी भाभी और भतीजे से नहीं मिलेगा?" उसने साधिकार मुझे रोका था।

तभी सामने से दो गिलास जूस आ गया। पीकर मैं चलने लगा, तो उसने अपने घर का पता मुझे बता दिया था।

मैंने उससे घर आने का ईमानदार वादा किया था।

❑❑❑

बस—दो-चार घंटे की 'पटरी'... वो भी शाम को... मामला कुछ-कुछ समझ आने लगा था। सोचा—बुरा क्या है?

एम.ए. की क्लासिस तो सुबह होनी थीं। साउथ कैंपस में। उस समय दिल्ली विश्वविघालय का 'साउथ कैंपस'—'साउथ एक्टेंशन' में ही हुआ करता था। पार्ट-

1 और पार्ट-2 में भी। पार्ट-1 की तीन बड़ी बिल्डिंगों को जोड़कर फैकल्टी बनाई गई थी और पार्ट-2 में, एक बड़ी-सी बिल्डिंग में 'रिसर्च के लिए' उपयोगी लायब्रेरी! एम.ए. और पीएचडी के सभी विद्यार्थियों की सुविधा को देखते हुए यह लायब्रेरी 24 बाई 7, (24 × 7) यानी चौबीसों घंटे खुला करती थी। साउथ एक्टेंशन यहाँ से ज्यादा दूर भी नहीं था।... शहर के इस 'सफर' का अगला पड़ाव कुछ-कुछ समझ आने लगा था। अब यह मामला मन ही मन जमने लगा था—कि यदि दिन में एम.ए. की क्लासिस अटेंड की जाएँ... और शाम को—सरोजिनी नगर में—पटरी! मन सोचने लगा कि इसमें बुरा क्या है?

शहर, कुछ और करीब से नजर आएगा। वह बाद में आया भी। शहरों में लगने वाली पैठ, तहबाजारी या 'पटरी' का गणित क्या है, यह समझना रोचक रहेगा।

फिर एक दिन, छोटे बच्चे के कुछ कपड़े और फल लेकर अनिल कपूर के घर जा पहुँचा। अनिल घर पर नहीं था। प्रीति थी। देखते ही पहचान गई, "अरे राजा भैया!... आप?" दौड़कर आई और गले से लिपट गई। हमउम्र सहपाठी जो थे!

"क्यों, कैसा लगा मुझे अचानक देखकर?" मैंने कहा तो वह भावुक हो गई।

"अरे भैया, बस पूछो मत!... 'घर' से तो कोई आता ही नहीं, आप आए—तो, सचमुच ऐसा लगा कि 'कोई अपना आया है!' इन्होंने बताया था मुझे कि आप इनसे मिले थे। अंदर आइए!" प्रीति की आँखें भर आई थीं।

दरअसल, मैं तब भी उसके साथ था, जब वह उमेश मल्ला के साथ थी—तब भी, जब उनमें अलगाव हुआ था। किन्तु यह कहानी इस सुखद मोड़ पर आ जाएगी, इसका अनुमान नहीं था।

जिंदगी, ऐसे ही तो धीरे-धीरे समझ आती है।

मैंने अपने लाए उपहार उसे सौंपे। उसने सब समेट कर मुझे भीतर बुलाया, "इस सबकी क्या जरूरत थी, भैया?"

"अनिल कहाँ है?" थोड़ा रुककर मैंने पूछा था।

"भैया, वो सामान लेने करोल बाग गए हैं! होलसेल का सामान वहीं से लाते हैं, मंडे के मंडे... मंडे को यहाँ की मार्केट बन्द रहती है न!"

"अच्छा, तो फिर मैं चलता हूँ! कहना कि मैं आया था!" मैंने बारामदे में खड़े-खड़े ही कहा था।

"ऐसे-कैसे चलता हूँ?..." उसने मेरा हाथ पकड़ा और अंदर खींच लिया। यह वही, अनिल वाला स्टाइल था। उसने ड्राइंग रूम में मुझे बैठाया और पानी लाकर टेबल पर रख दिया। फिर दूसरे कमरे में गई और एक बच्चे को गोद में लाकर मुझे सौंप दिया।

"यह विपुल है! आप ताया जी हैं इसके!" वह कुछ शरमा-सी रही थी।

"अरे वाह! इतनी जल्दी, इतनी प्रोग्रेस?" मैंने तो उपहास में कहा था, मगर वह गंभीर हो गई थी।

"भैया यह प्रोग्रेस न होती, तो 'ये' भी निकल जाते मेरे हाथ से और पता नहीं, मुझे क्या-क्या भुगतना पड़ता? आज हम साथ हैं, तो इसमें विपुल का बहुत बड़ा योगदान है!"

मैंने विपुल को गले-से लगाया। बहुत प्यारा बच्चा है विपुल। उसके बालों को सहलाया, चूमा-पुचकारा, तो वह दोस्त हो गया। कुछ समय मैं विपुल के साथ खेलता रहा। फिर चलने को कहा, मगर तभी कूकर की सीटी बज गई। मैं समझ गया कि प्रीति ने मेरी बात सुनी ही नहीं। विपुल को मुझे सौंपकर वह अंदर चली गई थी। मैं कुछ देर अकेला ही उसके साथ खेल रहा था। बहुत कम बच्चे मैंने ऐसे देखे थे, जो पहली ही बार में किसी से घुल-मिल जाते हों।

मेरे मन में एक हल्का विचार आया था। हालाँकि मुझे ऐसा नहीं सोचना चाहिए था, पर मैं विपुल में, अनिल या उमेश की शक्ल पहचानने की कोशिश कर रहा था। मुझे वह उमेश के अधिक करीब लग रहा था... मगर मैंने जानबूझ कर उससे उमेश का नाम नहीं लिया था। उसका कोई जिक्र मैंने प्रीति से नहीं किया था।

इससे पहले कि मैं किसी नतीजे पर पहुँच पाता, प्रीति रसोईघर से आई और उसने राजमा-चावल के भरे कटोरे मेरे सामने रख दिए।

"अरे नहीं यार!... मुझे जाना है। वैसे भी, मैं देर से खाता हूँ। हाँ, बहुत अच्छा लगा, तुम्हें खुश देखकर। अभी चलता हूँ।" मैं विपुल को सोफे पर बैठाकर उठ खड़ा हुआ!

प्रीति की आँखें भर आईं। तभी, गोद से उतारने पर विपुल भी रोने लगा।

"अच्छा, एक बात बताइए, यदि आप मेरे सगे भाई होते—तो क्या तब भी, आप एक बहन के भोजन को ठुकरा कर जाते?" प्रीति ने भावुक-सा सवाल दाग दिया था।

अब इसके आगे, तो ईश्वर भी कुछ नहीं कर पाते। मैंने पुनः विपुल को गोद में लिया और उसे खिलाते हुए खुद भी खाने लगा। प्रीति पंजाबी नहीं थी, मगर उसके खाने में पंजाब का स्वाद आने लगा था।

खाने के साथ ही बातों का सिलसिला भी चल निकाला। मैंने अनिल के काम के बारे में जानना चाहा था, "कैसा चल रहा है, उसका काम?"

"हाँ, ठीक है भैया।" फिर उसने विपुल को मुझसे ले लिया और खुद ही खिलाने लगी। वह फिर बोली, "हायर सेकेंडरी के दौरान ही इन्होंने पढ़ाई छोड़ दी थी और हायर सेकेंडरी करने के बाद मेरी पढ़ाई भी छूट गई थी। फिर ये यहाँ 'स्टॉल' लगाने लगे। यहीं पर मेरी इनसे दोबारा मुलाकात हुई थी। आप तो जानते ही हैं कि हम सब साथ ही थे!... मैं, किरन, उमेश, मुकेश, राजू, अरविन्द, बंसल, निर्भय और आप भी! बस, उस दिन यहाँ मिले, तो हमें बात करने का मौका मिल गया। तभी इन्हें पता चला कि मैं प्रेग्नेंट हूँ। उमेश की कुछ मजबूरियाँ रही होंगी शायद... कि वो पीछे हट गया... मगर इन्होंने तभी फैसला कर लिया कि ये मेरा साथ देंगे।"

ओफ्फ! अनिल ने कुछ हिंट तो दिया था, मगर कहानी के इस मोड़ का अनुमान मैं नहीं लगा सकता था। एक अरसे तक अपनी ही जद्दोजहद में उल्झा मैं दोस्तों के बहुत से किस्सों-कहानियों से कट-सा गया था। मैं यह भी समझ रहा था कि प्रीति ने शायद मुझ पर भरोसा करके ही, इतनी अंतरंग बात मुझे बता दी थी, जो अनिल भी मुझसे छिपा गया था।

प्रीति का खाना रुक गया था। गला रुँध गया था उसका। उसने प्लेट सामने रखकर विपुल को सीने से लगा लिया था।

मुझे लगा, यह ऐसी बात का समय नहीं था। फिर लगा कि शायद इसी के मन में 'कुछ भरा हो' जो यह 'उगल' देना चाहती है। मैंने पानी का गिलास उसकी तरफ बढ़ाया।

पानी पीकर उसने गिलास रखा, "कुछ दिन हम मिलते रहे। इसी बीच इन्हें मेरी हालत का पता चला। फिर इन्होंने कहा कि चल, शादी कर लेते हैं! मैं तो इनकी शक्ल ही देखती रह गई। इसके बाद हमने आर्य समाज मंदिर में शादी कर ली... मगर शादी के बाद, जब ये मुझे अपने घर लेकर गए, तो उन्होंने हमें निकाल दिया।"

प्रीति ने थोड़ा पॉज दिया, तो मैंने भी राहत महसूस की। कुछ देर कोई किसी से कुछ नहीं बोला। मैं सोचने लगा था कि अनिल ने प्रीति के प्रेग्नेंट होने की बात तो कही थी, मगर यह नहीं बताया था कि कैसे?... लेकिन यह सब जानकर मेरे मन में, इन दोनों के प्रति सम्मान और बढ़ गया था। विशेष रूप से अनिल के प्रति। यानी, मेरा अनुमान सही था!

भोजन समाप्त होने पर उसने विपुल को फिर मुझे पकड़ाया और बर्तन सँभालने लगी। अब तक विपुल भी मेरी शक्ल-सूरत पहचानने लगा था, इसलिए सहज था। अचानक उसने मेरी शर्ट की जेब से पेन खींच लिया और खेलने लगा। तभी प्रीति ने देखा तो मुस्करा उठी, "भैया, लगता है, यह आपकी तरह पढ़ने वाला बनेगा! तभी पेन खींच रहा है।" यह शायद एक माँ की भावना रही हो।

मैं खिसिया गया था, मगर प्रीति ने माहौल को सहज कर दिया था। अब इसे कैसे बोलूँ कि पढ़ने के बाद भी मैं सरोजिनी मार्केट में पटरी लगाने के लिए अनिल से मदद माँगने आया था?

❑❑❑

अभी मैं उसके घर की सीढ़ियाँ उतर ही रहा था कि अनिल एक ऑटो में अपनी दूकानदारी का सामान लिए आ पहुँचा। मुझे उतरते देखा तो चौंक गया, "अबे तू?"

"ला, पकड़ा!" मैंने उसका सामान ऊपर चढ़ाने में उसकी मदद की। फिर जब चलने लगा तो वह बोला, "भाई, ऐसे कैसे जा रहा था, मुझसे मिले बगैर?"

"नहीं यार, मैं बहुत देर से आया हुआ हूँ। प्रीति ने अभी क्या बढ़िया राजमा-चावल खिलाए हैं। मजा आ गया!... और तेरे बरखुरदार से भी दोस्ती हो गई। बहुत

प्यारा बच्चा है।... अच्छा लगा, तुम लोगों को खुश देखकर।'' मैंने उसका सामान ऊपर पहुँचा कर कहा।

''अच्छा बैठ, अभी आता हूँ।'' उसने कहा और फ्रैश होने चला गया। लौटकर आया तो बोला, ''हाँ बता, कैसी चल रही है तेरी नौकरी? सुना है अफसर हो गया है मेरा यार!''

''नौकरी?... कैसी नौकरी?'' मेरे जवाब ने उन दोनों की हवाइयाँ उड़ा दी थीं।

''तेरी कोई सरकारी नौकरी लगी है न, बढ़िया वाली। राजू बता रहा था।''

''हाँ, लगी तो थी यार... नौकरी तो लग गई थी, मगर नौकरी में मन नहीं लगा, तो छोड़ आया!'' वे दोनों ही हतप्रभ थे।

''क्या?...'' प्रीति बोली, ''भैया, आपने वो सरकारी नौकरी छोड़ दी?''

''हाँ, मन नहीं लगा बस, तो छोड़ दी।'' फिर मैंने उन्हें समझाने का प्रयास किया, ''यार एक बात बता, किसी इंसान को वही काम करना चाहिए न—जो उसका मन कहे!... हाँ-या नहीं?... और यदि मन साथ न हो, तो ऐसा काम करने का फायदा क्या है, क्योंकि वह काम आप पूरे मन से तो करेंगे नहीं! आप कर कुछ और रहे होंगे किन्तु आपका दिल कुछ और कह रहा होगा!... तो वही करो न, जो दिल कहे! बस, इसी लिए तेरे पास आया था।''

''नौकरी छोड़कर—मेरे पास? ... अच्छा, यह भी तेरे दिल ने ही कहा क्या? तुझे क्या लगता है, मैं तुझे इससे बड़ा बॉस बन सकता हूँ?'' अनिल ने सवाल दागा।

तब तक प्रीति ने अनिल के लिए भी खाना लगा दिया था, ''आ जा।''

''अबे, ओवर डोज है भाई, इसने बनाया ही इतना स्वादिष्ट है कि ज्यादा खा गया। तू खा... तब तक, मैं तुझे आगे की योजना समझाता हूँ! दरअसल, मुझे तेरी मदद चाहिए!'' मैंने आगे कि भूमिका बनानी शुरू की।

''बोल, कितना चाहिए?... या बता, मैं क्या कर सकता हूँ तेरे लिए?'' जब तक वो खा रहा था, विपुल मेरी गोद में ही था। उसके साथ छेड़छाड़ में मैंने कुछ पल बिताये, फिर यह सोचने लगा कि इससे कैसे कहूँ!

''अरे नहीं, वो सब नहीं। मुझे... मुझे... तेरे यहाँ, सरोजिनी नगर में स्टॉल लगानी है!'' मैंने कहा, तो उसने प्रीति की तरफ देखा—और फिर दोनों ने मेरी तरफ।

''तेरा दिमाग ठीक है?'' खाते-खाते उसका हाथ रुक गया।

''खा-खा!... तू खाता रह और मेरी बात भी सुनता रह।'' मैंने कहा।

फिर संक्षेप में उसे बताया कि मैंने एम.ए. करने के लिए नौकरी छोड़ दी—और यह भी कि मैं एम.ए. दिन में ही... और रेगूलर करना चाहता हूँ। सरकारी नौकरी मेरा लक्ष्य नहीं है—फिर वह चाहे छोटी हो या बड़ी! मुझे किसी भी हालत में सरकारी कर्मचारी नहीं बनना यार, चपरासी से लेकर—आई.ए.एस. तक भी नहीं! मैं तो बस कुछ और ही करना चाहता हूँ... उसके लिए अभी काफी पढ़ना बाकी है। सो, छोड़ दी नौकरी।''

"तो तू यहाँ स्टॉल लगाकर बड़ा आदमी बनना चाहता है?" पूरे घर में तैर गए सन्नाटे को तोड़ते हुए अनिल ने कहा।

"नहीं," मैंने आगे जोड़ा, "स्टॉल लगाकर नहीं।... मगर खुद कुछ कमाकर, आगे पढ़कर—और अपने समाज को नजदीक से समझकर, जरूर कुछ बन जाऊँगा। तू बस, इतनी मदद कर न यार, बाकी मैं देख लूँगा!" मेरे यह कहते ही फिर उस घर में खामोशी छा गई।

"और, अंकल-आंटी? उन्हें क्या समझाएगा? यही कि तू सरकारी नौकरी छोड़कर—पटरी लगा रहा है?" वह असहज हो रहा था। प्रीति ने विपुल को लिया और दूसरे कमरे में चली गई। दो दोस्तों की बातों में, जब कोई ओर-छोर समझ न आ रहा हो, तो उन्हें अकेला छोड़ देना चाहिए।

"कौन बताएगा उन्हें?... तू? कम से कम तू तो ऐसा नहीं करेगा!... और क्या मैं तुझसे चोरी करने में मदद माँग रहा हूँ?... जो तू कर रहा है, अपना घर सँभाल रहा है—वही तो मैं करना चाहता हूँ, आगे पढ़ने के लिए। इसमें बुरा क्या है?.... फिर, यह मेरा कोई अंतिम लक्ष्य तो है नहीं, एक छोटा-सा पड़ाव है—अपने आसपास को समझने का... और हाँ, दो पैसे की कमाई भी। यानी ट्रिपल फायदा—शहर भी समझ में आए, आमदनी भी हो और पढ़ाई भी पूरी हो जाए।"

मेरे इस तर्क के बाद वह कुछ देर के लिए शांत हो गया था।

"देख भाई! तेरी बातें, अपने भेजे में तो नहीं आ रहीं—पर तू कहता है, तो जरूर तेरे लिए कुछ करूँगा।" अनिल एस.एन. (सरोजिनी नगर) का पुराना खिलाड़ी था। यह मैं समझ ही गया था। पिछले कुछ सालों में उसने यहाँ अच्छी पकड़ बना ली थी। यहाँ के बाजार की तासीर को वह खूब समझता है। यहाँ हर वर्ग के कस्टमर कि नब्ज को वह अच्छे से पहचानता है। ग्राहकों की जरूरतें और उनके मोल-भाव को भी समझता है। यहाँ उच्च-मध्य वर्ग के लोग तो अंदर के शोरूम में जाते हैं, मगर मध्यम व कमजोर वर्ग के ग्राहक 'एस.एन. से ली है' कहकर—गुणवत्ता और मोल-भाव पर गर्व भी करते हैं।

❑❑❑

उसने बाबू मार्केट के ठीक सामने, मेरे लिए पटरी लगाने की एक अस्थायी व्यवस्था करा दी थी। काम भी तय हो गया था—कि यहाँ 'नई माताएँ' कुछ ज्यादा आती हैं, लिहाजा छोटे बच्चों के 'रेडिमेड गारमेन्टस' का ही काम किया जाए। अनिल ने ही मुझे समझा दिया था कि होल-सेल में कहाँ-कहाँ बच्चों के कपड़े मिलते हैं! लगभग पाँच हजार रुपये की जरूरत थी, इन्वेस्टमेंट के लिए। सो, 2000/- रुपये अपने मामा जी से उधार लिए और 2000/- का प्रबंध अनिल ने करा दिया था। शेष 1000 हजार अन्य तीन मित्रों राजू, निर्भय और बंसल ने जुटा दिए थे।

सच कहूँ, तो बड़ा अजीब लगा था—पहले दिन पटरी पर तिरपाल बिछाकर, बच्चों के कपड़े फैलाकर, आवाज लगाना—'दो रुपये—दो रुपये—दो रुपये!' इसमें फ्रॉक, नेकर, शमीज, कुर्ता-पायजामा और दूसरी तरह के बच्चों के कपड़े भी थे। मूल लागत और मुनाफे का गणित मैं अभी समझ ही पाता कि पहली ही शाम को एक सिपाही ने मेरे थड़े (पटरी) पर डंडा फटकार दिया—"ला बे!"

"क्या?" मैं अवाक् रह गया था।

"दो रुपये निकाल बे! अबे नया आया है क्या साले! यहाँ हर 'पटरी' के दो रुपये देने होते हैं—रोज।" उसने डंडे को एक बार फिर पटका। कंधों को थोड़ा उचकाया और हाथ आगे बढ़ा दिया। अनिल ऐसा कुछ कह तो रहा था कि यहाँ पुलिस और नगर निगम को भी पैसा जाता है, मगर लागत, मुनाफे और दूसरे खर्चों में इसे भी जोड़ना पड़ता है, यह मैं भूल गया था।

यूँ भी यह मेरे उसूल के खिलाफ था। मन हुआ कि अभी इसे एक झापड़ रसीद कर दूँ, मगर उसकी वर्दी का क्षणिक खौफ... और अपनी शिक्षा की शालीनता का अहसास—साथ-साथ मन में उभर आए थे!

मैंने उस दिन उसे दो रुपये दे दिए। बाद में यह भी पता चला की 150-200 पटरी वालों के आलावा भी, सभी खोमचों-ठेलों, फल-सब्जी वालों... आदि सभी को दो रुपये रोज देने ही होते हैं। इस अनुपात में देखें तो लगभग 800-900 रुपये रोजाना की उगाही थी—जो उस समय बहुत बड़ी रकम मानी जा सकती थी।

फिर तो नियम बन गया था कि दो रुपये उस 'ठुल्ले' को रोज देने हैं। अनिल ने भी मुझे समझाया था कि 'दे दे यार!' सो, कुछ दिन तो मैं देता रहा! मगर यह अनैतिक व्यवस्था मेरे मन को कचोट रही थी। मैं खुद मेहनत करके कुछ कमा रहा हूँ, मगर ये हरामखोर मुझे भ्रष्ट करने पर आमादा है। फिर, यह भी अपमानजनक था कि कुछ महिलाएँ अपने बच्चों के लिए कपड़े छाँट रही होतीं—या नाप कर देख रही होतीं... और एक 'खाकी वर्दी वाला' वहाँ डंडा फटकार देता। कुछ पल के लिए वे भी ठिठक जातीं। यह मुझे और बुरा लगता। धीरे-धीरे शहर का यह चेहरा भी समझ में आने लगा था।

मैं 'दो रुपये' तो दे देता, पर लज्जित बहुत हो जाता। अनिल ने ठीक बाबू मार्केट के सामने, जहाँ मैं पटरी लगा रहा था, जूस कॉर्नर वाले अपने मित्र से मेरा परिचय, बहुत सम्मान के साथ कराया था। इसलिए दूकान बढ़ाने के बाद, मैं अपना माल, उन्हीं की दूकान के निचले हिस्से में रख देता था। मैंने पाया की उस जूस वाले को दो रुपये नहीं देने पड़ते हैं। बाद में पता चला की इनकी मंथली पर्ची नगर निगम से कटती है। फिर भी यदि वे चोरी-छिपे कुछ देते हों, तो पता नहीं।

❑❑❑

धीरे-धीरे अन्य साथियों से पता भी चला कि 'हाँ, इन्हें दो रुपये रोज तो देने ही होते हैं। अब क्या करें, कमाना-खाना है, तो यह सब झेलना ही पड़ेगा। इस पैसे को भी मुनाफे के मार्जिन में जोड़ना होता है। आखिर जेब से तो हम देंगे नहीं, ग्राहक से ही लेना होता है। इसलिए इसका सीधा असर भी कस्टमर पर ही पड़ता है।'

दुर्भाग्य देखिए कि वही व्यवस्था आज तलक, हर तरफ जारी है। आज भी, मेरे मोहल्ले में—और आपके बाजार में भी! साप्ताहिक हाट या तहबाजारी की यह अवैध वसूली, हर जगह स्थायी भाव से मौजूद रहती ही है।

मन नहीं माना, तो मैंने अपने सभी तहबाजारी (पटरी) लगाने वाले भाइयों की एक मीटिंग बुलाई। फिर उन्हें समझाया कि यदि हमें दो रुपये रोज देने ही हैं—तो देंगे, पर यह 'सरकारी कुत्ता' हमारी 'दूकान' पर नहीं आना चाहिए। इससे दूकानदारी पर फर्क पड़ता है... और अपनी इज्जत पर भी।

मीटिंग में तय हुआ कि राजा ठीक कह रहा है। मैंने सुझाव दिया कि—मैं सरोजिनी नगर थाने के एस.एच.ओ. से बात करूँगा। पहले तो सभी को अजीब लगा, उन्हें लगा कि बिल्ली के गले में घंटी बाँधना इतना आसान नहीं है, मगर फिर अनिल ने उन्हें समझाया। शायद मेरे बारे में कुछ अतिरिक्त भी बताया हो! सो, बात बन गई।

सभी ने मुझे अपने प्रतिनिधि के रूप में अधिकृत कर दिया.... और मैं इतने साथियों के समर्थन से लबरेज—एस.एन. थाने जा पहुँचा। गेट पर खड़े दरबान को बताना पड़ा कि मैं एस.एन. से आया हूँ और साहब से 'कलैक्शन' की कुछ जरूरी बात करनी है। सुनते ही, उसकी कड़क वर्दी में 'सलवटें' पड़ गईं। वह भीतर गया और बाहर आकर मुझे अंदर भेज दिया।

"हाँ, बोल!" दारोगा गुर्राया।

"बैठ जाऊँ सर?" मैंने बड़े ही शांत भाव से कहा। वह अवाक् मेरी शक्ल देख रहा था। इससे पहले कि वह कुछ कह पाता, मैंने कुर्सी खींची और दारोगा के सामने बैठ गया। वह थोड़ा हतप्रभ था... मैंने भी अब तक इतना तो सीख ही लिया था—कि शक्ति सामने वाले में नहीं... बल्कि आपके अपने आत्मविश्वास में होती है! शायद यह मेरी शिक्षा और अब तक के अनुभवों का योगदान भी था।

"एक बात बताइए सर!... यह क्या तरीका है कि आपका एक कांस्टेबल सरे बाजार जाकर डंडा फटकारता है, दो-दो रुपये के लिए?... क्या यह पुलिस व्यवस्था के लिए अपमान की बात नहीं है?" मैंने अपनी बात सीधे सवाल से ही शुरू की थी। दारोगा पहले कुछ हड़बड़ाया, मगर मैं जानता था कि वह मेरी भाषा और मेरे आत्मविश्वास में उलझेगा जरूर। मैंने फिर कहा, "वहाँ हजारों ग्राहक आते हैं। महिलाएँ-पुरुष, सभी तरह के लोग।... क्या सोचेंगे कि हमारी पुलिस ऐसी है?"

वह कुछ क्षण मुझे देखता रहा। फिर बहुत ही शांत भाव से बोला, "नहीं, बेटा! तुम अपनी बात कहो—क्या कहना चाहते हो।"

वह 'हाँ बोल' से, 'बेटा' और 'तुम' पर आ गया था।

"सर, मैं एक पढ़ा-लिखा बेराजगार युवक हूँ। एस.एन. में पटरी लगाने लगा हूँ। गुजारा तो करना है न सर...मगर आपका कांस्टेबल हम दूकानदारों को 'कुत्ता' समझता है। वह कभी भी आ थमकता है और सभी के सामने डंडा फटकारते हुए, रोजाना दो रुपये की वसूली करता है—आपके नाम पर। अब सोचिए कि उसकी इज्जत क्या रही?... और आपकी?... वो कहता है—'साहब का आदेश है!'... कल से आपका कोई 'आदमी' वहाँ नहीं आएगा—और दो रुपये 'पर पटरी' सीधे थाने पहुँचाने की जिम्मेदारी मेरी! बस, कोई भी पुलिस वाला हमारी दूकान पर नहीं आना चाहिए। मैं खुद सभी से जमा करके आप तक पहुँचाऊँगा, इसमें कोई कोताही नहीं होगी।"

दारोगा जी मुस्करा दिए थे। यह मेरे लिए भी एक तरह की स्वीकृति थी।

दारोगा कर्मवीर हुड्डा फिर भी एक भले इंसान थे और उन्होंने मेरे प्रस्ताव को मान लिया था। अब यह तय हो गया था कि कोई भी 'ठुल्ला' हमारी 'चौखट' पर डंडा फटकारता हुआ नहीं आएगा—और 'पटरी' के सारे पैसे जमा करके, हर रोज मैं ही थाने में पहुँचाऊँगा।

दरअसल, हम सभी को लग रहा था कि यह सुविधाजनक व्यवस्था है। पुलिस के लिए भी और हमारे लिए भी। सो, यह नियम-सा ही बन गया था कि रात को अपनी 'दूकान बढ़ाने' के बाद, सबके आए हुए रुपये, मैं हुड्डा साहब (एस.एच.ओ.) के सामने रख देता।... और बाद में अपनी जेब से दो रुपये निकाल कर, उनमें मिलाता, "ये मेरे रहे सर!"

ऐसा करते हुए वे हमेशा ही रोक देते, "अरे नहीं बेटा! तुम रखो! तुम इतना काम कर रहे हो, तुमसे लेना नहीं बनता।" इस तरह उगाही के मेरे दो रुपये रोजाना बचने शुरू हो गए।

एक-दो बार ऐसा भी होता कि साहब थाने के पीछे चारपाई डाल कर या कुछ कुर्सियाँ रखवा कर, अपने साथी-संगियों या असामियों के साथ 'पी' रहे होते थे... और अभी तक सभी 'संतरी' यह जान गए थे कि यह लड़का 'साहब का खास' है। इसलिए, मेरे लिए उन तक बे-रोकटोक पहुँचना आसान था।

एक रोज ऐसा ही हुआ। जब मैं 'उगाही' के पैसे देने वहाँ पहुँचा, तो पीछे 'चल रही थी'। साहब कुछ सुरूर में भी आ चुके थे और खुश भी दिख रहे थे। मुझसे वसूली को समेटते हुए, बिना गिने उन्होंने जेब में भरा और बोले, "लेगा बेटा?"

अब मुझे चस्का तो नहीं था, मगर ऐसा भी नहीं था कि मैंने कभी 'चखी' ही न हो! खुद कमाने का यह भी एक लाभ था कि अपनी आमदनी और खर्चे का पूछने वाला कोई नहीं था। फिर 'इतने बड़े साहब' का ऑफर! सो, मना करते नहीं बना। उन्होंने मेरे लिए भी एक 'गिलास' बनाने को कहा। फिर वहाँ उपस्थित अन्य लोगों से मेरी तारीफ करने लगे, "बहुत ही जहीन लड़का है यार ये! पढ़ा-लिखा है, मगर मेहनत की

कमाई के लिए एस.एन. में पटरी लगाता है। समझदार इतना है कि हमें वसूली की जहमत ही नहीं उठानी पड़ती। यह खुद ही पहुँचा देता है।''

कुछ अधेड़ और नेता किस्म के तीन अन्य लोगों ने मेरी तरफ ध्यान से देखा था। मैंने भी उनकी ओर हाथ जोड़ दिए। तब तक मेरा पैग भी बन गया था। इसके बाद वे अपनी बातों में मशगूल हो गए। मैं समझ रहा था कि उनमें से एक किसी व्यापार-मंडल का नेता था। यानी 'अपनी नस्ल' का ही था। दूसरा किसी राजनीतिक दल से जुड़ा था। और एक की तारीफ—जिसे वे लोग 'रंजीत' कह रहे थे—साहब का कोई खास मुखबिर था। पता चला कि आज का सारा इंतजाम इस 'रंजीत' के द्वारा ही प्रायोजित था, जिसमें—दारू के अलावा चिकन, मटन, वगैरा, सब मुहैया कराया गया था। रंजीत अब यह किससे वसूलेगा या कहाँ से वसूलकर लाया है, यह मैं नहीं जान पाया था।

दो पटियाला पैग खींचने के बाद, अपनी तो हालत पतली हो गई। मैंने जाने की अनुमति माँगी और वहाँ से निकल लिया। अब वहाँ से तो निकल लिया, मगर वहाँ का सारा 'ऐपिसोड' मेरे जहन से नहीं निकल पाया। उन सभी की बातों और सूरतों का भौंडापन, मुझे लगातार परेशान कर रहा था। मैं मन ही मन उन सभी से घृणा कर रहा था कि यह व्यापारी, नेता और पुलिस-प्रशासन का कितना घटिया घालमेल मेरे सामने आ रहा था।

तभी, सुरूर में ही सही, मगर 'मेरी नजर'—खुद मुझ पर भी पड़ी। तू कौन-सा दूध का धुला है बे! अपने ही भाइयों के साथ गद्दारी करने वाला—पुलिस का दलाल! तुझे शर्म नहीं आती कि 'अवैध वसूली' का जरिया बना है... और अपने दो रुपये बचाने के लिए तूने ये खेल खेला है, मेरी आत्मा ने उस रात मुझे बहुत धिक्कारा था। शायद यह उन्हीं 'दो पैग' के कारण हो पाया कि मैं—इस मामले में अपने दिल की आवाज सुन सका! मुझे अपने उन सभी तहबाजारी लगाने वाले भाइयों के चेहरे याद आ गए। यह अहसास भी हुआ कि हम सब कितनी मेहनत से कमाते हैं... और ये हराम के, किस तरह 'हमारा माल' उड़ाते हैं!

छि: ! लगा कि जैसे खुद पर ही मुझे उबकाई आ रही थी।...विचार, विचार, विचार—सोचता हुआ मैं घर आ गया था, मगर एक निर्णय भी कर चुका था मैं, उस रात कि—अब यह सब, कल से नहीं होगा। किसी हालत में यहाँ से कोई 'उगाही' थाने नहीं जाएगी।

❑❑❑

अगले दिन मैंने अनिल की मदद से सबको इकट्ठा किया और 'रेहड़ी-पटरी कामगार यूनियन' बनाने की घोषणा कर दी। सभी ने, लगभग आम सहमति से मेरा प्रस्ताव मान लिया। थोड़ा-बहुत विरोध पुलिस वालों के डर कि वजह से जरूर हुआ, मगर मैंने उन्हें समझाया कि यदि यूनियन बन गई, तो फिर वे हमारा कुछ नहीं बिगाड़ पाएँगे। संस्था का रजिस्ट्रेशन करा कर, मैंने एम.सी.डी. को सीधा पंजीकरण के आधार पर, हमें स्थान देने की बात कही थी, जिसका वैधानिक मासिक शुल्क लेकर हमें लाइसेंस दिया जाए। इसमें

पुलिस की उगाही को हर तरह से 'अवैध' बताया था। हालाँकि कुछ दिन तक 'चढ़ावा' जरूर गया, क्योंकि यूनियन के कई काम अभी बाकी थे। लेकिन धीरे-धीरे सभी को यकीन हो चला था कि राजा, जो कह रहा है—वही सही है, क्योंकि वही हमें 'पुलिस' के जंगलराज से छुटकारा दिला सकता है! इस प्रक्रिया में थोड़ा समय लगा। सभी को संस्था से जोड़ने, पंजीकरण फीस आदि में कुछ समय और लग गया। उसके बाद एक दिन अचानक वसूली बंद हो गई।

जाहिर है कि इस बीच थाने को उसका 'चढ़ावा' नहीं पहुँचा, तो खलबली मच गई। मुझे सूचना मिली कि थाने से कुछ कांस्टेबल मुझे पूछते हुए वहाँ आए थे, मगर सभी साथियों ने उन्हें गुमराह किया और वे मुझ तक नहीं पहुँच पाए।

अगले मंगलवार को, एमसीडी और पुलिस की एक बड़ी कार्रवाई होगी—यह सुचना भी मुझे एक नेकदिल कांस्टेबल के मार्फत पता चल गई थी। ऐसा नहीं कि मुखबिर केवल पुलिस के ही होते हों, पुलिस में भी दूसरों के मुखबिर होते हैं। ('कानपुर वाले' विकास दुबे के मामले में ही देख लीजिए!) सो, मैंने सभी साथियों को आगाह भी कर दिया था और आगे की लड़ाई के लिए तैयार रहने को भी कहा था। किन्तु जब 'कमेटी आई' तो वह पुलिस बल के साथ थी। सभी साथियों पर डंडे बरसाये गए। सामान किसी का भी नहीं लूटा गया। सभी से बस, एक ही सवाल पूछा जा रहा था कि—राजा कहाँ है? मैं समझ रहा था कि अब आगे की लड़ाई और कठिन हो जाएगी। इसलिए फिलहाल मेरा 'भूमिगत' हो जाना ही जरूरी था।

❑❑❑

समझ रहे हैं न आप भी!... यही है आपका शहर। यह एस.एन. भी राजधानी की एक बहुत ही प्रतिष्ठित सरकारी कॉलोनी है, जो कल इतिहास बन जाएगी, क्योंकि दशकों से बना यह सरोजिनी नगर अब धराशाही हो गया है। उसकी जगह जमीन के भीतर से उपजने लगी है कोई एक नई बहुमंजिला कॉलोनी। भविष्य के पाठक मेरे इस वक्तव्य में ही उस पुराने सरोजिनी नगर को समझ पाएँगे। जैसे धीरे-धीरे किदवई नगर, नौरोजी नगर, नेताजी नगर—सभी इतिहास में समाते जा रहे हैं। सरोजिनी नगर का पुराना स्वरूप भी अब इतिहास होने जा रहा है।

अपनी धर-पकड़ की सूचना मिलते ही, मैंने भी सरोजिनी नगर को हमेशा के लिए त्याग दिया था। सभी पटरी वालों की पर्ची कटने लगी थी। केवल रेहड़ी, खोमचे और ठेलियों से ही वसूली की जा रही थी या फिर जिन दूकानदारों ने दूकान के बाहर भी जगह घेरी हुई थी, वे अपनी मर्जी से 2-4 रुपये पुलिस वालों को दे दिया करते थे।... मगर हाँ, 'राजा की तलाश' हुड्डा साहब को अब भी थी। कोई न कोई पुलिस वाला, किसी न किसी पटरी वाले से पूछ ही लेता, 'राजा आया तो नहीं?'

❑❑❑

पहले तो यही होता था कि हिन्दी एम.ए. में लड़कियाँ ही ज्यादा हुआ करती थीं। हम लड़के तो नाममात्र के होते थे! फिर, हम भले ही बाहर कितने भी बड़े सूरमा बने फिरते रहे हों, मगर पूरी क्लास में लड़कियों को भरे देखकर—सिट्टी-पिट्टी गुम हो जाती। जैसे-तैसे कुछ 'बहन जी' टाइप लड़कियों से मित्रता करने का प्रयास किया, ताकि हमें अन्य कथित आधुनिक युवतियों के हमलों से कुछ सुरक्षा मिल सके और वे मुझे 'निरीह' समझकर, उनसे बचा सकें।

इसका खामियाजा इस रूप में उठाना पड़ता कि जब भी 'लंच ब्रेक' या कोई खाली पीरियड होता, तो हम लोग कैंटीन चले आते। तब जाहिर है कि चाय-समोसा या ब्रेड-पकोड़े का ही ऑर्डर होता, मगर जब भुगतान का समय आता, तो ज्यादातर मित्र चुप रह जातीं या कम पैसे होने का हवाला देतीं। कुछ ऐसी भी थीं, जो पैसे तो आगे बढ़ातीं, मगर इस संकोच के साथ—कि उनके बढ़ाये रुपये न पकड़े जाएँ।

वेटर भी चतुर होते थे। वे युवतियों पर अपना प्रभाव जमाने के लिए, उनके बढ़ाये हुए रुपए नहीं पकड़ते—मेरे हाथ से नोट ले लिया करते। कुछ समय तो मुझे भी लगा कि यह हमारे पुरुष होने का स्वाभिमान है, मगर 'पटरी' उखड़ते ही मुझे अपनी औकात समझ में आ गई। अब मैं तो पिता जी से कुछ लेता नहीं था। खुद ही कमाकर पढ़ना होता था। वे कहाँ से खर्चा-पानी लाती हैं, यह मैं समझ ही सकता था।

सो, एक दिन पूछ ही लिया, अपनी सभी महिला मित्र मंडली से, "यार एक बात बताओ, तुम लोग ये एम.ए. क्यों कर रही हो?"

मैं जानना चाहता था कि आखिर कोई व्यक्ति, कोई विशेष विषय क्यों चुनता है। मैंने क्यों चुना, यह तो मैं जानता था, पर इन्होंने क्यों चुना?

"मैं बताती हूँ", एक बोली, "दो-चार लड़के वाले आकर, देखकर चले गए। माँ-बाप ने बताया कि लड़की एम.ए. कर रही है। तो थोड़ा-सा रुतबा बढ़ गया उनका और अपना भी, मगर बात नहीं बनीं।"

"अरे नहीं यार, मेरी परेशानी तो यह है कि बाप के पास अभी दहेज के पैसे ही नहीं हैं—इसी लिए उन्होंने मुझे एम.ए. में उलझा कर, थोड़ा समय ले लिया है।" दूसरी ने कहा।

"अरे नहीं भाई!... मैं जिसे पसंद करती हूँ, उसका बाप एम.ए. है। वो कहता है कि मुझे लड़की अपनी टक्कर की ही चाहिए! चाहे लड़का साला ग्रेजुएट भी न हो!" यह तीसरी का विलाप था।

ये सारे विकल्प मुझे परेशान कर रहे थे। तभी मैंने पूछा, "ठीक है, ठीक है—मगर यह तो बताओ कि एम.ए. हिन्दी में ही क्यों?"

मेरा सवाल सुनकर सब को साँप सूँघ गया। फिर, बिदांस लगने वाली एक मित्र ने कहा, "देख यार राजा!... साला किसी और सब्जेक्ट में एडमीशन ही नहीं हो पाया।

तब, अपनी तो मजबूरी है!... पर हाँ, यहाँ तुम्हारे जैसा प्यारा दोस्त मिलेगा, यह तब नहीं सोचा था। आज गर्व होता है।'' यह सचमुच एक साफगोई से बात करने वाली मित्र थी—दिशा शर्मा! इसलिए मैंने उसको सलाम किया।

मगर, अब उस चाय-नाश्ते के भुगतान का समय आ गया था। मैं समझ रहा था कि हमेशा कि तरह आज भी मुझे ही सारा भुगतान करना होगा। 'पटरी' तो उखड़ चुकी थी और ये सभी 'नवाबों की शहजादियाँ' भुगतान करेंगी नहीं।

मैं कैंपस की कैंटीन में गया और उस 'हैड वेटर' को पकड़कर पीछे ले गया, प्यार से। फिर अचानक उसका गिरेबान पकड़ कर मैंने कहा, ''क्यों बे, तू और तेरे लड़के हर बार मेरा नोट ही क्यों पकड़ लेते हैं?''

''सॉरी सर जी, पर आप ही तो हर बार नोट आगे बढ़ाते हो!'' उसने बहुत ही दयनीय भाव से कहा था।

''सुन बेटा, नोट तो मैं अब भी हमेशा आगे बढ़ाऊँगा... पर अगर तूने या किसी और ने, बाकी के नोट छोड़ कर, मेरा नोट पकड़ा, तो तुम्हारी खैर नहीं।''

''जी, सर जी!'' वह गिड़गिड़ाया। उसके बाद से काफी दिनों तक सारा भुगतान महिला मित्रों के द्वारा होता रहा। नोट तो मैं अब भी आगे बढ़ाता, मगर वेटर किसी महीला मित्र का नोट पकड़ लेता और कहता, ''आप तो देते ही रहते हो सर जी, आज मैडम का ही सही।'' ऐसा तब तक चलता रहा, जब तक मुझे लाजपत नगर के एक प्राइवेट कॉलिज में पढ़ाने का काम नहीं मिल गया।

❑❑❑

पटरी से तो पलायन हो गया था, मगर संघर्ष के लिए कुछ काम तो चाहिए ही था। सो, अनिल ने ही अपने पंजाबी होने का फायदा उठाया और मेरे लिए किसी परिचित से नए रोजगार की बात की। दरअसल, उस समय पहले 'पी.टी.कॉलेज', फिर 'न्यू पी.टी. कॉलेज',... और फिर 'न्यू पी.टी. सचदेव कॉलेज' नाम से, कुछ निजी शिक्षा की दूकानें खुल गई थीं। कुछ सरोजिनी नगर में भी। मार्केट के ऊपरी फ्लोरों पर और कुछ लाजपत नगर आदि इलाकों में। यहाँ उन छात्र-छात्राओं को पढ़ाया जाता था, जो दिन में कुछ काम करने के कारण, प्राइवेट फार्म भरते थे। इनके लिए शाम की सुविधा को ध्यान में रखकर—दिल्ली विश्वविद्यालय के समानांतर पढ़ाने की व्यवस्था कर दी गई थी।

धीरे-धीरे 'राजा' की तलाश भी कमजोर पड़ने लगी थी। मुझे, पहले खुद पढ़ने... और फिर पढ़ाने में आनंद आने लगा था। यूँ भी साउथ एक्स में पढ़ने के बाद, लाजपत नगर पढ़ाने पहुँचना, ज्यादा दूर नहीं था। हुड्डा साहब मुझे फिर कभी तलाश नहीं पाए थे। यहाँ के एक निजी कॉलेज में, दो बैच को मुझे पढ़ाना होता था। कुछ प्रतिभाशाली छात्र-छात्राओं से परिचय भी होने लगा था।

अपने छात्र जीवन की उद्दंडताओं को भी, मैं इन छात्र-छात्राओं में देख रहा था—और इस बार यह सब अच्छा भी लग रहा था। इसका एक कारण यह भी था कि हमारे बीच उम्र का ज्यादा फासला नहीं था। यहाँ से अध्यापन में रुचि तो होने लगी थी—मगर अध्यापन अभी भी मेरा लक्ष्य नहीं बन पाया था। अध्यापक न बनने कि इच्छा के बावजूद आगे पढ़ने की ललक लगातार बनी हुई थी।

❑❑❑

अध्याय - 3

अब तक एम.ए. भी निपट गया था। उस दौर के सभी बहुत प्यारे और रोचक अनुभव साथ चल रहे थे, मगर आगे का कठोर सफर अभी बाकी था। पीएच.डी. का रजिस्ट्रेशन भी हो गया था। विषय भी अपनी रुचि का ही मिल गया। प्रेमचंद युग समाप्त हो चुका था... और प्रेमचंदोत्तर युग के बाद की कहानियों का सिलसिला शुरू हो चुका था। बड़े-बड़े नामधारी कथाकार उभर कर सामने आ रहे थे—और कहानियों के भी अनेक नए प्रतिमान गढ़े जा रहे थे। कई तरह के 'कथा आंदोलन' छेड़े जा रहे थे। कुछ 'महान' कथाकारों के अपने-अपने 'खेमे', 'मठ' या 'स्कूल' पनपने लगे थे! प्रेमचंद का 'होरी' अब शहरों में आकर, निम्न-मध्यवर्ग का सर्वहारा, श्रमिक या मध्यवर्गीय... यानी दोनों वर्गों के बीच पिसता 'आम आदमी' (पार्टी वाला नहीं) हो गया था।

इन सभी खेमों, मठों या स्कूलों की कहानियों में एक बात बड़ी शिद्दत से उभरकर सामने आ रही थी। यह आजादी के बाद का समाज था, जो तेजी से करवटें बदल रहा था। आजादी के सुनहरे ख्वाब छटपटा कर दम तोड़ रहे थे। उम्मीदों की सभी 'गठरियाँ' टाँड पर ही टिकी रह गई थीं। शुरुआती कुछ लड़ाइयों ने और भीतरी राजनीतिक टकरावों ने—उस वक़्त की युवा हो रही पीढ़ी को झकझोर दिया था।

इसे यूँ भी कह सकते हैं कि राजेश खन्ना का 'रोमांटिसिज्म' दम तोड़ रहा था... और अमिताभ बच्चन का 'एंग्री यंग मैन' अपनी भुजाएँ फड़फड़ाने लगा था। बल्कि कहना यूँ चाहिए कि राजेश खन्ना के 'रोमांटिक' और अमिताभ बच्चन के 'उग्र' विद्रोह से पहले ही—हमारे समाज में नए वर्ग ने जन्म ले लिया था। पहले की मान्यता कुछ भी रही हो, मगर यह वही दौर था, जब हमारा समाज—उच्च-मध्य, मध्य और निम्न-मध्य वर्ग के रूप में विभाजित होने लगा था। धीरे-धीरे उद्योगपति, राजनेता, प्रशासनिक अधिकारी और ठेकेदार, बिल्डर या दूसरे माफिया 'ऊपर की ओर' बढ़ रहे थे और हमारा होरी नीचे—और नीचे जा रहा था। यानी अब 'उच्च-मध्य' तो और 'उच्च' होता चला गया। 'मध्य' खुद को 'मध्य' मानकर, 'मध्य' में ही रह गया। यह न कभी स्वयं को उच्च से जोड़ पाया और न ही यह 'निम्न-मध्य' या 'निम्न' के करीब ही हो पाया। सरल शब्दों में कहें, तो इसकी हालत यह हो गई कि—'नया बनवा नहीं सकते... और फटा पहन नहीं सकते!' तब बड़ी तेजी से उभरकर सामने आया 'निम्न-मध्य' वर्ग, जैसे अचानक कहानियों के केंद्र में भी आ गया। एक ऐसे वर्ग की कुलबुलाहट कहानियों में सामने आ रही थी, जिसे पहले ठीक से नहीं समझा गया था। इसे समझना तो दूर—यह भी समझ नहीं आ रहा था कि समाज अपने बीच इतनी तरह की लकीरें, इतनी तेजी से क्यों खींच रहा है? यह तो उस दौर की कहानियों

ने और दिल्ली के विस्तार ने समझाया कि समाज ही नहीं—शहर भी अपने बीच कई तरह की लकीरें खींच रहा है, जो वर्गों के अनुसार अलग-अलग कॉलोनियों की शक्ल में उभर रही हैं।

उस समय मुझे ऐसा ही लगा था, लिहाजा शोध-प्रबंध का विषय भी यही चुना था—'साठोत्तर हिन्दी कहानी में निम्न-मध्य वर्ग का स्वरूप!' जामिया में रजिस्ट्रेशन के बाद डी.यू. साउथ दिल्ली कैम्पस लायब्रेरी की स्पेशल परमीशन मिल गई थी। लेखन से जुड़े होने पर, कुछ वरिष्ठ कथाकारों से परिचय भी हो गया था और कुछ अच्छे संपादक-कथाकारों ने मदद का आश्वासन भी दिया था। सो, इसी विषय पर काम शुरू हो गया।

❑❑❑

मगर तभी खबर मिली कि एस.एन. थाने के दरोगा साहब मेरे विश्वासघात को भूले नहीं हैं। किसी मुखबिर से मेरी खबर मिलने पर, एस.एच.ओ. हुड्डा साहब मुझ तक पहुँच सकते हैं... और बदले के लिए, मुझे किसी भी मामले में, उठवाकर अंदर करने की फिराक में हैं। हालाँकि एस.एन. की 'पटरी' का गणित काफी बदल चुका था... और मैं भी अब लाजपत नगर के प्राइवेट कॉलेजों में पढ़ा रहा था। मेरे साथ दो अच्छी बात यह भी थीं कि मेरे घर के विषय में, केवल अनिल को ही पता था, जो मेरा मित्र था ही। दूसरी अच्छी बात यह कि एस.एन. में सभी लोग मुझे 'राजा' के ही नाम से जानते थे... जबकि मेरा असली नाम—यानी मेरे प्रमाण पत्रों में, राजा था ही नहीं। मतलब कि मेरा ऑफिशियल नाम वहाँ दूर-दूर तक किसी को पता नहीं था... जबकि यहाँ कॉलेजों में मैं अपने असली नाम से या फिर 'सर' के रूप में ही जाना जाता था... और हुड्डा साहब यह कल्पना भी नहीं कर सकते थे कि पटरी लगाने वाला राजा, किसी कॉलेज में पढ़ा रहा होगा। फिर भी, किसी संभावित आशंका ने मुझसे वे कॉलेज भी छुड़वा दिए।

सरोजिनी नगर तो हमेशा के लिए ही छूट गया। एम.ए. करने के दौरान ही यह पता चल गया था कि साउथ कैंपस की पी.जी. क्लासेस—साउथ एक्टेंशन पार्ट-1 में, किराये पर ली गई कुछ कोठियों में होती हैं... और इस कैंपस की बड़ी लायब्रेरी के लिए, पार्ट-2 में एक तिमंजिला कोठी किराये पर ले ली गई है। यह लायब्रेरी 24 × 7, अर्थात् हमेशा खुली रहती थी। हम जैसों के लिए यहाँ कभी भी आने, रहने, पढ़ने, सोने और कभी-कभी चोरी-छिपे दारू पीने का भी आराम था। उस दौर के सहपाठी यह बात अच्छी तरह जानते हैं, जो बड़ी संख्या में आज भी जुड़े हैं। आज के नए साउथ कैम्पस की आधारशिला हमारे ही दौर में रखी गई थी। 1978-79 के बीच तत्कालीन राष्ट्रपति नीलम संजीवैया रेड्डी साहब ने... मोतीबाग और धौलाकुआँ के निकट की पहाड़ी जमीन इसके लिए आवंटित भी कर दी थी।

❑❑❑

यह बड़े संकट का दौर था। पहले 'पटरी' बंद, फिर 'मास्टरी' भी बंद। पैसा आना हर तरफ से बंद हो गया था। काम कुछ था नहीं... और घर से लेना नहीं था। अब, माँ तो माँ ही होती है। आप कुछ कहें या न कहें—वह बारिश से भीगने पर भी, आपकी आँखों के पानी को पहचान लेती है। वह तब से आपकी अबोली हर भाषा, हर शब्द, हर भाव, हर रूदन, सिसकियों और उस मुस्कराहट तक को जानती है—जो दिखती कुछ और है, मगर होती कुछ और!

ऐसा नहीं कि अभी तक मैं जो कुछ करता रहा, उसकी भनक माँ को न रही हो! मैंने कुछ कहा भी नहीं, उन्होंने कुछ सुना भी नहीं, मगर वे सब जानती थीं। इसके बावजूद माँ ने मुझसे कभी कोई सवाल नहीं किया। यह भी हो सकता है कि माँ अभी भी 'वह मेरे पन्द्रह रुपये' लौटाने की बात न भूली हों... और इसी बिना पर उन्हें यह भरोसा भी रहा हो कि मैं जो कुछ भी कर रहा हूँगा—ठीक ही कर रहा हूँगा। ऐसा भी नहीं कि इतने वर्षों तक पिता जी ने भी यह न सोचा हो कि 'यह नालायक' अपना खर्च चला कैसे रहा है? हो सकता है कि माँ और पिता जी में कभी चर्चा भी हुई हो कि यह कर क्या रहा है? मगर वह सरकारी नौकरी छोड़ देने के बाद से ही हमारे बीच संवाद लगभग खत्म-सा ही हो गया था। बस माँ ही एक पुल थीं—जिनसे होकर सूचनाएँ इधर से उधर आया-जाया करती थीं।

फिर एक दिन जब मैं लंच बाँधकर कैम्पस पहुँचा था, तो खाना खाते समय उस लंच बॉक्स में 20 रुपये रखे पाए थे। ये 20 रुपये अपने आप में बहुत कुछ कह रहे थे। यही वह अहसास था, जो हर माँ को ईश्वर बना देता है। तब भी, कहा किसी ने, किसी से कुछ भी नहीं था, किन्तु समझ हम दोनों ही गए थे।

❑❑❑

कुछ समय तो 'बचत' से कट गया, फिर कभी कुछ माँ चोरी-छिपे दे दिया करतीं, शायद पिता जी से बचाकर। पता नहीं क्यूँ, यहाँ स्वाभिमान आड़े नहीं आया! फिर लगा कि यदि जल्दी ही कुछ नहीं हुआ, तो परेशानी खड़ी हो सकती है। उन दिनों कई जगह, कई काम के लिए बहुत भटका, मगर कहीं बात नहीं बनी। कहीं जगह की खाली नहीं थीं—और कहीं कहा गया कि 'आप हमारी जरूरी योग्यताओं से ज्यादा पढ़े-लिखे हैं! हमें 'इतने काबिल लोग' नहीं चाहिए।

तभी एक विचित्र संयोग बना। बचपन का एक मित्र, जिसके साथ मिलकर, बहुत-से गलत काम किए थे—अचानक एक सही काम करते हुए मिल गया। वह नहीं पढ़ पाया था अनिल की तरह—और मैंने पढ़ने को जिद बना लिया था। बस यही फर्क था हम दोनों में, बाकी तो वह भी खुराफाती और मैं भी! वह एक ढाबे पर मिला था, खाना खाते हुए। मैं चाय पी रहा था।

"अबे राकेश!... तू?" मैं उसे देखते ही उछल पड़ा था।

वह कुछ क्षण के लिए सकपका गया, फिर जैसे ही पहचाना, तो खाना छोड़ उठ खड़ा हुआ, "साले तू!... तू यहाँ क्या कर रहा है?"

"कुछ नहीं यार, बस यहीं पास में थोड़ी पढ़ाई कर रहा हूँ। थक गया था, तो चाय पीने चला आया।" यह दूकान साउथ एक्टेंशन मार्केट के पास एक ढाबे के रूप में बनी हुई थी। मैंने गौर से देखा तो राकेश किसी ड्राइवरी वर्दी में था।

"पढ़ाई!..." उसने मेरी बात सुनकर ठहाका लगाया था, "अबे पढ़ाई... ? इस उम्र में?... मगर सुना था कि तेरी तो कोई अच्छी नौकरी लग गई है!" खाना खाते हुए उसके हाथ रुक गए थे।

"तू खाता रह। मैं बताता हूँ।" मैंने कहा।

"तू भी आ जा। दो-चार चपातियाँ हो जाएँ।" उसने कहा था।

"नहीं यार, अभी भूख नहीं है। कैंटीन से ही खाकर आया था। चाय यहाँ की बढ़िया लगती है, इसलिए यहाँ चला आया।" मैंने उससे खाते रहने का आग्रह किया और अपनी चाय सुड़कता रहा, "तू सुना! तू क्या कर रहा है?"

"देख नहीं रहा—यह वर्दी!...हमें क्या करना है?... अब दसवीं के बाद पढ़ाई छूट गई, तो फिर क्या करना था?... बाप ने भी कहा—सालो या तो कमाओ या निकल जाओ यहाँ से! शुक्र है कि उस समय मकान सरकारी था, इसलिए कुछ समय कट गया। पिता जी के बाद, मकान भी खाली करना पड़ा। हममें से कोई भी सरकारी नौकरी में आ जाता—तो कम से कम, छत बची रहती यार!"

राकेश ने एक गहरी साँस ली फिर बोला, "बहन की शादी हो गई थी। पिता जी कर गए थे। छोटे भाई ने लव-मैरिज कर ली। वो अपनी लुगाई के साथ अलग हो गया। मम्मी हैं और तेरी भाभी भी। पिता जी रहे नहीं तो मम्मी भी मेरे ही पास हैं। एक बिटिया है—बस!... और क्या बताऊँ?... बाकी तो तू देख ही रहा है, मैं ऑटो चला रहा हूँ। इसी में हमारा गुजारा हो जाता है! गंदा है—पर धंधा है यार। जब लोग—ऐ ड्राइवर, कहते हैं, तो पहले बहुत अखरता था, मगर अब साली आदत-सी हो गई है। पुलिस के लफड़े, बदमाशों से निपटना... अब आम लगता है। कमाई भी ठीक-ठाक हो जाती है। अभी किराए के मकान में ही हम रह रहे हैं।"

❑❑❑

बस, इसी एक बात ने जैसे मुझे बाँध लिया था। एक बिजली-सी दौड़ गई थी मस्तिष्क में... 'ऑटो चला रहा हूँ। इसी में हमारा गुजारा हो जाता है।... गंदा है—पर धंधा है यार!... जब लोग—ऐ ड्राइवर कहते हैं, तो अखरता जरूर है।'

कुछ देर, जब तक वह खाना खाता रहा, हम बचपन की सभी बदमाशियों को याद करते रहे। यह अनुभव नया नहीं है। सभी पुराने मित्र जब भी मिलते हैं, तो सभी

यादें ताजा हो ही जाती हैं... लेकिन जो अब होने जा रहा था—वह, पुराने मित्रों के बीच कुछ नया था।

उसने खाना खाकर हाथ धोए। मैंने भी चाय निपटा दी थी। फिर जैसे ही वह वापस आया, मैंने जिंदगी के अगले पड़ाव के लिए, उसके समाने मदद का एक प्रस्ताव रखना चाहा, "यार राकेश!... मेरी एक मदद करेगा?"

"अरे, तू बोल तो मेरे भाई, तेरे लिए साली जान भी हाजिर है!" यह एक दोस्ताना 'जुम्ला' हो सकता था, मगर इसमें सच्चाई भी झलक रही थी।

मैंने पहले उसे 'हल्का' करना चाहा, "नहीं यार!... तेरी किसी 'सालीजान' में अपनी कोई दिलचस्पी नहीं है।" उसने ठहाका लगाया, तो अब मैं कुछ गंभीर हो गया, "देख भाई, मैं पढ़ तो रहा हूँ, यह ठीक है... मगर मेरे पास कमाई का कोई जरिया नहीं है... तू जानता है कि मैं घर से कुछ नहीं लेता। अभी तक बहुत काम किए यार और यहाँ तक पहुँच भी गया! अब यह थोड़ा बड़ी पढ़ाई है। मुझे इस पर ज्यादा ध्यान देना है।" मैं संकोच में पड़ रहा था कि कैसे कहूँ। फिर सोचा कि दोस्तों में तो सपाट कहना ही बेहतर रहता है। अनिल का ध्यान भी आया था कि उसे भी मेरा पटरी लगाना ठीक नहीं लगा था।

लिहाजा संकोच को छोड़कर सीधे मुद्दे पर आना मैंने बेहतर समझा, "यार राकेश तू मुझे ऑटो चलाना सिखा दे... और रात में यदि चलाने को दिला सके, तो तेरी बड़ी मेहरबानी होगी! दिन में तो मुझे यहाँ पढ़ना होता है... और रात में किसी को पता भी नहीं चलेगा कि मैं ऑटो चला रहा हूँ।" मैं एक साँस में सपाट बोल गया।

राकेश पथरा गया था। फटी आँखें, खुला मुँह।

उसे थोड़ा समय लगा, सामान्य होने में। फिर जैसे अचानक वह किसी आवेश-से भर उठा, "तू पागल हो गया है बे! इतना पढ़ कर तू ऑटो चलाएगा राजा? तेरी मती मारी गई है... जानता भी है बेटा! कि ऑटो चलाना क्या होता है?" ब्ला! ब्ला! ब्ला! वह कहे जा रहा था और मैं सिर्फ उसे ही सुन रहा था।

उसने बीच में खुद साँस लेने के दौरान मुझे घुसपैठ का मौका दे दिया, "नहीं यार, सच कह रहा है तू—मैं वाकई नहीं जानता कि ऑटो चलाना क्या होता है...मगर वही तो जानना चाहता हूँ। तू भाई है यार अपना, इतनी-सी हेल्प नहीं कर सकता? अच्छा बता, पढ़ाई भला कहाँ जाएगी? वह तो रहेगी न मेरे साथ ही?... और बेटा! सुन मेरी बात—किताबें तो मैंने बहुत पढ़ी हैं मेरे भाई, इस बार जिंदगी पढ़ना चाहता हूँ। देखना चाहता हूँ यार आपने शहर को! फिर, यह मेरा कोई अंतिम लक्ष्य तो है नहीं। मैं पहुँचूँगा तो वहीं, जहाँ मैं जाना चाहता हूँ। कुछ समय की ही तो बात है, लगे हाथ यह भी हो जाए!"

मैंने देखा—मेरा जादू चल रहा था। तभी वह बोला, "और अंकल-आंटी?... दीदी—और बाकी तेरे अपने लोग? उनका क्या करेगा?"

''कौन बताएगा उन्हें?... तू? (यही सवाल मैंने अनिल से भी किया था), फिर उन्हें पता कैसे चलेगा? तू दिन में चलाता है, मेरा जुगाड़ रात में कर दे। ऑटो तेरा अपना है?''

''नहीं भाई! यह तो एक 'जज' साहब का है। वे 'तीस हजारी कोर्ट' में जज हैं। पार्ट-टाइम में उन्होंने दो ऑटो डाल लिए हैं, पत्नी के नाम से। एक मैं चलाता हूँ, दूसरा एक और ड्राइवर है।''

''बस, तो ठीक है—दिन में तू चलाना और रात को मैं! पहले सिखा दे, लाइसेंस बनवा दे और जज साहब से सेंटिंग करवा दे। फिर दिन में तू और रात में मैं! जज साहब की भी डबल आमदनी होगी... गारंटी तो तू मेरी दे ही सकता है! फिर हम ऐसा भी कर सकते हैं कि यदि दिन में तुझे कोई काम हो तो तू रात में चला लेना, मैं दिन में चला लूँगा। वरना ज्यादातर तो मुझे रात में ही चलना होगा, अपनी पढ़ाई की वजह से।'' मैंने अपने प्रस्ताव का खुलासा किया था।

''यार, कैसी बात कर रहा है? वो तो मैं कर ही सकता हूँ, मगर यह सब मुझे कुछ अच्छा नहीं लग रहा। तू नहीं जानता राजा! स्साला इस ड्राइवरी के धंधे में बड़े पापड़ बेलने पड़ते हैं... तुझे नहीं पता बेटा कि किसी भी शहर के दो चेहरे होते हैं—एक दिन में... और दूसरा रात में (यही एक वाक्य इस उपन्यास काआधार बना।) इन दोनों ही चेहरों में जमीन-आसमान का फर्क होता है मेरे भाई... और तू रात में चलाने की बात कर रहा है, इसी लिए मना कर रहा हूँ यार। तू कोई और काम देख ले! तू कहे तो मैं अपने किसी जानकार से तेरे लिए किसी अच्छी नौकरी की बात करूँ? जज साहब से कहूँगा, तो तुझे कोर्ट में भी कुछ काम मिल सकता है। वे कहीं भी, किसी से कहकर तुझे मुंशी लगवा सकते हैं। तेरी पढ़ाई-लिखाई भी वहाँ काम आ जाएगी।'' राकेश सकुचा रहा था।

''नहीं यार!... अब तो ऑटो ही चलाना है। उसकी एक वजह यह भी है कि यदि मैं ऐसे किसी काम में फँस गया, तो फिर पढ़ नहीं पाऊँगा और सरकारी नौकरी भी मैंने इसी लिए छोड़ी थी कि आगे पढ़ना चाहता था। नौकरी तो जो मैं चाहता हूँ, अब वही करूँगा। दूसरी कोई नहीं। यही सब करना होता, तो पहले ही बहुत कुछ छोड़ कर क्यों आता?... और तू शहर को समझने की चिंता छोड़ दे—तू जानता है, अपना नाम भी राजा है! रजवाड़ा भले ही कोई न रहा हो—पर हम भी 'अपनी तरह के राजा' तो हैं ही न यार! तू पिछले सारे करम भूल गया? क्या नहीं देखा जिंदगी में यार? जो रह गया, वह अब देख लेते हैं। एक ही जिंदगी तो मिली है प्यारे! उसे भी पूरा न जिया जाए, तो साली लानत है, ऐसी जिंदगी पर! फिर पढ़ा-लिखा भी तो हूँ न यार, अपने 'उस्ताज्जी' का नाम नीचा नहीं होने दूँगा, कसम से!'' मैं समझ गया कि मेरा यह 'इमोशनल पत्ता' चल गया है।

❑❑❑

'उस्ताज्जी' मान गए और अपना 'स्कूटर चालीसा' का व्यावहारिक पारायण शुरू हो गया। अच्छा, हमने भी सोचा था कि यार है अपना—और हम कुछ पढ़े-लिखे भी हैं, तो जरा 'लिहाज से' सिखाएगा!... मगर, जब एक दिन गाड़ी पहले गियर पर उठाकर, सीधे दूसरे पर डाल दी और साथ ही एक्सीलेटर दबा दिया—तब, तपाक्-से 'उस्ताज्जी' का एक हाथ, अपनी पीठ पर धौल-सा पड़ा, "अबे ओए! मारेगा किसी को—या खुद मरेगा? यह क्या किया था? ऐसे उठाते हैं सेकेंड गियर में? देख—गियर, ब्रेक, एक्सीलेटर वगैरा को तू ए.बी.सी. की भाषा में समझ। अबे, इतना तो पढ़ा है न—तो समझ कि 'ए' फॉर—एक्सीलेटर, 'बी' फॉर ब्रेक!... 'सी' फॉर 'क्लिच' और जी फॉर गियर... बस बेटा, ये ABC याद रखना... और सारे—ट्रैफिक रूल्स भी।" उसने फिर कहा था, "यार भाई तू खुद समझदार है! यानी रेस वगैरा पर भी तो ज्यादा ध्यान देना है! सवारी लाख कहे कि जल्दी चलाओ, मगर हमें स्पीड कंट्रोल में ही रखनी है और अपने वाहन की लंबाई-चौड़ाई का भी ध्यान रखना होता है।... और हाँ, छोटी-मोटी परेशानी या खराबी को ठीक करना भी आना चाहिए। रात में तो यह और भी जरूरी हो जाता है, क्योंकि कभी-कभी मीलों दूर तक कोई मैकेनिक नहीं मिलता। बाकी मुझे तेरे दिमाग पर भरोसा है।"

धीरे-धीरे अपना प्रशिक्षण शुरू हो गया था। मोटे तौर पर तो चलाना आ ही गया था। हवा से बातें करना अच्छा भी लग रहा था... मगर उस्ताज्जी की हिदायतें—हमारी हवा का पंचर कर रही थीं। ऐसा नहीं, वैसा नहीं—यह करने से पहले वह और वह करने से पहले यह! फिर एक और बड़ी बात समझाई थी राकेश ने कि ड्राइविंग में गलती किसी से भी हो सकती है। हमसे भी और दूसरे से भी। इसलिए दूसरे को बचाना तो ठीक, मगर दूसरे की गलती पर भी, खुद को बचाने में ही अपनी समझदारी है।

इसके बाद उन्होंने रास्तों के खतरों, गुंडों-बदमाशों से निपटने (जिसमें हम पहले से ही माहिर थे) की कला, मीटर में होने वाली हेरा-फेरी, सवारी को उसकी शक्ल और हाव-भाव से पहचानने की कला, पुलिस वालों से निपटने का हुनर, 'मालिक' के साथ पक्की ईमानदारी आदि सभी सबक पहले ही सिखला दिए थे।

❑❑❑

कच्चा लाइसेंस उस्ताज्जी खुद बनवा लाए थे हमारे लिए। पक्का लाइसेंस बनवाने से पहले उन्होंने यातायात के सारे नियम एक बुकलेट से समझा दिए थे। बताया था कि कोई भी चिन्ह दिखाकर पूछा जा सकता है कि 'इसका मतलब क्या है?' अब लाइसेंस बनवाने का समय आया। उस्ताज्जी ने हमें खूब समझाया कि जो पुलिस वाला हमारा 'टेस्ट लेगा', उससे प्यार से बात करनी है। दस-बीस रुपये माँगे, तो मना मत करना! कुछ समझाये तो—हाँ जी-हाँ जी, यस सर-यस सर करना! मगर हम भी ठहरे 'उल्टी

बुद्धि के'। सरोजिनी नगर से 'तड़ीपार'! लिहाजा उस्ताज्जी का ज्ञान एक तरफ और हमारी 'फितरत' एक तरफ।

पुलिस वालों की फितरत के अनुसार, लगभग दो घंटे बाद एक इंस्पेक्टर महोदय के निर्देश पर, एक कांस्टेबल साहब, जो उम्र में ठीक-ठाक थे, मेरे ऑटो में बैठ गए, "चल! सीधा ले!" मुझे तो उन्हीं के अनुसार चलना था। फिर दाएँ ले—मैंने इंडीकेटर के साथ 'हाथ भी दिया'।... फिर बाएँ ले!... यूँ ही दाएँ—बाएँ करते-करते उन्होंने अचानक एक सड़क के बीचों-बीच मेरे कंधे पर हाथ मार कर कहा, "रोक!" मैंने नहीं रोका। उन्होंने फिर कहा, "अबे रोक!"

पहले तो एक कांस्टेबल का इस तरह मेरे कंधे पर हाथ मारना ही मुझे बर्दाश्त नहीं हुआ... और उस पर भी यूँ सड़क के बीचों-बीच रोका जाना मुझे बेवकूफाना लगा था, किन्तु मैंने फिर भी नहीं रोका। मन तो हुआ कि इसका भभूत उतार दूँ, मगर यार राकेश उस्ताज्जी का ख्याल आ गया, तो बस इतना-भर कहा, "चुप! बिल्कुल चुप! साइड लेकर ही तो रोकूँगा।" फिर पीछे से आ रहे ट्रैफिक को मैंने साइड मिरर से देखा। लेफ्ट का इंडिकेटर दिया और 'हाथ भी दे दिया'। इसके बाद एक जगह, लेफ्ट में खाली स्थान मिलने पर, मैंने ऑटो रोक लिया। मैं अभी कुछ कहने ही जा रहा था कि कांस्टेबल साहब पिछली सीट से उतरकर मेरे बाईं तरफ आए और मेरे कंधे पर हाथ रख दिया, "शाबाश बेटा!"

वे फिर बोले, "तुम बाकी सब ठीक चला रहे थे। कुछ जगह छोटी-मोटी गलतियाँ हुई भी, पर उन्हें समझाया जा सकता है। मगर, जो सबसे बड़ी गलती सवारियाँ करती हैं कि 'बस यहीं, यहीं रोको... रोकते क्यों नहीं?' वही घातक होता है। फिर एक पुलिस वाले, जो तुम्हें जज करने ही बैठा है, यानी मेरे कहने पर भी तुमने नहीं रोका, यही तुम्हारे धैर्य की परीक्षा थी। आओ बेटा, लाइसेंस का फार्म ले लो!" कमाल है! पुलिस वाले ऐसे भी होते हैं! यह मेरा सुखद अनुभव था।

यह पहला अवसर था कि वोटर आई डी और कॉलेज के आई कार्ड के अलावा भी अपनी एक 'पहचान' बनने जा रही थी। पहली बार, जब सलेट पकड़कर, उस पर अपना नाम लिखकर, एक फोटो खिचवानी थी—तब मैंने उस फोटो में अपने नाम के नीचे 'एम.ए.' भी लिख दिया था। यह शायद उम्र का उतावलापन था या एम.ए. हो जाने का सुरूर। लिहाजा वह डी.एल. (ड्राइविंग लाइसेंस) मेरी पहचान के अलावा मेरी 'शिक्षा' भी बता रहा था। एक और बात, जो यह डी.एल. संकेत कर रहा था, वह थी भविष्य की चुनौतियाँ। ड्राइवरी के पेशे की तो थी हीं, संबंधों के समीकरण गड़बड़ाने की भी थीं। एक बार माँ और पिता जी का खयाल भी आया था... पर सोचा कि उन्हें कैसे पता चलेगा।

धीरे-धीरे मैं समझ भी रहा था कि माँ कुछ उदास-सी दिखाई देने लगी हैं। पिता जी से भी आमना-सामना होता, मगर कोई किसी से कुछ कहता नहीं। शायद वे मेरे हाथ

में कुछ किताबें देखकर शांत हो जाते। कोई सवाल नहीं करते। कोई आदेश या सुझाव भी नहीं देते। माँ कुछ वर्षों से मुझे देख ही रही थीं। मैं अपने लिए जब भी कोई नया कपड़ा लाता या जूते-चप्पल या फिर घर का कोई सामान... किसी भाई-बहन के लिए कोई उपहार—तो माँ समझ जातीं। इधर कुछ समय से अपनी बदली हुई दशा भी माँ समझ रही थीं। कई बार उनकी निगाहों ने सवाल भी किए, पर मैं मुस्करा दिया था।

आज मैं पिता हूँ, इसलिए समझ सकता हूँ कि सवाल तो पिता जी के मन में भी बहुत-से उठते रहे होंगे... उन्होंने अनेक बार 'अपनी पैनी निगाहों से मेरा एक्स-रे भी किया होगा'... लेकिन हर बार उन्होंने मुझे मेरे हाल पर ही छोड़ दिया होगा। यूँ भी हम दोनों की दिनचर्या ऐसी हो गई थी कि उनके ऑफिस से लौटने के पहले ही, शाम 3-4 बजे मैं साउथ कैंपस की लाइब्रेरी चला आता... और उनके ऑफिस चले जाने के बाद, सुबह 10-11 बजे घर लौट आता था। इस तरह उनसे मिलना बहुत कम हो गया था।

❑❑❑

फिलहाल तो आप मेरे ऑटो पर सवार है और यहाँ से ही हमारी असली यात्रा, बस शुरू ही होने को है, तो मैं पुनः आपको वहीं लिए चलता हूँ—जहाँ मैंने ब्रेक लगाकर उन कांस्टेबल साहब को उतारा था। सो, लगे हाथ उन्होंने एक फार्म भरवाया और अगले सोमवार को जब मैं वहाँ पहुँचा, तो मेरे नाम व शिक्षा के साथ, ब्लैक एंड व्हाइट फोटो में, मेरा लाइसेंस तैयार था। फोटो, जाहिर है कि अच्छी आई थी।

लाइसेंस लिया और अपने 'उस्ताज्जी' राकेश मेहता को गले से लगाया। उनका आभार जताया और उस शाम, हम दोनों ने इस कामयाबी को 'सेलिब्रेट' भी किया। गुरु दक्षिणा में 'दारू पार्टी' के बाद मैंने उस्ताज्जी से पूछा था, ''लाइसेंस तो हो गया यार, मगर अब ऑटो का जुगाड़ भी करवा दो!''

उठकर विदा होने से पहले उस्ताज्जी ने समझाया था, ''देख बेटा, आज तो हो गई, मगर एक बात याद रखियो—कभी दारू पीकर गाड़ी नहीं चलाना!'' फिर थोड़ा रुककर राकेश ने कहा था, ''वो तू मुझ पर छोड़ दे।'' राकेश ने पहले ही अपने ऑटो मालिक से कहकर यह प्रबंध करा दिया था कि जो ऑटो वह दिन में चलाता है, वही ऑटो मुझे रात में चलाना था। यानी 12-12 घंटे की शिफ्ट, मगर यह भी तय हो गया था कि उसका परिवार है, अतः वह यदि कुछ ज्यादा समय भी चलाता है, तो मुझे आपत्ति नहीं थी... एक और बात कि हम जरूरत के हिसाब से शिफ्ट बदल भी सकते हैं। मैं यहाँ भी सहमत था। यानी कभी उसे दिन में काम होगा, तो वह रात में चला लेगा... और मैं दिन में। कभी मुझे भी रात में घर रुकना होगा, तो मैं दिन की शिफ्ट ले लिया करूँगा।

इस डबल शिफ्ट से तीनों का ही फायदा था। मेरा भी, राकेश का भी और हमारे मालिक जज साहब का भी। अब उन्हें दो ऑटो से तीन शिफ्ट का पैसा मिलने लगेगा।

हाँ, इतना अंतर जरूर रखा गया था कि दिन में ज्यादा कमाई के चलते, राकेश उस्ताज्जी और वह दूसरा ड्राइवर अगर 20 रुपये दिन के देते हैं, तो मुझसे रात के 15 रुपये ही लिए जाएँगे। ऐसा तय करने में भी राकेश ने ही मेरी मदद की थी। यह भी तय हो गया था कि सुबह 6 बजे से शाम 6 बजे तक राकेश चलाएँगे... और शाम 6 बजे से सुबह 6 बजे तक की शिफ्ट मेरी थी। अब मैं जितना भी चलाऊँ, यह मुझ पर निर्भर था। मैं खुद भी चाहता था कि राकेश को 2-4 घंटे ज्यादा मिल जाएँ।

❑❑❑

मैं नहीं जानता कि क्यों, मगर राकेश ने एक दिन मुझे बताया कि जज साहब मुझसे मिलना चाहते हैं। राकेश ने कहा था कि वे मान गए हैं, पर एक बार तू मिल ले! फिर एक दिन संडे को, राकेश ने मुझे साउथ कैंपस से लिया और हम साथ ही जज साहब के घर चल दिए। मैंने जान-बूझकर उसे पीछे बैठाया था और गाड़ी मैं ही चला रहा था। यूँ हम साथ-साथ ही ड्राइविंग सीट पर बैठ सकते थे, मगर राकेश के पीछे बैठने से सवारियों का 'हाथ दिखाना' बंद हो जाना था। रास्ते-भर उस्ताज्जी मुझे भला-बुरा समझाते रहे।

जज साहब के घर पहुँचने से पहले गाड़ी राकेश ने सँभाल ली थी। जज साहब को पहले ही मेरा परिचय राकेश ने दे दिया था। हमें सम्मान सहित अंदर आने को कहा गया। फिर वे सामान्य बातें करने के बाद, मूल विषय पर आना चाह रहे थे। मेरे हुलिए से वे मेरा मुआयना भी कर रहे थे... और संकेतों में 'वह सब' भी समझाना चाह रहे थे, जो कुछ राकेश मेहता ने उन्हें बताया होगा। अनेक तरह की हिदायतें और चेतावनियों के साथ यह भी समझाना चाह रहे थे कि मेरे जैसे पढ़े-लिखे युवक के लिए यह पेशा ठीक नहीं है। लेकिन उन्होंने कोई स्पष्ट बात इस विषय में नहीं कही थी। मुझे मेरे निर्णय पर अडिग पाकर वे धंधे की बात पर आ गए थे, "देखो बेटा! मैं जानता हूँ कि तुम समझदार हो। फिर भी, तुम अपनी तरफ से कोई गलत काम नहीं करना। सवारियों की सुरक्षा का पूरा ध्यान रखना और हाँ, नशे-पानी से दूर ही रहना।"

"जी!..." मैंने आदरपूर्वक कहा था।

तभी 'मैडम', यानी 'असली मालकिन' भी चली आई थीं। उन्होंने 'मालकिन' से मेरा परिचय कराना चाहा, "देखो सुनीता, यह नौजवान एम.ए. करने के बाद भी ऑटो चलाना चाहता है!" ऐसा उन्होंने शायद मेरी प्रशंसा में कहा था या शायद किसी हैरानी में!

"नहीं आंटी!" मैंने उन्हें बीच में ही टोका था, "ऐसा नहीं है... मैं ऑटो इसलिए नहीं चलाना चाहता कि यही मेरा लक्ष्य है—या मैं एक से दो... दो से दस, ऑटो खड़े करना चाहता हूँ। नहीं, यह मेरा लक्ष्य नहीं है।"

अब सभी की निगाहें मुझ पर टिकी थीं, "दरअसल, मैं कुछ और आगे पढ़ रहा हूँ।"

यह सुनते ही उन सबकी आँखें और मुँह खुले रह गए। मैंने फिर मुस्करा कर कहा, "अब इतनी पढ़ाई, एक जवान लड़के को, माँ-बाप भला कब तक कराएँगे? बल्कि यह उम्र तो उनकी मदद करने की होती है।" कुछ क्षण का पॉज था। फिर कहा मैंने, "अब यदि मैं उनकी मदद नहीं कर सकता, तो कम से कम मुझे उन पर बोझ तो नहीं होना चाहिए। फिर, दिन में तो मुझे पढ़ना ही है। रात में थोड़ा-बहुत चला लिया, तो बुरा क्या है? अपना सारा खर्च निकल आए... और आपका किराया भी, इतना काफी है। फिर रात के लिए मुझे दो-चार घंटे का कोई दूसरा काम मिलेगा भी तो नहीं।"

मेरे इतना कहते ही, वहाँ सन्नाटा छा गया। सभी लोग खामोश हो गए। फिर मैंने ही इस सन्नाटे को तोड़ा था, "आंटी, मैं हिन्दी कहानियों पर पीएच.डी. कर रहा हूँ। मेरी पढ़ाई का सब्जेक्ट भी तो आम जन-जीवन से ही जुड़ा है। इस दौरान मैं जो कुछ देखूँगा, हो सकता है कि वही मुझे उन कहानियों में भी मिले—जिन पर मैं काम कर रहा हूँ। फिर मैं लिखता भी हूँ—सो, मुझे लगता है कि हर तरह से यह निर्णय मेरे और मेरे 'विषय' के पक्ष में जाएगा! मैं सन्'60 के बाद के कहानियों पर शोध कर रहा हूँ। यानी लगभग 20 वर्षों की कहानियाँ। उन्हीं कहानियों के पात्रों को मैं इन सड़कों पर खोजना चाहता हूँ।"

मैम की खामोश आँखें मुझी पर टिकी थीं। थोड़ा रुककर वे बोलीं, "राजा (उन्होंने मुझे मेरे नाम से पुकारा था), हो सकता है बेटा कि यह फैसला तुम्हारे और तुम्हारे सब्जेक्ट के फेवर में जाए... मगर, ड्राइवरी का पेशा बहुत बदनाम है। राकेश को तो हम बहुत समय से जानते हैं। यह बहुत मेहनती और ईमानदार लड़का है। ज्यादा पढ़ा-लिखा भी नहीं है। इसके परिवार को भी हम जानते हैं। इसके लिए तो ठीक है, मगर हो सकता है बेटा कि तुम्हारा यह डिसीजन, तुम्हारी पर्सनल लाइफ या तुम्हारे घर वालों के खिलाफ चला जाए! कल, जब तुम्हारे एक अधिकारी पिता जी को पता चला कि तुम ऑटो चला रहे हो—तो? तुम यह बात नहीं समझ सकते कि तब उन पर क्या बीतेगी?"

माँ यदि सामने होतीं, तो उनका सवाल भी यही होता शायद!... मगर मैं नहीं समझ पा रहा था कि किसी भी उचित काम को नैतिकता के चश्मे से ही क्यों देखा जाना चाहिए?

तभी थोड़ा रुक कर मैम ने फिर पूछा था, "घर में और कौन-कौन है तुम्हारे?" मैं देख रहा था कि यहाँ जज साहब भी मौन ही थे। इंटरव्यूह स्वयं मालकिन ले रही थीं... जाहिर था घर में भला उनसे 'बड़ा जज' और कौन हो सकता था!

"जी, माँ हैं—बिल्कुल आप जैसी! तीन बहनें हैं और एक भाई—वे सभी मुझसे छोटे हैं। हाँ, एक बहन का रिश्ता तय हो गया है।" मुझे लगा था कि ड्राइवरी सीखने से लेकर, लाइसेंस बनवाने... और जज साहब से अनुमति मिल जाने तक की सभी परीक्षाएँ मैंने पास कर ली थीं... मगर अभी तो 'सुप्रीम जज' के आगे, हमारे 'जज साहब' भी मेरी सिफारिश में कोई सहायता नहीं कर रहे थे।

मैंने बड़े ही दयनीय भाव से उनकी तरफ देखा था—जैसे कहना चाहा हो कि कुछ मदद कीजिए सर! उन्होंने भी अपनी 'पलकें झपका कर' धैर्य रखने का इशारा किया था।

तभी अचानक न जाने क्या सोचकर, मालकिन मैम उठीं और उन्होंने मेरे सिर पर हाथ फेरा, "खुश रहो बेटा... बस अपनी, अपने माता-पिता और परिवार की गरिमा बनाए रखना राजा!... और मुझे विश्वास है कि तुम ऐसे बच्चे हो—जिसे अभी बहुत दूर जाना है। मेरा आशीर्वाद है तुम्हारे साथ!"

पता नहीं क्यों, उनकी आँखें भर आई थीं, "आज से इसे भी अपना ही घर समझना बेटा!" फिर उन्होंने खुद पर नियंत्रण कर लिया था।

"एक बात बताइए आंटी!" मैंने पूछना चाहा, "क्या आप सभी ड्राइवरों का ऐसा ही इंटरव्यूह लेती हैं?" कमरे में एक जोरदार ठहाका लगा था।

तभी जज साहब की बिटिया भी वहाँ चली आई थीं, जिससे उन्होंने मेरा परिचय कराया, "यह मेरी बिटिया है चंचल! एम्स से एम.बी.बी.एस. कर रही है!"

चंचल ने मुझे नमस्कार किया था। मैंने भी उनके सम्मान में दोनों हाथ जोड़ दिए थे। मैं जानता था कि 'दिल्ली कॉलेज ऑफ मेडिकल साइंसिस' के नाम से, दिल्ली विश्वविद्यालय से संबद्ध होने के कारण, मेरे कुछ मित्र भी सफदरजंग अस्पताल से जुड़ कर एम.बी.बी.एस. कर रहे थे। सफदरजंग अस्पताल के अपोजिट, लक्ष्मीबाई नगर के पास, एक सुनसान से इलाके में, इन प्रशिक्षु डॉक्टरों को... वहाँ बनीं बैरकों में, हॉस्टल दे दिया गया था। यही हॉस्टल और इससे कुछ ही दूरी पर साउथ एक्स में बनी डी.यू. की मेरी लायब्रेरी, फिलहाल अपनी आवारगी का अस्थायी ठिकाना था। यहीं पर हम सभी अपनी बेचलर लाइफ जी रहे थे।

सो, चाय-नाश्ते के बाद चंचल के साथ ही, जज साहब और आंटी को भी मैंने प्रणाम किया। बाहर आते ही—उस्ताज्जी ने मुझे गले से लगा लिया, "चल, अब चिंता की कोई बात नहीं।... बाकी तो तुझे और मुझे ही देखना है।"

❑❑❑

फिर तो नियम-सा ही बन गया था कि रोज शाम को 6.00 बजे के बाद कभी भी—7, 8, 9 बजे तक भी, राकेश मेरे कैंपस आते और लायब्रेरी के गार्ड को गाड़ी की चाबी थमा जाते। यदि कोई जरूरी बात नहीं रही होती, तो वह मुझसे मिलते भी नहीं थे या कभी कोई संदेश किसी कागज के पुर्जे पर लिखकर गार्ड को ही पकड़ा जाते। वे शायद, सोचते रहे होंगे कि 'क्यों डिस्टर्ब करना है उसे!' लिहाजा हमारे गाड़ी लेने और देने के बीच का काम, उस लायब्रेरी के गार्ड ही कर रहे थे, जो उनकी ड्यूटी में शामिल नहीं था, मगर फिर भी वे यह काम पूरे सेवाभाव से कर रहे थे। क्योंकि वे भी समझ गए थे कि राजा यहाँ आकर पढ़ता भी है... और रात को ऑटो चलाने निकल जाता

है। शायद वे मेरी मेहनत से प्रभावित रहे हों... या साथ में बीड़ी-सिगरेट पीने... और या फिर कभी-कभी एक दो पैग साथ लगा लेने से, वे सभी मेरे हमराज हो गए थे।

सुबह मैं जब भी लौटता, तो चाबी गार्ड साहब को ही दे दिया करता। राकेश को वे भी पहचान गए थे, लिहाजा सुबह वे चाबी उसे सौंप दिया करते! पेट्रोल को हम 'स्केल' से नाप कर नोट कर लेते—और उसी अनुपात में भरवाकर, एक-दूसरे को सौंप देते। कभी-कभी एक पर्चे पर लिखा हुआ राकेश का संदेश भी मिल जाया करता कि 'यार, कल तू दिन में चला लेना... मुझे कुछ काम रहेगा।' जज साहब का दैनिक किराया भी मैं पर्ची के साथ लपेटकर गार्ड को ही पकड़ा दिया करता।

अपनी-अपनी जरूरत के हिसाब से 'शिफ्ट' बदल लेने के कारण, मुझे अपने शहर को दिन में भी देखने और अपने संबंधों को ताजा बनाए रखने का समय भी मिल जाता। ऐसा मैं दिन के दौरान, जहाँ की भी सवारी मिल जाती—उसी तरफ के संबंधों में, संजीवनी डालता रहता था—वरना, 'निपट रात में भला किससे क्या संबंध... ?'

यहाँ एक और समस्या खड़ी होने लगी थी। मैं तो सहज रूप से ही 'अपनों से' मिलता था, मगर मेरे अपने मुझे इस रूप में देखकर असहज होने लगे। अब यह तो 'उनकी समस्या थी, मेरी नहीं' कि वे मुझे ऑटो चालक की वर्दी या बैज के साथ देखकर असहज हो रहे हैं... लेकिन यह मेरे लिए भी समस्या बनने लगा कि जो रात के अंधेरे में था—वह दिन के उजाले में भी सामने आने लगा था।

❑❑❑

अध्याय - 4

अभी तक मैंने आपको यही बताया है कि किस तरह, जिंदगी और समाज के अलग-अलग रंग देखते हुए मैं यहाँ तक पहुँचा हूँ। मैंने बताया कि ड्राइवरी के धंधे में उतरने से—संबंधों के बहुत सारे समीकरण भी गड़बड़ाने लगे थे। अब ऐसे ही एक कैनवॉस पर, धीरे-धीरे उतर रहे रंगों का एक चित्र आपको दिखाता हूँ!

मगर एक शर्त है!

इस यात्रा का अगला मोड़ आने तक आप बीच में कुछ नहीं बोलेंगे... और न ही कोई सवाल करेंगे—क्योंकि यह... 'मेरे और उनके बीच का लैंडस्केप है'... यहाँ 'उनका' कोई नाम नहीं है, मगर यह भी एक महानगरीय जिंदगी का हिस्सा ही है!

❑❑❑

मैं नहीं जानता कि 'तुम' कभी यह सब पढ़ोगी या नहीं, पर यदि पढ़ोगी, तो जानोगी कि अभी तक तुम्हारा जिक्र मैंने कहीं नहीं किया था। ऐसा नहीं कि तुम इस दौरान मेरी जिंदगी में नहीं थीं या कि मेरी तमाम यात्रा कि साक्षी नहीं थीं। ऐसा भी नहीं कि यहाँ तक के सफर में तुम मेरे जहन पर सवार न हुई हो! तुम हर बार—और शायद बार-बार... दिन में सैकड़ों बार, मेरे मस्तिष्क के एयरस्पेस पर मँडराती रहीं हो... मगर मैंने हर बार तुम्हें लैंड करने का मौका ही नहीं दिया। तुमने जब भी सिग्नल माँगा, मैंने हर बार कह दिया कि रन-वे खाली नहीं है!

हालाँकि तुम कह सकती हो कि फिर 'आज ही मैं तुम्हें अपने दिमागी रन-वे पर क्यों उतरने दे रहा हूँ?'

तुम्हारा सवाल वाजिब है!

जानती हो, मैंने आज तुम्हें लैंड करने की इजाजत क्यों दी?... क्योंकि जानता हूँ कि जब आज का यह 'चित्र' पूरा होगा—तब तुम फिर से टेक-ऑफ कर जाओगी... किसी और पोर्ट पर, किसी और रन-वे पर... लैंड करने के लिए!

❑❑❑

यह वही उम्र थी, जिस उम्र में ऐसा होना संभव भी था और स्वाभाविक भी। पहले परिचय में ही तुमने जान लिया था कि मैं खुद कमा कर ही पढ़ता हूँ। तुम्हें मेरा यह 'स्वाभिमान' अच्छा भी लगा था। परिचय हो जाने के बाद—पहले मैं तुम्हें कॉलेज छोड़ता और फिर अपने कॉलेज जाता। हालाँकि दोनों के अलग-अलग कॉलेज की दूरी कुछ किलोमीटर

की ही थी, जो बस से 5-10 मिनट में तय की जा सकती थी, मगर हम दोनों ही यह दूरी पैदल पार किया करते थे—'आपस की दूरी को कम करने के लिए शायद!' ऐसा हुआ भी, मैं तुम्हें और तुम मुझे, बेहतर समझने लगे थे।

मैं जानने लगा था कि तुम एक बहुत 'शांत ताल-तलैया' की तरह हो, जिसमें लहरें उठती तो हैं, मगर हवा कि गति से, मंथर-मंथर!... या फिर किसी शरारती बच्चे के द्वारा, कोई कंकड़ उछालकर किलोल कराने वाली लहरों की तरह! तुम्हारे ओर-छोर तटबंधों से बँधे थे, जिन तक पहुँचकर, हर लहर स्वत: शांत हो जाती।

यही था, तुम्हारे मन-मस्तिष्क का संतुलन... और तुम्हारी इसी क्षमता ने, तुम्हारे जिस्म की भी एक भाषा गढ़ दी थी। तुम केवल—अपने जिस्म के शब्दों को छूने देती थीं... जिस्म के अर्थों को तुमने एक आभासीय आवरण में ढंक लिया था! यह तुम्हारे व्यक्तित्व की विशेषता थी... और मैंने कभी भी, तुम्हारे बनाए किसी भी दायरे का, बलात् उल्लंघन नहीं किया। यह तुम भी जानती हो।

अच्छा याद करो, उन क्षणों को... जब कॉलेज से बंक मारकर, हम लोग अक्सर चाणक्यपुरी के पास बने 'नेहरू पार्क' में चले आया करते थे। जहाँ तुम प्राय: अपनी सहेलियों के साथ ही हुआ करतीं और मैं हमेशा ही अकेला। नहीं जानता कि ऐसा तुम खुद किया करतीं... या तुम्हारी सहेलियाँ, जान-बूझकर, मेरे और तुम्हारे बीच एक समानांतर दूरी बनाए रखने की शरारत किया करतीं। मैं इशारों में तुम्हें संकेत भी करता 'कि इन्हें साथ लाने क्या जरूरत थी?' तुम समझ भी जातीं पर, मुस्करा कर कहतीं, "सुनो राजा! तुम तो ऑनर्स कर रहे हो न, हम ठहरे 'पास कोर्स वाले' सो हम, तुमसे 'मेघदूत' (कालीदास कृत) के कुछ अंश समझना चाहती हैं... मैडम के पढ़ाने से समझ नहीं आया!"

अब, कालीदास का मेघदूत समझाना... और वह भी तुम्हारी सहेलियों के बीच, सोचो कि मुझ पर क्या गुजरती होगी? ऐसा लगता कि बस, वे मेघ अब मेरे नयनों से बरसने ही वाले हैं!... मगर फिर भी मैं तुम्हारी सखियों को—कालीदास के कालखंड में ले जाता।

❑❑❑

शुक्र है की उस दिन तुम अकेली आई थीं। नहीं जानता की अपनी इच्छा से या फिर तुम्हारी सहेलियों को ही हम पर कुछ तरस आया हो... या फिर उन्होंने 'मुझे केवल तुम्हारे प्रति ही समर्पित पाकर', तुम्हें अकेला भेज कर, हमें उपकृत किया हो।

उस दिन जब मैं तुम्हारे कॉलेज के बाहर खड़ा था... और तुम अकेली आई थीं, तब मैंने पूछा भी था, "वे सब... यानी, आज आप अपने दल-बल के साथ नहीं हैं?"

तुम मुस्करा दी थीं। यूँ मुस्कराती तो तुम हमेशा ही थीं, मगर तुम्हारी मुस्कराहट उन सहेलियों कि खिलखिलाहट में दब जाती थी। तुमने बड़े सहज रूप से कहा था,

"नहीं, आज वे किसी और के ब्वायफ्रैंड का बैंड बजाने गई हैं!" हम दोनों ने ही खुल कर ठहाका लगाया था।

तुम्हारे इस सेंस ऑफ ह्यूमर को मैं इस तरह नहीं जानता था। कॉलेज तक साथ आने-जाने के बीच, केवल गंभीर या फिर सामान्य बातचीत ही हुआ करती थी... पता नहीं क्यूँ आज पहली बार, हाथ के छू जाने या कंधा टच हो जाने जैसे छोटे-छोटे अहसास भी, कहीं भीतर तक उतर रहे थे। इससे पहले भी हम महीनों साथ चले थे, मगर इस 'छुअन' को मैंने पहली बार इस तरह महसूस किया था... और शायद तुमने भी। हमने इससे पहले कभी एक-दूसरे को छुआ ही न हो, ऐसा भी नहीं... मगर पता नहीं कि आज इतने समय बाद, तुम्हें इस तरह अकेला और अपने इतने निकट पाकर, कुछ और ही महसूस हो रहा था।

नेहरू पार्क की वही बनावट, पेड़-पौधे, ऊँचाई-निचाई, संकरे रास्ते, झाड़ियों के झुरमुट, पथरीली चट्टानें, लम्बी-लम्बी पगडंडियाँ, वो सन्नाटा और खामोशी—आज कुछ अलग ही लग रहे थे! जगह-जगह कुछ दूसरे कपल भी बैठे इसी खामोशी को पी रहे थे। आज कहाँ बैठना है, यह मैंने तुम पर ही छोड़ दिया था। अमूमन हम पार्क के किसी खुले हिस्से में ही बैठा करते थे, क्योंकि तुम अपनी उस पलटन के साथ ही हुआ करती थीं, जो आज किसी और का बैंड बजाने, कहीं और गई थी।

यह अमलतास का घना छायादार पेड़ था, जहाँ तुम रुक गई थीं। उसके साथ ही अशोक के पंक्तिबद्ध खड़े दरख्त... और फेंसिंग के साथ लगी—मेंहदी की झाड़ियाँ! आस-पास गुलमोहर, पलाश और अर्जुन के बड़े-बड़े छायादार पेड़, एक बड़ी चट्टान के पास चम्पा के फूलों से लदा आड़ा-तिरछा पेड़। यह जगह कई तरह से महफूज थी। हर तरफ एक निगाह डाल, हम वहीं बैठ गए थे। एक मुद्दत के बाद हमें ऐसा खुशनुमा एकांत मिला था। हमारे बीच का फासला अभी भी कुछ फीट का तो था ही। हम बैठ गए थे, मगर 'संवाद' का कोई सिरा, किसी के हाथ नहीं लग रहा था शायद!... या शायद दोनों ही तरफ अंतरमन में इतना कुछ चल रहा था, जिससे हम तय नहीं कर पा रहे थे—कि इन नितांत निजी अंतरंग क्षणों कि शुरुआत कहाँ से करें।

मैं तुम्हारी तरह शांत सरोवर नहीं था। एक झरना था मैं अठखेलियाँ करता, दरिया का उफान था, समंदर की मौज था, जैसे किसी तूफान का जनून था मैं!... और तुम मंद-मंद बहती सुगंधित बयार! यही एक विरोधाभासी, किन्तु परस्पर आकर्षित करने वाला समीकरण भी था हमारे बीच!

तभी मुझे एक शरारत सूझी थी या कहो कि जो मन में था, उस तक पहुँचना चाह रहा था। मैंने घास का एक तिनका तोड़ा। उसे ठीक से साफ किया। वह कोई एक-डेढ़ इंच के बराबर रहा होगा। उसका एक सिरा, मैंने अपने दाँतों में दबा लिया था... और तुमसे कहा था कि 'क्या तुम कुछ भी टच किए बिना, इस तिनके को

अपने दाँतों में दबा कर मुझसे ले सकती हो?'... और जब तुमने अपने होठों को, मेरे होठों के निकट लाकर, अपने दाँतों से उस तिनके को लेना चाहा—तो मैंने उसे अपने मुँह में छिपा लिया था!... यह तुम्हारा पहला हस्ताक्षर था, जो तुमने अपने होठों से—मेरे होठों पर किया था।

ऐसा नहीं कि इसके बाद हमें सैकड़ों ऐसे पल न मिले हों, जब हम अपने-अपने 'हस्ताक्षरों से', एक-दूसरे को बहुत कुछ न सौंप सकते हों... मगर हर बार तुम्हारे जिस्म और जज्बात के संतुलन ने, हमारे बीच 'एक सम बाँध लिया था!' यह कुछ उसी तरह से होता था, जैसे कोई कुशल संगीतज्ञ, आरोह-अवरोह के बीच 'सम बाँध लेता है'... और स्वरों के ज्वार-भाटे को, एक रचनात्मक कृति में बदल देता है।

❑❑❑

इसके बाद जब तुमने जाना कि मुझे एक सरकारी कार्यालय में नौकरी मिल गई है, तब तुम्हारे सपनों ने एक ऊँची उड़ान भरी होगी। तुम्हें लगा होगा की बस—जैसे अब 'सभी कुछ' बहुत निकट है।... मगर मैं जानता हूँ कि मेरा वह नौकरी छोड़ देना—मेरी अम्मा और बाबू जी के अलावा तुम्हें भी अच्छा नहीं लगा था। तुमने कहा कुछ भी नहीं, मेरी माँ की तरह! मेरे अभी तक के, लिए गए सभी फैसलों पर भी—असहमति के बावजूद, तुम्हारी आपत्ति नहीं थी। मेरी माँ की तरह ही।

मैं यह भी जानता हूँ कि जबसे मैंने तुम्हें अपनी माँ से मिलाया था, वह तुममें अपनी 'बहू' तलाशने लगी थीं। तुम्हारे मन-मस्तिष्क, जिस्म और जज्बात का संतुलन भी, माँ को 'भा गया' था। इसी लिए वे पिता जी से छिपकर भी, तुम्हारे माध्यम से ही सही—मुझ तक पहुँचने की पगडंडियाँ तलाशने लगी थीं।

उसके बाद तो—सरोजिनी नगर, लाजपत नगर... और साउथ एक्स. तक के छायाचित्र, शायद तुम्हारे जरिये ही माँ तक पहुँच रहे थे। ऐसा मैं आज इसलिए कह सकता हूँ कि उस दौर में, माँ ने मुझसे कोई बड़ा सवाल नहीं किया था। यह शायद तुम दोनों की आपसी जुगलबंदी रही हो!

❑❑❑

किन्तु और आगे पढ़ने के फैसले ने पिता जी, माँ और तुम्हें भी बहुत निराश किया था। मैं जानता हूँ कि मेरे पीएच.डी. करने के फैसले ने तो, अन्य सभी के अलावा—तुम्हारे जिस्म और जज्बात का संतुलन भी गड़बड़ा दिया था। इसके लिए तुम्हारा उतना दोष था भी नहीं। तुम्हारे अपने घर के समीकरण, तुम्हारी माँ और पिता जी के दायित्वबोध, उस पर हमारे संबंधों की चर्चा भी उनके हित में नहीं रही होगी।

मेरे सारे मित्र भी इन बदले हुए समीकरणों से परेशान थे। किसी के पास भी कोई सटीक-सार्थक समाधान नहीं था। राजू, बंसल, निर्भय, मुकेश जैसे स्कूली सहपाठी और साउथ दिल्ली कैंपस के भी सभी सहपाठी मित्र, एस.डी.सी. के अध्यक्ष सतीश वत्स, उपाध्यक्ष नवीन पुष्करणा, गुरुदेव सिंह, ओ.पी.पहाड़िया, अनिल सरदाना, जगपाल रावत, सुनील डांग, देबाशीश मोइत्रा, अमर सहरावत जैसे मित्र पासआउट होने के बाद, अपने-अपने करियर की जद्दोजहद में खो गए थे।... लेकिन उस वर्ष की, साउथ दिल्ली कैंपस का प्रतिनिधित्व करने वाली पत्रिका—'प्रतिबिम्ब' के मुख्य संपादक, मेरे मित्र दयानंद अरोड़ा अभी भी मेरे संपर्क में थे।

'प्रतिबिम्ब' में दयानंद मुख्य संपादक थे, तो हिन्दी प्रखंड के संपादक होने का दायित्व मुझे मिला था, जबकि अंग्रेजी प्रखंड राकेश जैन देख रहे थे और संस्कृत प्रखंड की जिम्मेदारी आशा गर्ग के पास थी। मेरे संपादन में सहयोग के लिए सरोज गुप्त, उर्मिल रत्नावत, शुभ दर्शन, अंबिका व शशि जैसे मित्रों का भी योगदान मुझे प्राप्त था।

इसी पत्रिका में दो कविताएँ मैंने तुम पर लिखी थीं... और सरेआम तुमसे अपने प्रणय की घोषणा भी कर दी थी। यही इन कविताओं की खूबसूरती भी थी कि इनमें मैं और तुम स्पष्ट रूप से घोषित थे, मगर कोई भी हमें सीधे-सीधे नहीं तलाश पाया था।... तुम भी नहीं! कारण कि इन कविताओं में, हम दोनों को तलाशने के सूत्र मैंने किसी को नहीं बतलाए थे। तुम्हें भी नहीं!... मगर देख लो कि 'तुम' आज भी जीवित हो मुझमें, मेरे दिल-दिमाग में और मेरी रचना प्रक्रिया में भी!

आज भी, जब-जब मुझसे मेरी रचना प्रक्रिया के अंदरूनी संदर्भ पूछे जाते हैं—तो तुम हर बार मेरे जहन में उभर आती हो! चलो, आज फिर एक बार, वे दोनों कविताएँ मैं तुम्हें समर्पित करता हूँ :—

एक बिम्ब—

'मीत मेरे, गीत मेरे बन गए—
नूतन प्रणय की बेला में!
तमलीन बनी संध्या रानी—
लरजरे अधर की धिरकन को,
वासर में यूँ महसूस किया...
रति स्वयं झुकी लज्जित होकर!

आकंपित अपने अधरों से—
शुभ्रा की श्वेता को चूमा!
अब मूक नहीं शृंगार प्रिय,
खिल उठे अध खिले लोल-कपोल—
लट जब लहरी, चंचल होकर!'

एक प्रतिबिम्ब—

'किसी की मौन भीगी
भंगिमा का चित्र न खींचो—
नहीं तो स्वप्न-सा रंगीन
उसका गेरुआ आँचल
कहीं उससे लिपट कर,
उसके चेहरे को छिपा डाले!
किसी के नयन जब गहराये-से
महसूस हों तुमको—
तुम अपना बिम्ब,
उनमें ढूँढने की चाह न करना!

कहीं जो पलक अपने
बंद उसने कर लिए,
तुम्हारा बिम्ब या भीतर;
या फिर बाहर ही रह जाएगा!'

और सच है कि मैं भी एक बिम्ब की तरह शायद, उन नयनों के भीतर बंद हो गया था... और तब से मेरा प्रतिबिम्ब—आज भी तुम्हारे उन नयनों के बाहर ही खड़ा है! एक अनिश्चित-सी प्रतीक्षा लिए।

❑❑❑

उस रोज तुम सीधे मेरे कैंपस ही चली आई थीं। वहाँ से तुम्हें पता चला कि मैं लाइब्रेरी में हूँ। तुमने गार्ड को भेजकर मुझे बुलवा लिया था। मैं समझ गया था कि आज मामला कुछ गंभीर है। तुमने साथ चलने के लिए कहा तो हम ऑटो पकड़कर नेहरू पार्क चले आए थे। वहीं, जहाँ अशोक के दरख्त क्रमबद्ध खड़े होकर साधना में लीन थे और अमलतास व पलाश के घने पेड़ों के बीच पड़ी—उसी चट्टान से पीठ लगाकर हम बैठ गए थे, जहाँ अक्सर बैठा करते थे!

रास्ते-भर मैंने जो कुछ भी कहा या पूछा, तो बस तुम 'हूँ', 'हाँ' करती रहीं। यूँ भी मैं जानता ही था कि जितना तुम खुद को 'बाहर जीती हो, उससे कहीं ज्यादा अपने भीतर कुलाचें भरती हो!'

बैठने के बाद उस दिन तुम मुखर हो गई थीं, "राजा! अब बहुत हो गया बस्स! तुम क्या समझते हो खुद को?... और दूसरों को?... क्या सपने सिर्फ तुम्हारे ही हैं—दूसरों के नहीं हैं?... मेरे, तुम्हारे लिए, तुम्हें लेकर? क्या माँ जी और बाबू जी के

सपने कोई मायने नहीं रखते तुम्हारे लिए? कभी उनके सपनों के बारे में सोचा है तुमने?''

''हाँ, मैं जानता...''

''पहले मुझे सुनो!'' टोक दिया था तुमने। मैं जानता था कि धीरे-धीरे तुम ही सेतु बन गई हो—मेरे और मेरे अपनों के बीच। एम.ए. के बाद से हमारे बीच भी अंतराल काफी बढ़ने लगा था। 'विचार' अपने-अपने किनारों पर खड़े—दूर से ही 'संदर्भ और अर्थ' तलाश रहे थे। मैं समझ गया था कि तुम्हें रोक कर मैंने गलती की है।

तुम्हें फिर कुछ क्षण लगे खुद को समेटने में, ''तुम क्या समझते हो... यहाँ तक तुम्हारा साथ नहीं दिया हम सभी ने? तुमने नौकरी छोड़ दी, ठीक है! एम.ए. किया, ठीक है! पीएच.डी. ज्वाइन किया, यह भी ठीक!... मगर यार किसी भी जिद की एक हद होती है राजा! कभी तुमने मेरे सपनों के बारे में भी सोचा है? अपने घर वालों के बारे में? मेरे घर वालों के बारे में? क्या इन सभी लोगों के अपने-अपने सपने नहीं हैं?... और क्या मेरे घर वालों के, मुझे लेकर कोई सपने नहीं है? एक जवान लड़की के माँ-बाप की चिंता को तुमने तब भी नहीं समझा, जब माँ दीदी की शादी को लेकर परेशान थीं!''

हालाँकि तुमने कुछ क्षण का 'पॉज' लिया था, मगर इस बार मैं कुछ नहीं बोला, खामोश ही बना रहा। तुम फिर मुखर हो गई थीं, ''अब यह सब क्या है?... मैं सुन रही हूँ कि तुम ऑटो चला रहे हो? तुम्हारे ही किसी मित्र से पता चला तो मैं सीधे चली आई! मैं तुमसे जानना चाहती हूँ, क्या है यह सब?''

तुम जानती थीं कि मैं तुमसे और माँ से कभी झूठ नहीं बोलता। इस बार माँ ने मुझे सीधे नहीं घेरा था... वे शायद तुम्हें यह अधिकार देना चाह रही थीं!... या शायद शस्त्र बना रही थीं तुम्हें!

''तुम्हें आपत्ति किस बात से है—मेरे पढ़ने से? शादी न करने से? नौकरी न ढूँढने से?... या मेरे ऑटो चलाने से?'' मैंने भी तुम्हारे सवालों के जवाब में, सवाल रख दिए थे।

''मैंने कभी भी तुमसे कुछ छिपाया नहीं है! माँ ने पूछा नहीं, तो मैंने बताया भी नहीं! वे पूछतीं, तो मैं उनसे भी नहीं छिपाता। इस बीच तुमसे मिलने का समय नहीं मिला, सो हमारी बात नहीं हो सकी।'' मैंने बात को आगे बढ़ाया था, ''क्या तुम्हें ऐसा लगता है कि मैं तुम्हें नहीं बताता? तुम जानती हो कि मैंने कभी भी, कोई ऐसा काम नहीं किया, जो किसी को शर्मिंदा करे!'' तुमने मुझे अपना पक्ष रखने का मौका दिया था।

थोड़ा रुककर मैंने फिर कहा था, ''तुम्हें क्या लगता है, मेरे सपने सिर्फ मेरे लिए हैं?... इन सपनों में माँ, पिता जी, भाई-बहन... और तुम शामिल नहीं हो? हाँ, मगर जो सपने पिता जी, माँ या तुम सब मेरे लिए देख रहे हो—वे मेरे सपने नहीं है! मुझे थोड़ा समय चाहिए, खुद को साबित करने के लिए। रास्ता नहीं भटका हूँ मैं... और

न ही यह भूला हूँ कि मुझे जाना कहाँ है! कब और कैसे जाना है, यह मैं फिलहाल नहीं बता सकता।''

तुम चुपचाप मुझे सुन भी रही थीं और मन ही मन कुछ गुन भी रही थीं। मैंने कहना जारी रखा, ''देखो, मुझ पर यकीन रखो, मैं जो कुछ छोड़ आया हूँ—यह कभी मेरा लक्ष्य था ही नहीं... और जो अब कर रहा हूँ, वह भी मेरा लक्ष्य नहीं हैं! हाँ, लक्ष्य तक पहुँचने का मार्ग है केवल। इसे देखने का नजरिया सबका अपना-अपना हो सकता है। तुम जानती हो कि मैं उनमें से नहीं हूँ, जो बिना किसी लक्ष्य के, किसी भी दिशा में चल पड़ते हैं— और जहाँ कहीं पहुँच जाते हैं, मान लेते हैं कि बस यही उनकी नियती है! मैं केवल पैसों के लिए 'कोई भी नौकरी' नहीं करना चाहता। मैं वह करना चाहता हूँ, जो मैं सबसे बेहतर कर सकूँ... और जिसे करने में मेरा मन, मेरा साथ दे! मेरा यकीन करो और मुझे बस थोड़ा-सा समय और दे दो—मैं किसी को निराश नहीं करूँगा!''

मेरी बात सुनने के बाद तुम खामोश हो गई थीं। यह सन्नाटा हमारे बीच कुछ देर पसरा रहा। मुझे कहाँ जाना है, यह तो मुझे पता था... मगर तुम्हें कहाँ जाना होगा— यह इससे पहले शायद तुमने नहीं सोचा होगा।

''तो फिर क्या आदेश है... माँ-बाबू जी के लिए?... मेरे माँ-बाप के लिए... और...'' एक लंबे पॉज के बाद तुमने फिर कहा था, ''मेरे लिए भी... ?''

''देखो यार, मेरी बात...'' मैंने तुम्हारे हाथ पर अपना हाथ रखा था, मगर तुमने मेरा हाथ हटा दिया। अपना पर्स सम्भालते हुए तुम खड़ी हो गई थीं, ''चलें?...'' मैंने फिर तुम्हारे कंधे पर हाथ रखा था, मगर इस बार तुमने मेरा हाथ हटाया तो नहीं... पर तुम चल दी थीं। कुछ क्षण के बाद मैंने अपना हाथ खुद ही हटा लिया था, क्योंकि हम नेहरू पार्क के बाहरी द्वार तक पहुँच गए थे।

बाहर निकल कर मैंने एक ऑटो को हाथ दिया था कि तुम्हें घर छोड़ कर, कैंपस चला आऊँगा—यूँ भी राकेश मेहता के आने का समय हो गया था। मगर, ऑटो के रुकते ही तुमने पूछा था, ''साउथ एक्स?...'' ड्राइवर ने मीटर डाउन किया, तो तुमने मेरी ओर इशारा किया था, ''प्लीज!...''

''नहीं यार, इन्हें आर.के. पुरम छोड़ देना। मैं चला जाऊँगा... चलिए आप बैठिए!'' तुमने एक 'भरी हुई नजर' के साथ मुझे देखा था। मैंने भी तुम्हारी नजरों में एक उफनते हुए समंदर की आहट महसूस की थी। तुम्हारे कंधे को छूकर मैंने कहा था, ''अभी चलिए, हम बाद में बात करेंगे!''

❑❑❑

उस रात, जब तुम्हारी शादी थी और तुम सात फेरे लेने जा रही थीं, वह रात—मुझ पर बहुत भारी थी! तुम्हारे विवाह का निमंत्रण, तुम्हारी उन्हीं सखियों में से एक के जरिए मुझे मिल गया था। माँ ने ही वह कार्ड मुझे थमाया था। ऐसा करते हुए वे फफक उठी थीं, मगर मैंने खुद पर काबू रखते हुए माँ को बाहों में भर लिया था। उनके सिर को

सहलाया, आँसू पोंछे और मुस्करा कर बस इतना ही कहा था, "धैर्य रखिए... और मुझ पर भरोसा भी! जीवन में, वह सभी कुछ हमें नहीं मिल जाता, जो हम चाहते हैं!... मगर, हमें वह जरूर मिलता है—जो हमारे लिए तय किया गया है!" माँ को लगा होगा शायद कि उस दिन 15 रुपए न लेने वाला लड़का, अब बहुत बड़ा हो गया है।

मैं जानता था कि माँ के लिए यह तकलीफ कई गुना ज्यादा थी... एक तो उन्होंने तुम में अपनी 'बहू' तलाश ली थी! फिर वे माँ थीं, लिहाजा समझ रही थीं कि मुझ पर क्या बीत रही है!

बहरहाल, वह रात बहुत भारी थी।

मैं माँ को तो निरंतर सान्त्वना दे रहा था, किन्तु खुद भीतर तक बुरी तरह बिखर गया था। सभी भाई-बहन और दोनों तरफ के सभी मित्र भी, अवाक् रह गए थे। किसी को भी इस कहानी के 'इस तरह पटाक्षेप होने की' उम्मीद नहीं थी। मैंने इस अलगाव के लिए कभी भी तुम्हें दोषी नहीं माना। मैं भी शायद उतना दोषी नहीं था। बी.ए. करते ही, हमारा विवाह संभव नहीं था, क्योंकि बहन का विवाह पहले होना था... और उसके बाद तो सारे हालात ही बदल गए थे।

❑❑❑

उस रात—मेरे पास एक मित्र का खाली फ्लैट था, एक शराब की बोतल, एक भरी हुई पिस्तौल... और एक प्यारा-सा मित्र—दयानंद अरोड़ा! दयानंद मेरे सहपाठी रहे थे। वे मेरे-तुम्हारे संबंध, मेरे पारिवारिक समीकरण, आर्थिक-मानसिक हालात... और आज रात कि भयावयता समझ रहे थे। शायद इसी लिए, वे उस रात मेरे साथ थे... और माँ ने तथा मेरी एक अन्य सहपाठी मित्र सरोज गुप्त ने ही उन्हें, उस रात मेरे साथ रहने को कहा भी हो! वे भी इस प्रकरण को उतना ही जानती थीं।

दिमागी ज्वार-भाटा मेरे जहन में चरम पर था। कितने ही विचार आवागमन कर रहे थे। ज्यादातर विचार किसी ध्वंस या अनिष्ट के ही आ रहे थे। ये आत्मघाती भी थे और पलायन के भी। मैं अभी विचार कर ही रहा था कि बोतल खोली जाए... तभी दयानंद ने मेरे कंधे पर हाथ मारा, "क्यों पंडित, सुना है कि उनकी शादी का निमंत्रण तुम्हें भी मिला है?"

मैं मुस्करा दिया था। वे फिर बोले, "तुम्हें अकेले ही बुलाया है या सपरिवार?"

"क्यों जले पर नमक छिड़क रहे हो यार?"

"नहीं भाई, मैं तो इसलिए पूछ रहा था कि यदि सपरिवार बुलाया हो—और तुम मुझे भी अपने परिवार का हिस्सा मानते हो... तो चलते हैं!"

यह फैसला तो और भी कठीन था।

"चलो उठो..." उन्होंने मेरे कंधे पर थपकाया, "इसे रखो उठाकर," वे उठे और दारू की बोलत को उन्होंने अलमीरा में रख दिया। फिर बोले, "लौट कर पिएँगे!...

लड़की वालों की तरफ से हैं—दारू पीकर जाना ठीक नहीं रहेगा!'' उन्होंने ठहाका लगाया, मुस्कराहट मेरे चेहरे पर भी तैर गई।

मैं भारी मन से उठ खड़ा हुआ। वे फिर बोले, ''लाओ, ये मुझे दो!'' उन्होंने पिस्तौल की तरफ इशारा किया था।

''क्या तुम्हें भी मुझ पर भरोसा नहीं है?'' मैंने सीधे उनकी आँखों में देखा था।

''भरोसा है... मगर कलम पकड़ने वाले हाथों में यह शोभा नहीं देती!'' मैं अक्सर उनके आग्रह नहीं टालता, फिर यह तो आदेश भी था... और शायद मेरी मन:स्थिति को भाँपते हुए, किसी खतरे की आशंका का अनुमान भी। संभवत: दूसरे पक्ष से भी कोई ऐसी-वैसी बात न हो जाए, यह सावधानी भी।

मैंने बिना किसी विरोध के, पिस्तौल उन्हें थमा दी थी। फ्लैट को ताला लगाकर हम चल दिए थे।

❑❑❑

हालाँकि तुम्हारा घर वहाँ से इतना पास भी नहीं था, मगर हम—टहलते, बतियाते, कविताएँ सुनते-सुनाते... कैंपस के किस्सों और दूसरे मित्रों के संदर्भों पर मुस्कराते हुए—पैदल ही चल रहे थे। एक विषय से... दूसरे, तीसरे, फिर चौथे-पाँचवें प्रसगों तक ले जाने की कमान दयानंद ने ही सँभाली थी।

तुम्हारे घर तक पहुँचकर हम सीधे पंडाल में नहीं गए थे। दयानंद ने पंडाल के बाहर, थोड़ी दूरी पर एक पार्क में रखी बेंच पर बैठने का विचार बना लिया था। यहीं से हमने तुम्हारी जयमाला... और सातों फेरों की प्रक्रिया को बहुत ही शांत मन से देखा था। हम पंडाल में नहीं आए थे। ऐसा करने पर तुम्हारे लिए परेशानी खड़ी हो सकती थी। दयानंद के यह कहने पर कि चलो कुछ खा ही लेते हैं, मैंने मना कर दिया था कि भूख नहीं है। मैं यूँ भी अंदर आना नहीं चाहता था। सुबह तीन बजे के लगभग हम फ्लैट पर लौट आए थे और आधी से ज्यादा बोतल निपटा देने के बाद, सो गए थे!

❑❑❑

उसके बाद से हमेशा ही... और आज तक भी, तुम मेरे मस्तिष्क में उड़ान भरती रही हो! मैं कभी तुम्हें उतरने देता हूँ—और कभी वापिस लौटा देता हूँ। कह देता हूँ कि 'रन-वे खाली नहीं है!'

लेकिन आज तुम फिर उतर आई थीं और मैंने तुम्हें अपने रन-वे पर उतरने भी दिया था! बल्कि आज तो तुम—केवल रन-वे पर ही नहीं, यहाँ 'कागज पर भी' उतर आई थीं। तुम जानती हो कि अभी तक मैंने तुम्हारा नाम क्यों नहीं लिया? इसलिए कि

पहले भी और आज भी—तुम हमेशा 'मेरा सर्वनाम ही तो रही हो!' इसके बावजूद कि एक दिन बेहद अंतरंग क्षणों में, जब मैं तुम्हें पाना चाहता था—तब तुमने मेरे चेहरे को अपने दोनों हाथों में भर कर कहा था, "देख लो राजा!... मैं चाहती हूँ कि मेरे पास, ऐसा कुछ जरूर होना चाहिए—जो मैं तुम्हें 'पत्नी' के रूप में भेंट कर सकूँ!"

तुम्हारी इस बात पर आज भी मुझे बेहद गर्व है!... और मैं अपनी अंतरआत्मा में भी कहीं शर्मिंदा नहीं हूँ—क्योंकि तुम आज, जिस भी रन-वे पर हो... वहाँ तुम्हारे पास देने के लिए ऐसा बहुत-कुछ था, जो केवल तुम्हारा था।

❑❑❑

अध्याय - 5

शुरू-शुरू में गाड़ी लेकर निकला, तो पहले कुछ दिन बड़ा अजीब-सा लगा था। सवारी से डील करना, रात के ठीये पहचानना कि इस समय सवारी अमूमन कहाँ-कहाँ मिल सकती है! फिर सवारी का यह भी कोई भरोसा नहीं की वह 'कहाँ मिले' और आपको 'कहाँ से, कहाँ ले जाए!' जहाँ वह ले जाए—वहाँ से फिर कोई सवारी मिले, मिले... न मिले! मिले भी, तो अब वह कहाँ ले जाए, इसका भी कोई भरोसा नहीं। सड़कों, चौराहों, रास्तों और साइन बोर्डों से किसी भी जगह या इलाके को पहचानने की आदत भी धीरे-धीरे पड़ने लगी थी।

हालाँकि तब भी दिल्ली—नई, पुरानी, पूर्वी, पश्चिमी, उत्तरी, दक्षिणी, बाहरी और सेंट्रल भी थी... मगर मेरा साबका ज्यादातर साउथ, ईस्ट, सेंट्रल या वेस्ट दिल्ली से ही पड़ता था, क्योंकि यहाँ से समय रहते साउथ कैंपस की लाइब्रेरी लौट आना मेरे लिए आसान था। दिल्ली तब भी छोटी नहीं थी, लेकिन अपनी बढ़ती आबादी के घनत्व के चलते इसने विस्तार लेना शुरू कर दिया था। 'दिल्ली विकास प्राधिकरण' और भू-माफिया अवैध कॉलोनियों की शक्ल में—कहीं-कहीं नियोजित और कहीं-कहीं अनियंत्रित विस्तार करने में लगे थे। यह विस्तार दिल्ली को लगभग सभी दिशाओं में फैला रहा था। इसी विस्तार के साथ दिल्ली के जमीनी भाव, आसमान छूने लगे थे। नई-नई कॉलोनियाँ, नए-नए नामों के साथ जन्म लेने लगी थीं। उन रास्तों को पहचानना और अनजान कॉलोनियों में जाना, तब और भी कठीन लगता था। लिहाजा, दिल्ली कहीं-कहीं 'मास्टर प्लान' से... और कुछ 'माफिया प्लान' से बढ़ तो रही थी, मगर इन कॉलोनियों के ज्यादातर रास्ते दुर्गम और असुरक्षित थे! बस, 'नई और पुरानी' दिल्ली में ही बदलाव की संभावनाएँ बहुत ज्यादा नहीं थी।

सवारी तलाशने के लिए जो जगह मुझे सबसे अनुकूल लगती थीं, उनमें रेलवे स्टेशन, आई.एस.बी.टी., अस्पताल, सिनेमाघर, क्नॉट प्लेस, कैबरे हाउस, होटल, बार-ओ-रेस्त्रां, जी.बी. रोड, दरियागंज, पहाड़गंज, अजमेरी गेट, कश्मीरी गेट, मूलचंद, लाजपत नगर, जनकपुरी आदि ऐसी बहुत-सी जगह थीं, जहाँ से प्रायः किसी भी समय सवारी मिल जाया करती थीं। दिल्ली तब भी रात-भर नहीं सोती थी, हालाँकि तब आज की तरह से मॉल, मल्टीप्लेक्स, मल्टीस्टोरीज और मेट्रो कल्चर का विकास नहीं हुआ था। कोई भी फ्लाईओवर तब तक नहीं बना था। हाँ, कुछ जगह रेलवे-क्रॉसिंग के ऊपर पुल बनने शुरू हो गए थे... वर्ना तो फाटक बंद होने पर, रेलगाड़ी के गुजरने का लम्बा इंतजार करना पड़ता—और तब तक वहाँ कुछ जाम लग ही जाता था। यह हमारे जैसे ड्राइवर के लिए कुछ क्षण सुस्ताने को मिल जाने

का सौभाग्य था, लेकिन गंतव्य तक जल्दी पहुँचने की बेचैनी भी बनी रहती थी।

क्नॉट प्लेस मेरा पसंदीदा इलाका था। था भी यह साफ-सुथरा और वक़्त-बेवक़्त यहाँ खाने को भी कुछ न कुछ मिल ही जाता था और यहाँ से सवारी मिलने की भी निश्चित गारंटी हुआ करती थी। देर तक खुलने वाले रेस्त्रां, क्लब, होटल, बार, सिनेमाघर और कैबरे हाउसों से अक्सर सवारियाँ मिलने की भी ज्यादा संभावना हुआ करती थी। यह और बात है कि रात में, चोर-उचक्कों, शराबियों, जी.बी. रोड के देह बाजारों, मवालियों और पुलिस वालों के लिए भी—रात ही ज्यादा महफूज हुआ करती थी।

इस लिहाज से भी, मेरे लिए—रात को ऑटो चलाना कहीं ज्यादा रोमांचक हुआ करता था। इसके कुछ अतिरिक्त कारण भी थे। मैंने पहले ही कहा कि अपने शहर को, शहरियों को, प्रवासियों को, बाजारों, गलियों को—और सर्प-सी बलखाती, धड़कती सड़कों, गलियों... और 'शहर के ब्लैक कैनवॉस' पर उभरती एक ऐसी दिल्ली को देखने की लालसा भी थी कि जिसके ये रंग दिन के उजाले में कहीं छिप जाते हैं।

इस तरह बेखौफ निकलने के पीछे भी कुछ चीजें काम कर रही थीं। एक तो यही कि मैं पढ़ रहा था—किताबें भी और अपने शहर की आबोहवा भी। दूसरा, अभी तक के मेरे स्वावलंबन ने मुझे आत्मविश्वास से भर दिया था। तीसरा, मैं शस्त्र संचालन या ऐसी किसी भी प्रकार की प्रक्रिया में सक्षम था। चौथा, कि यह ऑटो भी स्वयं दिल्ली की ही एक बड़ी अदालत के जज साहब का था। लिहाजा न तो बदमाशों का खौफ रहा और न पुलिस वालों का। इन सबसे खेलना तो मैं पहले ही सीख गया था।

जैसा कि आज के कोरोना काल ने दिल्ली की सड़कों को एकदम सुनसान और आबोहवा को एकदम शुद्ध बना दिया था, पहले बिना 'लॉक डाउन' यह सुख दिल्ली की सड़कों पर मिल जाया करता था। जनसंख्या का घनत्व बढ़ तो रहा था, मगर वह इतना विस्फोटक नहीं हुआ था। प्रवासियों की आमद भी उतनी नहीं थी। तब गाड़ियाँ भी इतनी अधिक संख्या में नहीं थीं और 'जाम या प्रदूषण' जैसे शब्द, आम बोल-चाल का हिस्सा नहीं हुआ करते थे। लोग ज्यादातर डी.टी.सी. (दिल्ली ट्रांसपोर्ट कॉरपोरेशन) की बसों में ही सफर किया करते थे, जो किसी समय डी.टी.यू. (दिल्ली ट्रांसपोर्ट अंडरटेकिंग) हुआ करती थी। ऑटो से चलना—विलासिता, मजबूरी या दूसरा कोई विकल्प न होना ही, हुआ करता था। ऑटो की संख्या भी दिल्ली में तब उतनी नहीं थी... एक और बात यह कि 'घोषित अपराधी' किस्म के लोग, अभी इस पेशे में नहीं उतरे थे। यह और बात है कि कुछ मवाली रातों को जरूर बाहर निकल आया करते—यह समय उनके लिए बहुत मुफीद हुआ करता था।

❑❑❑

उस रात, नई दिल्ली रेलवे स्टेशन की सवारी छोड़कर मैं क्नॉट प्लेस चला आया था। स्टेशन पर भरोसा नहीं था कि अगली कोई ट्रेन समय पर आएगी भी या नहीं। भारतीय रेल इस मामले में 'बहुत चर्चित' हुआ करती थी। 'छह से नौ' का शो छूटने वाला है, यही सोचकर मैं 'रीगल सिनेमा' आ गया था। यहाँ रीगल या रिवोली सिनेमा में से, जो भी शो पहले छूट गया, तो कोई न कोई सवारी जरूर मिल जाएगी। यही सोचकर मैंने गाड़ी रीगल के बाहर लगा दी थी। यूँ रिवोली भी बगल में ही है, वहाँ का शो पहले छूट गया, तो उधर चला जाऊँगा।

एक सिगरेट सुलगाई... और दूसरे खड़े ऑटो वाले के पास चला आया था, "अभी कितनी देर है?" मैंने पूछा था। वह समझ गया कि मैं शो छूटने के बारे में ही पूछ रहा हूँ।

"अभी हैं 10-15 मिनट!" वह शायद यहाँ अक्सर आता रहा होगा।

तभी, रीगल बिल्डिंग से सटे हुए 'स्टैंडर्ड' रेस्त्रां-बार की सीढ़ियों से पाँच लोग नीचे उतरे। तीन युवक थे और उनके साथ दो युवतियाँ। ये पाँचों ही 'नार्थ-ईस्ट' में कहीं से थे। इनमें दोनों युवतियाँ व एक युवक टी शर्ट के साथ नेकर पहने हुए थे। बाकी दो लड़के फुल शर्ट और जींस में थे। उन्हें देखते ही लगा था कि वे ऊपर रेस्त्रां से ड्रिंक करके उतरे हैं।

जींस वाले एक लड़के ने मेरे साथी ड्राइवर से पूछा था, "कैंट जाने का है?" उसकी हिंदी कुछ अलग थी। साथी ड्राइवर ने मुझसे कहा, "तू ले जा... मुझे गीता कॉलोनी जाना है। ईस्ट दिल्ली की मिलेगी, तो मैं ले जाऊँगा।"

मैंने मन ही मन कैल्कुलेट किया—'5-6 रुपये तो बन ही जाएँगे... पाँच सवारी होने का हाफ एक्ट्रा और नाइट चार्ज भी वसूलूँगा... तो नौ रुपये तक का बैठ जाएगा। वैसे भी ये नशे में हैं, लड़कियाँ भी साथ हैं, कोई और सवारी इन्हें जल्दी से मिलेगी भी नहीं। ऐसे में अकेले छोड़ना ठीक भी नहीं है।

"पाँच सवारी हैं, तो हाफ एक्स्ट्रा लगेगा... और नौ बजे के बाद नाइट चार्ज भी लगेगा!" मैंने कहा था।

"ठीक है, चल!" वह बोला।

"एक सवारी आगे आ जाओ, मेरे पास!" मैंने सोचा कि चार पीछे आ जाएँगे और एक लड़के को मैं अपने साथ बैठा लूँगा। इस समय पुलिस का भी ज्यादा लफड़ा नहीं है।

मगर वे आपस में जाने कौन-सी भाषा बोल रहे थे। मैं कुछ समझ नहीं पा रहा था। तभी, पहले तीनों युवक पीछे जा बैठे... और फिर वे दो युवतियाँ भी उनकी गोद में जा बैठीं।

साथी ड्राइवर ने मेरी तरफ देखा—और हम दोनों मुस्करा दिए थे। कारण हम दोनों ही समझ गए थे।

❑❑❑

हालाँकि दिल्ली में, दूसरे शहरों की बनिस्पत थोड़ा खुलापन आ गया था। लड़कियाँ सूट-सलवार के साथ जींस में सहज होने लगी थीं। लड़के बैल बॉटम और लम्बे बालों के साथ 'हिप्पी' हुए जा रहे थे। किन्तु यहाँ अभी लड़कियों में नेकर पहनने का चलन शुरू नहीं हुआ था, जबकि मैं जानता था कि नॉर्थ-ईस्ट के समाज में, अपेक्षाकृत ज्यादा खुलापन है... और उन्हें 'अपने आप पर' पुरुषों के समान ही अधिकार प्राप्त हैं।

गाड़ी मैंने रीगल से बाबा खड़क सिंह मार्ग पर मोड़ दी थी। वहाँ से विलिंग्डन हॉस्पिटल होते हुए मैं शंकर रोड की तरफ आ गया था। मैंने सामने लगे बैक-मिरर पर एक नजर डाली—वे पाँचों अपनी ही मस्ती में मसरूफ थे। दो सिगरेट जला ली गई थीं और वे उन पाँचों के लबों का सफर तय कर रही थीं। एक विचार यह भी मन में आया था कि ये तो अपने ही सुरूर में मस्त हैं... बाहरी भी हैं, क्यों न दो-चार किलोमीटर का फालतू फट्टा लगा दिया जाए!

मगर फिर मन नहीं माना। मैं शंकर रोड से, बुद्ध गार्डन होते हुए—धौला-कुआँ की ओर बढ़ने लगा था। शंकर रोड चौराहे से बाएँ मुड़ते ही मैंने पाया कि यह सड़क काफी सुनसान है। यहाँ स्ट्रीट लाइट भी उतनी मदद नहीं कर रही थीं, लिहाजा अपनी गाड़ी की हेड लाइट पर ही भरोसा करना था। बीच-बीच के खम्भों में से, कुछ पर बल्ब खराब पड़े थे या किसी कारण से जल नहीं रहे थे। हजार-पाँच सौ मीटर पर कोई लाइट मिल भी जाती थी। यह सड़क भी तब तक डिवाइड नहीं की गई थी। यानी बीचों-बीच डिवाइडर नहीं था। इससे भी दुर्घटना की संभावनाएँ बढ़ जाती हैं।

मैं यह सब सोच ही रहा था कि तभी—सामने आ रही एक गाड़ी की लाइट जब हम पर पड़ी... तो मैंने फिर एक बार 'बैक-मिरर' से, पीछे की सीट का मुआयना किया था... और जो कुछ मैंने वहाँ देखा, तो मन में एक सिहरन-सी दौड़ गई। वे पाँचों, सामुहिक अश्लीलता में संलग्न थे। उनके बीच, जो कुछ भी हो रहा था—वह उन सभी की आम सहमति से ही हो रहा था। कोई भी, किसी के भी साथ, किसी भी तरह की स्वच्छंदता के लिए स्वतंत्र था। ऐसा नहीं था कि उन दो युवतियों के संबंध, किन्हीं दो युवकों के साथ ही अंतरंग हों—वे पाँचों ही आपस में इस तरह से गड्डमड्ड थे कि इसे सामुहिक यौनाचार ही कहा जा सकता था।

मैंने कुछ क्षण के लिए अपनी नजरें बैक-मिरर से हटा कर, पारदर्शी 'फ्रंट मिरर' से बाहर दौड़ाई, कहीं कोई दुर्घटना न हो जाए!

मन में फिर एक बार सरसराहट हुई। मैंने फिर उनके अंतरंग क्षणों में झाँकना चाहा—वे मुझसे, सड़क से, आ-जा रहे ट्रैफिक से बेपरवाह... अपने सुरूर, रास्ते के अँधेरे और उस सुनसान-सी सड़क की खामोशी सामुहिक रूप से पी रहे थे। किसी को, किसी से कोई शिकायत नहीं थी। बीच-बीच में उनकी हँसी-खिलखिलाहट, अपनी भाषा में कुछ संवाद, जो मुझे कतई समझ नहीं आ रहे थे, मगर उनकी हरकतों से मैं कुछ अनुमान

जरूर लगा था, क्योंकि वे युवतियाँ आपस में, इधर से उधर बैठने की अपनी मुद्रा जरूर बदल रही थीं... और फिर वही सिलसिला शुरू हो जा रहा था।

कोई और समय या जगह होती या फिर कोई एक कपल ही होता, तो मैं टोक भी देता, मगर ऐसी सुनसान सड़क पर—इन पाँच लोगों से कुछ कहने की मेरी हिम्मत नहीं हो रही थी। सच पूछें तो मुझे भी आनंद ही आ रहा था, क्योंकि इससे पहले—ऐसा सामुहिक दृश्य मैंने कभी लाइव नहीं देखा था। इसलिए जब भी, सामने से आ रहे किसी वाहन की रोशनी, मेरी पिछली सीट पर पड़ती—मैं अपनी नजरें बैक-मिरर पर ही टिका देता... यह ध्यान रखते हुए कि सामने से आ रहे वाहन से, कहीं 'भरत-मिलाप' न हो जाए।

❑❑❑

वैसे भी, यह रिज एरिया ही कहलाता है। दोनों ओर घनी हरियाली। मेरी बायीं तरफ—बुद्ध गार्डन और संजय पार्क था... जबकि दायीं तरफ का एरिया 'रिज' का था, इसी लिए इसे 'रिज रोड' भी कहा जाता था। बलात्कार और जघन्य हत्याओं का पहला भयानक कांड भी इसी रोड पर हुआ था, जब हमारे एक सैन्य अधिकारी के किशोर बेटे और बेटी को, लिफ्ट देने के बाद—दो दुराचारियों ने, इसी 'रिज' एरिया में उस अपराध को अंजाम दिया था। 'निर्भया' से बहुत पहले—इस जघन्य बलात्कार और दोहरे हत्याकांड से दिल्ली दहल उठी थी।

कोई आंदोलन तो तब नहीं हुआ था, मगर सामाजिक, राजनीतिक, मीडिया और 'सैन्य स्तर पर भी', इतना दबाव पड़ा था कि आनन-फानन में उन दोनों अपराधियों—रंगा और बिल्ला को गिरफ्तार कर... 'फाँसी पर' लटका दिया गया था। तब, कानूनी प्रक्रिया का भी वह 'तमाशा' नहीं बना था, जो बरसों बाद—'निर्भया कांड' ... और उसके 'कछुआ गति के अंजाम' पर बना था! शायद इसलिए भी कि 'निर्भया' एक कमजोर माँ-बाप की बेटी थी... मगर इतने दशकों में भी यदि कुछ नहीं बदला था, तो इस तरह की घटनाओं का आम हो जाना!

❑❑❑

मैं सोचने लगा था कि इस तरह की घटनाएँ, स्थितियाँ और मानसिकता—ऐसी घटनाओं को बढ़ावा नहीं देतीं क्या?

सामने धौला कुआँ आ गया था। उस चौराहे पर पहुँचने से पहले मैंने गाड़ी साइड पर लगा दी, "एक आदमी आगे आ जाओ!" मैंने जानबूझ कर टोका था। धौला कुआँ से आगे का रास्ता बहुत रोशन रहता है। यहाँ इतनी रोशनी रहती है कि दिन का-सा गुमान होने लगे।

"क्यों आने का है?" उनमें से एक ने सवाल किया था।

"आगे पुलिस मिलेगी... तुम्हें इस तरह देखेगी, तो जरूर रोकेगी! पाँच सवारी की बात आई, तो मैं निपट लूँगा! तुम्हें ऐसे देखेंगे, तो बंद कर देंगे!" मैंने उनके क्रिया-कलाप में खलल डाला था, जो अब जरूरी भी लग रहा था।

उनमें से एक उतर कर मेरी बायीं तरफ आ गया था। बाकी चारों भी 'तमीज से' बैठ गए थे। मैंने गाड़ी फिर दौड़ानी शुरू की।

धौला कुआँ पर, वाकई पुलिस-पिकेट थी, मगर संयोग कि हमें नहीं रोका गया था—शायद इसलिए भी कि ऑटो में दो 'महिला सवारी' थीं, जो इस समय 'सभ्य होकर' बैठ गई थीं।

यहाँ से आगे बढ़ने पर, फिर से अँधेरा परसने लगा था। फिर से उनकी हरकतें शुरू हो गई थीं... मगर इस बार ये 'दो-दो के अनुपात में' थीं और अपेक्षाकृत उतनी उत्तेजक नहीं थीं। थोड़ा आगे जाकर मैंने राइट लिया और अब मैं कैंट रोड की तरफ बढ़ रहा था। यही रास्ता आगे जाकर, 'नारायणा' और 'मायापुरी' होता हुआ, 'रिंग रोड' का हिस्सा हो जाया करता है।

मैंने बीच-बीच में, क्षणिक बैक-मिरर में देखा था—लहरों की हलचलें तो वही थीं, किन्तु वे पहले की अपेक्षा कुछ मद्धम पड़ गई थीं। मैंने भी अब अपना ध्यान पारदर्शी शीशे के बाहर ही केंद्रित किया था, क्योंकि कंटोन्मेंट एरिया होने के बावजूद यहाँ रोशनी कम थी और सड़कें भी... दहाड़ें मार-मार कर पालिका को रोया करती थीं।

❑❑❑

तकरीबन तीन किलोमीटर चलने के बाद, एक जगह, पीछे से किसी ने मेरे कंधे को छूकर कहा था, "बस, यहीं रोक दे!" इनके हिन्दी उच्चारण उतने साफ नहीं थे, फिर भी समझे जा सकते थे।

मैंने धीरे-धीरे करते हुए, ऐसी जगह गाड़ी रोक दी, जहाँ से एक कच्चा रास्ता मेरे बायीं तरफ से आगे तक जा रहा था। यह कैंट एरिया था। इसलिए मैं अनुमान लगा रहा था कि ये लोग आखिर यहाँ से, कहाँ जाएँगे? हो सकता है कि किसी नॉर्थ-ईस्ट के सैन्य अधिकारी से इनका कोई संबंध हो!... और इन्हें किसी के फ्लैट पर जाना हो या शायद इन्हीं में से कोई हमारी सेना में हो! यह भी हो सकता है कि इस कच्चे रास्ते को पार करके, ये किसी सिविलियन इलाके में जाना चाहते हों—जहाँ ऑटो के जाने की गुंजाइश न हो!

मैंने ऑटो रोका, तो वे आपस में, अपनी भाषा में ही कुछ बात करने लगे। मैं नहीं जानता कि यह नॉर्थ-ईस्ट के किस प्रांत की भाषा रही होगी। मैंने माचिस की तीली जलाकर, मीटर की रीडिंग देखी और हाफ एक्स्ट्रा के साथ, नाइट चार्ज जोड़कर अनुमान लगा ही रहा था कि कितना बोलना चाहिए! कुल जमा नौ रुपये के आसपास ही हुए थे, जिसे मैंने 'दस रुपये' मान लिया था।

मगर इससे पहले कि मैं उन्हें 'दस रुपये' बताता—मुझसे मीटर चार्ज पूछे बिना, वे आपस में कुछ बात करते हुए आगे चल दिए।

"हेलो, मिस्टर!..." मैंने उन्हें आवाज लगाई थी। उन तीनों में से कोई भी सुनता! मगर उनमें से किसी ने नहीं सुना। वे पाँचों आपस में बात करते हुए आगे चल दिए। मैंने लपककर, उसका हाथ पकड़ लिया, जो बाद में मेरे साथ आकर बैठा था।

"क्या है बे?" वह पलट कर बोला।

"आपने मेरे ऑटो का किराया नहीं दिया।" कुछ पल के लिए मैं विचलित हो गया था। अभी तक काफी समय हो चुका था मुझे चलाते हुए, मगर ऐसा साबका नहीं पड़ा था।

"कैसा किराया?... किस बात का किराया?" उसने मेरे हाथ को झटकने की कोशिश की, किन्तु मेरी पकड़ मजबूत थी।

"अरे यार, मैं तुम लोगों को ढोकर ला रहा हूँ—क्नॉट प्लेस से!... ये गाड़ी पानी से नहीं चलती है मेरे भाई! तेल का पैसा लगता है... और गाड़ी का भाड़ा भी!" मैंने प्यार से ही बात सँभालनी चाही, इसलिए उसका हाथ भी छोड़ दिया।

तभी दूसरा आगे बढ़ा। मेरी ओर, "कौन आया बे... तेरे ऑटो में?... साला, सड़क चलते हमको रोकता है!... लड़की छेड़ता है साला!"

"देखो भाई, मैं गरीब आदमी हूँ। मेहनत करके खाता हूँ। फिर सोचो कि मैंने आप सभी को सेफ पहुँचाया है, इतनी रात को! प्लीज भाई, मैं ज्यादा नहीं माँग रहा—पर जो बनता है, वो तो तुम्हें देना पड़ेगा!" अपने वाक्य के अंत में कुछ सख्त हो गया था मैं।

तभी वह तीसरा, जो अभी तक एक लड़की के कंधे पर हाथ रखे हुए खड़ा था—उसे अपनी मर्दानगी का खयाल आया। वह तेजी से मेरी ओर बढ़ा... और उसने अपनी जींस की जेब से एक 'बटनदार' चाकू निकाल कर मेरे सामने कर दिया, "पैसे लेगा तू?... मैं देता तेरे को पैसे!" उसका चरित्र ही नहीं, उच्चारण भी सही नहीं था।

मैं हतप्रभ! इस स्थिति के लिए तैयार नहीं था।... लेकिन बचपन से अभी तक के अनुभवों ने यह बात समझा दी थी—कि हमेशा, किसी भी आपत्ति के समय—एकदम शांतचित्त हो जाना चाहिए... तभी, किसी हालात का सामना बहुत सूझबूझ से किया जा सकता है।

वह अभी भी मेरे सामने चाकू ताने, अपने साथियों से अपनी भाषा में ही कुछ कह रहा था। तभी मैंने महसूस किया कि मेरा हाथ—ऑटो के दोनों तरफ ऊपर, रिंग बनाकर, उनमें डाले गए—दो त्रिशूलों में से एक त्रिशूल के पास ही टिका हुआ था। इस त्रिशूल की लम्बाई कोई डेढ़ फिट तो थी ही। यानी उसके चाकू से तीन गुणा... और फिर 'तीन पैने शूल,' साथ ही एक और 'त्रिशूल'!... एक बार को मन हुआ कि यह त्रिशूल खींच लूँ और इन्हें अपने हुनर के कुछ रंग दिखला ही दूँ। उस्ताज्जी ने भी कहा था, 'भाई

याद रखना, हमें कोई हथियार लेकर चलने की जरूरत नहीं है! महादेव के दो त्रिशूल यहाँ इसी लिए 'धारण' किए गए हैं कि यदि जरूरत पड़े, तो फिर हो जाए—'हर हर महादेव!' यूँ इन जैसों पर तो मैं वैसे भी भारी पड़ता... इसलिए भी कि ये नशे में हैं और मेरा मुकाबला नहीं कर पाएँगे। वे शायद उन लड़कियों पर अपने पुरुषत्व की धाक जमाना चाह रहे हों!

फिर उसी क्षण यह विचार भी मन में कौंधा था कि यार! नौ-दस रुपये के लिए, कुछ उल्टा-सीधा कांड हो गया, तो अभी तक की सारी तपस्या पर पानी फिर जाएगा। कहाँ एक शोध छात्र... और कहाँ कोई हत्याकांड!

❑❑❑

हालाँकि मैं बहुत सतर्क था और मेरी निगाह लगातार उसके चेहरे और चाकू पर ही टिकी थी। मुझे याद आया कि जब पहली बार उस्ताज्जी ने मेरे हाथ में चाकू थमाया था, तब चार बातों की शपथ दिलाई थी—एक, बात-बात पर इसे मत खोलना। इससे इज्जत घटती है, अपनी भी और 'इसकी' भी! दूसरी, यदि सामने वाला, खोल कर कहे कि—'मार दूँगा', तो समझो कि वह नहीं मार सकता, वर्ना अब तक मार चुका होता... ऐसी स्थिति में तुम तुरंत आक्रामक हो जाओ, तो वह गच्चा खा जाएगा!

तीसरी, यह कि यदि तुम्हारी जिंदगी या किसी की इज्जत पर खतरा हो—तभी इसे खोलना, अन्यथा अपनी क्षमताओं पर ही खेलना!... और हाँ, यदि एक बार खोल लो—तो फिर 'इसे बिना खून पिलाये' (अर्थात् मारे बिना) बंद नहीं करना! इसी लिए बार-बार नहीं कहना कि 'मार दूँगा!'... और चौथी बात, यह कि जब भी मारो—पेट से नीचे... और 'हिप' पर ही मारो! इससे कानून की धारा भी बदल जाती है, बंदा मरता भी नहीं... और इलाके में आपके नाम का जो 'रुतबा' बढ़ेगा, सो अलग!

हमने भी, अपने गुरु के इन चारों वचनों का पालन तब तक किया, जब तक कि 'शस्त्र छोड़कर—कलम नहीं उठा ली! भला इससे अधिक सशक्त शस्त्र, कोई दूसरा क्या हो सकता है?'

आपको यह सब बताने के पीछे मेरा यह उद्देश्य नहीं है कि मैं आपको डरा रहा हूँ!... आप तो बस, निश्चिंत होकर बैठे रहिए और देखते रहिए कि आगे-आगे होता है क्या? एक विश्वास मैं आपको और दिला सकता हूँ कि—मेरे उस्ताज्जी ने 'स्कूटर चालीसा' का पारायण कराते समय, बहुत 'अच्छे-से' समझा दिया था कि बेटा—'सवारी को अपना भगवान' समझना। हमारे बच्चे, उन्हीं की मदद से पलते हैं!... चलिए, अभी उसी से निपटते हैं।

❑❑❑

मैंने फिर एक बार बहुत शालीनता से कहा, "देखो ब्रदर! मैं गरीब आदमी हूँ यार। अभी स्टूडेंट भी हूँ। मेरा जो बनता है, वो पैसा तो तुमको देना होगा! प्लीज, सिस्टर आप बोलो न, इन लोग को!" मैंने लड़कियों को सम्बोधित किया। लेकिन उन्होंने भी मेरी कोई सहायता नहीं की। वे पाँचों आपस में ही बोलते रहे, फिर वापिस मुड़े और चल दिए। खुला हुआ चाकू अभी भी उस युवक के हाथ में ही था। मैंने भी मान लिया था कि चलो—जाने दो! किसी दुर्घटना से बेहतर है, थोड़ा-सा नुकसान! फिर इनके साथ लड़कियाँ भी थीं, जो मेरे लिए उल्टा पड़ सकता था।

कहते हैं न, भगवान कब आपकी सहायता के लिए—किस रूप में, कहाँ से आ जाएँ... कुछ पता नहीं चलता! विशेषकर तब, जब आप सत्य की राह पर होते हैं!

अभी यह झड़प चल ही रही थी कि पीछे से मुझे एक आवाज सुनाई दी, "क्या हुआ बेटा?... कौन हैं, ये लोग?" मैंने पीछे मुड़ कर देखा—यह कोई फौजी जवान थे! एकदम कड़क वर्दी। लम्बाई 6 फुट तो होगी ही। हाथ में राइफल और उसके मुहाने पर लगी हुई संगीन!

"सर, मैं इन पाँचों को क्नॉट प्लेस से ढोकर ला रहा हूँ। ये सभी नशे में 'टुल' हैं। रास्ते-भर बद्तमीजी करते आए हैं... और अब, बिना किराया दिए जा रहे हैं। इनमें से एक तो मुझे चाकू मार रहा था!" हालाँकि मैं कमजोर नहीं था, मगर अचानक मदद पाकर मेरी आँखें भर आईं। यूँ भी तेल का पैसा, गाड़ी का किराया और मेरी मेहनत का हक भी तो डूब रहा था।

"अबे ओए!... इधर आओ सालो!" उन फौजी भाई साहब की आवाज कड़क थी। वे पाँचों रुक गए। पलट कर देखा तो एक फौजी को सामने पाकर, उसने तुरंत चाकू बंद कर लिया। वे सभी वहीं ठिठक गए थे।

"इधर आओ हरामजादो!" उन्होंने फिर हड़काया। चाकू वाला लड़कियों के पीछे खड़ा था। नेकर-शर्ट वाला एक आगे बढ़ा।

"क्या है बे, पैसे क्यों नहीं दे रहे इसके?" फौजी भाई साहब उसकी तरफ आगे बढ़े।

"नहीं सर... सर, ये ज्यादा माँग रहा था..." अभी वह इतना ही बोल पाया कि एक झन्नाटेदार थप्पड़ उसके चेहरे पर ऐसा पड़ा कि वह 'धरती पकड़' हो गया।

तभी उन्होंने दूसरे को पकड़ा, "सूअर की औलाद!... सालो रंडीबाजी करते हो... और किसी गरीब का पैसा मारते हो?" उन्होंने इस नेकर-टीशर्ट वाले को भी धकेला... और उस तीसरे को झपटकर पकड़ लिया, "मादरचोद!... तू चाकू दिखा रहा था न!... निकाल चाकू!"

इसके, जो 'रख कर दिया', तो यह भी लड़खड़ा कर गिरा। लड़कियों में से एक ने कुछ कहना चाहा, तो इन्होंने डपट दिया, "चोप्प साली!" फिर उसी चाकू वाले को उठाया और एक दोबारा रख दिया, "चल पैसे दे इसके!" बेचारे की 'दोनों उतर गई थीं... दारू भी और आशिकी' भी!

फिर वे मुझसे बोले, ''हाँ बेटा बता, कितना हुआ तेरा?''

मैंने माचिस की तीली जलाई और मीटर में देखकर कुल जमा जोड़ा, तो लगा कि नौ रुपये पचास पैसे के करीब बन रहे थे... किन्तु अब खेलने की बारी मेरी थी! मैं अभी तक का 'सारा तनाव' भी इनसे वसूलना चाहता था, सो कहा, ''सर, अठारह रुपये बन रहे हैं!'' यह कहते ही मैंने मीटर घुमाया और जीरो बैलेंस पर कर दिया। अभी तक की सारी रीडिंग चली गई थी।

''साब, ये झूठ बोल रहा है, हम सीपी से ही तो आए हैं, वहाँ से इतना...'' वह अपनी बात पूरी भी नहीं कर पाया था कि एक और जोरदार उसके चेहरे पर पड़ा, ''तू पहले तो चाकू निकाल, सुअर के पिल्ले!'' उससे चाकू लेकर उन्होंने अपनी जेब में रखा, ''अब पैसे निकाल इसके—नहीं तो मारूँगा भी... और बंद भी कराऊँगा सालो, तुम सभी को!''

उनमें कुछ बातचीत हुई, अपनी भाषा में... और पूरे बीस रुपये मेरे हाथ में थे, अठारह काटकर दो रुपये मैंने वापिस कर दिए। फौजी भाई साहब को मैंने पहले हाथ जोड़कर, फिर हाथ मिलाकर, उन्हें धन्यवाद कहा। वे मेरे कंधे पर हाथ रखकर लौट गए थे। मैंने जब गाड़ी स्टार्ट की और यू टर्न लेकर आया, तो देखा कि यह सारा वाकया तो 'राजपूताना राइफल्स' (सैनिक यूनिट) के मेन गेट के ठीक अपोजिट, झाड़ियों के पास ही हो रहा था। मैंने देखा कि एक जवान तो मेरी मदद को चले आए थे और उनके दूसरे साथी, अभी भी अपनी रेजीमेंट के प्रवेश द्वार पर मुस्तैद खड़े थे। मैंने झुककर उन्हें भी नमन किया। उन्होंने हाथ हिला दिया।

वहाँ से मैं धौला कुआँ चला आया था। यहाँ चाय-पराँठा खाकर, रिंग रोड पर आ गया और फिर वहाँ से सीधे 'टाप लगाई' (बिना सवारी के चलना) और 'जान बची तो लाखों पाए!' की तर्ज पर कैंपस वापिस आ गया था।

❑❑❑

अध्याय - 6

उस दिन, मैं दिन की शिफ्ट में था। अक्सर ऐसा होता कि जब भी मुझे दिन की शिफ्ट मिलती, तो मैं तिहरा फायदा उठाता। कैंपस से चलते समय कोई न कोई किताब... या पत्रिका मैं साथ रख लिया करता, क्योंकि लगातार तो सवारी मिलती नहीं! कहीं सुस्ताने या सवारी का इंतजार करना पड़ता, तो मैं किताब को ऑटो में ऊपर की तरफ, तिरपाल और पाइप के बीच से निकाल कर पढ़ने लगता। इस तरह, दिन में पढ़ने की कमी को भी मैं पूरा कर लेता।

दूसरा फायदा यह कि जब मैं—अपनी किताब को पढ़ना बंद करता... तो 'शहर की किताब' मेरे सामने खुल जाती—और फिर मैं, उसे 'पढ़ने' लगता! रात के अनुभव अपनी जगह थे और दिन के अपनी जगह! इसी लिए मैंने कहा था कि किसी भी शहर के दो चेहरे होते हैं—एक दिन में... और दूसरा रात में! इसका यह मतलब नहीं कि केवल रात का चेहरा ही बदरंग होता हो—वह दिन का चेहरा भी हो सकता है... और, शहर के कुछ 'अच्छे चेहरे' आपको रात में भी नजर आ जाएँगे! यह इस बात पर निर्भर करता है कि आपकी 'दृष्टि' और चीजों को देखने का 'दृष्टिकोण' क्या है?

तीसरा फायदा, ज्यादा आमदनी तो था ही, क्योंकि दिन में आपेक्षाकृत ज्यादा... और 'अच्छी सवारी' मिलती हैं, यह भी मैं जान गया था। पिछले दिनों कुछ कड़वे अनुभव हुए जरूर थे, मगर उन्होंने मेरे विश्वास को और मजबूत ही किया था... किन्तु दिन में खुद के सुरक्षित होने का अहसास भी मन को एक तसल्ली देता ही था!

❑❑❑

पिछली शाम, जब राकेश ऑटो खड़ा कर गए, तो एक पर्ची पर लिखा था—'यार, रात को तू पढ़ ले... कल दिन में चला लेना! मुझे कुछ काम है, तो मैं कल रात में चला लूँगा।' गार्ड से भी मुझे यह सूचना मिल गई थी। मैं चाहता तो रात में भी चलाता और कल दिन में भी! लेकिन मैंने ऐसा नहीं किया।

शाम को चलाने निकला ही था कि गार्ड से पर्ची मिल गई। फिर मैंने एक 'हाफ' लाने के पैसे गार्ड साहब को दिए कि 'मँगवा लेना'... और उस रात उन्हीं के साथ—उन्हीं की जिंदगी के किस्से सुनता रहा था!

यही था, वह 'आम आदमी'! माँ-बाप, बीवी-बच्चे छोड़कर शहर चले आए...

और अपनी कद-काठी के कारण 'गार्ड' बन गए—पर इसमें मिलता क्या है?... एक बार फिर वही—प्रेमचंद का 'होरी' मुझे उनमें नजर आया था।

खैर, दारू पीने के बाद—मूलचंद जाकर, पनीर के दो पराँठे खाए और दो उन गार्ड साहब के लिए बँधवा लाया था। गाड़ी लाकर वहीं खड़ी कर दी... और फिर कई रातों के बाद जमकर सोया था। दारू पीकर गहरी नींद सोए, बहुत दिन हो गए थे—क्योंकि रात की शिफ्ट में 'दारू पीनी' नहीं है... और दिन में तो यूँ भी पढ़ना ही रहता था।

रात की शिफ्ट के गार्ड साहब, सुबह वाले गार्ड साहब को समझा गए थे कि—'इन ऑटो वाले साहब को' सुबह सात बजे जगाना है! उन्होंने अपना फर्ज निभाया और मैं फ्रेश होकर नौ बजे तक तैयार हो गया था। उस लाइब्रेरी में, एम.फिल और पीएच.डी. वाले विद्यार्थियों को, अपने-अपने लॉकर मिल गए थे। हम सभी का, सभी जरूरी सामान उन्हीं लॉकरों में रहता था। शोध-सामग्री के अलावा चादर, कंबल, टूथब्रश, पेंट-कमीज... और कभी-कभी, दारू के अद्धे-पउवे भी। फ्रेश होकर नाश्ता मैंने कैंटीन में ही किया था... और फिर 'धंधे पर' निकल गया था।

❑❑❑

दिन का समय था, इसलिए मैं जल्दी ही साउथ एक्स से निकल लेना चाहता था, सो एम्स चला आया। साथ में एक किताब और अपनी कुछ रचनाएँ भी रख ली थीं। सोचा कि समय मिला तो पढ़ूँगा... और किसी मीडिया हाउस (उस समय चैनल नहीं थे, केवल पत्र-पत्रिकाएँ ही हुआ करती थीं) के आस-पास से गुजरा—तो अपनी रचनाएँ भी वहीं डालता चलूँगा! कोई छप गई, तो कुछ पैसे वहाँ से भी मिल जाएँगे! अभी तक अनेक रचनाएँ छप भी चुकी थीं और बहुत-सी 'संपादक के अभिवादन एवं खेद सहित' की स्लिप के साथ वापिस भी लौट आई थीं। किन्तु मेरे साहित्यिक प्रशिक्षण ने भी मुझे कठोर बना दिया था। रचनाओं का छपना न छपना, जिंदा रहना—मर जाना... फिर-फिर रचनाओं का उभरना और फिर-फिर नए अनुभवों के साथ आगे बढ़ना... यही प्रोसेस चल रहा था।

"भइया साकेत जाना है!" एक लड़की ने पुकारा था, जो अपनी माँ का हाथ थामें, एम्स से बाहर निकल रही थी।

मैं कुछ नहीं बोला, मीटर डाउन कर दिया। वे दोनों, अपने सामान सहित बैठ गए। फिर साकेत से चिराग दिल्ली, सराय काले खां... और वहाँ से दरियागंज! वस्तुतः समूची दिल्ली के लिए—'दरियागंज' एक महत्त्वपूर्ण जंक्शन की तरह है। कहते हैं कि 'हर दस कोस पर—पानी और भाषा बदल जाती है...' मगर मेरा अनुभव है कि 'शहर की फितरत और तासीर भी बदल जाती है...' लोग और लोक भी, पहनावा और व्यवहार भी, बस्तियाँ और संस्कार भी, चीजों के 'मोल-भाव' भी, मजहबी

और जातीय समीकरण भी, वोटों का गणित भी, एक-दूसरे के साथ व्यवहार भी... इंसान से, इंसान होने का फर्क भी! बहुत कुछ बदल जाता है—दिल्ली में, कुछ ही कोस पर।

दरियागंज में '10 दरियागंज' सभी साहित्यकारों, पत्रकारों तथा सुधी पाठकों के लिए, तब एक 'तीर्थ स्थल' हुआ करता था। शायद ही उस दौर का कोई 'छोटे से छोटा... या बड़े से बड़ा' साहित्यकार रहा होगा—जो '10 दरियागंज' की 'तीर्थयात्रा पर' कभी न आया हो!

उसका कारण भी था—अखबार डालने के दौरान, मैं कभी-कभी कुछ पत्रिकाएँ भी रबड़ चढ़ाकर डाला करता था। इनमें से टाइम्स ग्रुप की पत्रिकाएँ 'धर्मयुग', 'सारिका', 'पराग', 'माधुरी' आदि तो तब बंबई से निकला करती थीं। मगर 'दिनमान' का कार्यालय, यहीं '10 दरियागंज' में ही था—और बाद में, 'सारिका' व 'पराग' भी बंबई से स्थानांतरित होकर... इसी '10 दरियागंज' में चली आई थीं। इसलिए भी, यह 'विशाल दस नंबरी भवन' सभी साहित्यकारों का मंदिर बन गया था।

सन्'60 से पहले की कहानियों के आंदोलन का ध्वज, जहाँ प्रेमचंद की पत्रिका 'हंस' आदि ने उठाया हुआ था—वहीं 'साठोत्तरी कहानी' की प्रमुख ध्वजवाहक पत्रिकाएँ 'धर्मयुग' और 'सारिका' ही हुआ करती थीं... और क्यूँ कि मेरा विषय भी यही था, लिहाजा इन पत्रिकाओं से मेरा जुड़ाव हो जाना भी स्वाभाविक ही था।

❑❑❑

इस जुड़ाव के दो और कारण भी थे। एक, तो यही कि उस समय... दिल्ली के क्नॉट प्लेस के बीचोंबीच, बेसमेंट में अंग्रेजों का शुरू किया गया 'इंडियन कॉफी हाउस' हुआ करता था (जहाँ आज पालिका बाजार है... और अब मेट्रो आ जाने के बाद से, उसका एक बड़ा इंटरचेंज मेट्रो स्टेशन भी, राजीव चौक के नाम से है।), जिसे 'सौंदर्यकरण के नाम पर' वहाँ से हटा कर—मोहन सिंह पैलेस के एक ऊपरी तल पर ले जाया गया था। अब यहीं साहित्यकारों के जमावड़े हुआ करते और अब मेरे भी इस 'व्यसन' में शामिल हो जाने के कारण यहाँ बड़े-बड़े साहित्यकारों के दर्शन हो जाते।

दूसरा यह कि 'सारिका' के संपादकीय विभाग के कुछ साथियों से भी यहीं पर परिचय हो गया था। हालाँकि मैं तो उनके सामने 'बालक ही था!' तब उनसे परिचय-भर मेरे लिए बड़े गौरव की बात हुआ करती।

❑❑❑

उस दिन भी, 'दिन की शिफ्ट' मिलने की खबर पाकर—मैंने पिछले दिनों लिखी अपनी एक ऐसी कहानी भी, अन्य रचनाओं के साथ रख ली थी, जो उन पात्रों पर लिखी गई

थी... जिन्हें 'अब तक इंसान तो क्या?... जानवरों से भी तुच्छ ही समझा जाता था।' मैं जानता था कि यदि यह कहानी 'सारिका' में नहीं छपी, तो फिर और कहीं तो छप ही नहीं सकेगी। 'धर्मयुग' का नाम कल्पना में आते ही, 'धर्मवीर भारती' जी का चित्र मस्तिष्क में उभर आता, तो घबराहट होने लगती। सोचा था कि 'सारिका' में 'कुछ परिचय' होने का लाभ भी शायद मिल जाए। फिर 'धर्मयुग' तो अभी भी मुंबई (तब की बंबई) में ही था और सारिका दिल्ली आ चुकी थी। इसलिए 'सारिका' में ही कहानी देना ज्यादा सहज लगा था... जबकि 'सारिका' के संपादक कन्हैया लाल नंदन जी से परिचय तो दूर—कभी साक्षात् देखा तक नहीं था।

सो, सवारी छोड़कर, दरियागंज आने पर मैं 'दस नंबरी तीर्थ' चला आया था। हालाँकि 10 नंबर में पार्किंग की इतनी जगह थी कि एक 'हवाई जहाज भी पार्क हो जाए', मगर मैंने अपना छोटा-सा ऑटो बाहर ही पार्क किया, फिर लम्बा-सा गलियारा पार कर, एक बड़े-से हॉल-से सटे 'सारिका' के कार्यालय में आ गया था। अन्य सभी वरिष्ठ कथाकार-संपादकों को नमन किया और रमेश बतरा (अपने दौर के बिंदास तथा मूर्धन्य कथाकार, जिनसे कॉफी हाउस में परिचय भी हो गया था) उन्हें अपनी कहानी की प्रति सौंप दी।

उन्होंने कहानी ली और एक फाइल में रख ली। बोला कुछ नहीं। वे पान चबा रहे थे... और बाद में पता चला कि जब उन्हें किसी से, कोई बात नहीं करनी होती थी, तो वे पान की पीक देर तक 'पीकदान' के हवाले नहीं करते थे। वे यूँ भी, बहुत गंभीरता से किसी अन्य की रचना का 'पोस्ट मार्टम' कर रहे थे। मैं कुछ क्षण उनके सामने बैठा रहा—फिर उन्होंने मेरी तरफ मुँह उठाकर, दायीं से बायीं तरफ सिर घुमाया!

मैं उनके इस संकेत का अभिप्राय: समझ गया था। यानी—'चल, अब उठ ले!'

एक बार को लगा कि इन्होंने मुझे एक ड्राइवर की वर्दी में देखकर, मुझसे कुछ दूरी बनाने की गरज से ऐसा किया होगा। मैं उदास मन से उठा और 'इस तीर्थ से भी, खाली हाथ लौट जाने का भाव लिए'—वह लम्बा-सा गलियारा पार कर नीचे उतर आया था। बुझे मन से गाड़ी स्टार्ट की... और सोचा कि इस समय, पुरानी दिल्ली रेलवे स्टेशन जाने का ही फायदा है। वहीं से कोई सवारी मिल सकेगी। मैं दरियागंज के मेन चौराहे पर आ गया था। वहाँ से दाएँ मुड़ा, तो फिर सोचा कि लाल किला होकर जाया जाए या चाँदनी चौक? चाँदनी चौक से जाने पर फायदा था। शॉर्ट कट भी था और यहाँ भी सवारी मिलने की संभावना थी।

❑❑❑

गाड़ी मैंने स्टेशन के बाहर, ऑटो की लाइन में ही लगा दी थी। एक सिगरेट सुलगाई... और अपने साथ लाई गई एक पुस्तक, जो 'ऑटो की छत में' तिरपाल और पाइप के बीच फँसा रखी थी, निकाल कर पढ़ने लगा। मेरे विषय के लिहाज से यह पुस्तक बहुत

महत्त्वपूर्ण थी। सोचा था, कहीं समय मिलेगा, तो कुछ पढ़ लूँगा। दरअसल, यह सन् 74 से 77 के दरम्यान लिखी गई, उन कहानियों पर एक, आलोचनात्मक पुस्तक थी—जो इंदिरा गाँधी द्वारा देश पर थोपे गए 'आपातकाल' के दौरान... संकेतात्मक या प्रतीकात्मक ढंग से लिखी गई कहानियाँ थीं। आपातकाल हटते ही, साल-भर के भीतर उन कहानियों पर यह पुस्तक आ गई थी—'हिन्दी कहानियाँ और अभिव्यक्ति का संकट'! आलोचक का नाम, इस समय याद नहीं है... मगर उन्होंने इस दौरान लिखी गई कहानियों की तुलना... मंटो, इस्मत चुगताई, राजेंद्र सिंह बेदी जैसे भारतीय तथा कुछ विदेशी कथाकारों की ऐसी कहानियों से की थी, जो अपने समय की सरकारों द्वारा कई तरह के आरोप लगाकर 'जब्त कर ली गई थीं', जिन्हें 'सत्ता व समाज के लिए' खतरा मान कर प्रतिबंधित कर दिया गया था।

❑❑❑

तभी स्टेशन के बाहर कुछ रेला-सा आया। कोई गाड़ी आई थी शायद। मैंने फिर वह किताब वहीं खोंची और सवारी के लिए निगाहें बिछा दीं। एक-दो आईं भी, मगर उन्होंने वजीरपुर या नरेला आदि जाना चाहा, सो मैंने मनाकर दिया या किसी दूसरे ड्राइवर साथी के हवाले कर दिया, जो 'उधर ही' जाना चाहता था।

एक बुजुर्ग दम्पति किसी तरह सूटकेस और एक बैग उठाए इधर ही आ रहे थे। एक बैग उनकी पत्नी के कंधे पर था। हम तीन-चार ड्राइवर उनकी ओर लपके, "कहाँ जाना है?" एक ने पूछा था।

"ग्रेटर कैलाश!" उन्होंने कहा।

"बीस रुपये लगेंगे!" एक ड्राइवर ने कहा।

बुजुर्ग बोले, "लेकिन यह तो ज्यादा है!"

तभी मैंने उससे कहा, "भाई, मुझे गाड़ी देनी है, साउथ एक्स. पर!... मैं ले जाऊँ?"

"चुप रह बे! पहले मैंने बोला है!" उसने मुझे टोक दिया।

तभी एक तीसरे ड्राइवर ने कुछ भाँप लिया, "अठारह रुपये लगेंगे?" वह बोला। मुझे लगा कि वह अपने लिए तय कर रहा है, मगर बुजुर्ग के सहमत होते ही उसने मुझसे कहा, "जा, ले जा!... यहाँ बैठो, इसमें!" उसने मेरे ऑटो की तरफ़ इशारा किया।

"यार, पहले मुझे बात करने देता!" पहले ने, दूसरे से कहा।

"अबे इसे गाड़ी देनी है भाई! खाली जाएगा तो 'टाप' लगेगी। कमाने दे, दो पैसे! वैसे मैं भी कोटला में रहता हूँ। मुझे भी वहीं जाना था, मगर मेरी गाड़ी अपनी है।... जाने दे इसे!" दूसरे ने पहले को समझाया। मैंने दोनों को 'थैंक्स' कहा और उन बुजुर्ग अंकल-आंटी का सामान उठाकर, खुद ही अपने ऑटो में एडजस्ट किया कि उन्हें बैठने में तकलीफ न हो।

❑❑❑

इस बार मैं चाँदनी चौक में नहीं घुसा। सीधे लाल किले की तरफ गाड़ी उठाई और वहाँ से फिर दरियागंज की उसी रेड लाइट को पार किया, जहाँ से रमेश बतरा की एक कसक भी दिल पर सवार हो गई थी। फिर तो दिल्ली गेट, आई.टी.ओ., इंडिया गेट होते हुए आगे बढ़ रहा था।

वे दोनों बुजुर्ग, अपनी पिछली रेल यात्रा या शायद कुछ अन्य निजी प्रसंगों पर चर्चा कर रहे थे। मेरा ध्यान उनकी बातचीत पर नहीं था। मैं सोच रहा था कि इन्हें जी.के. (ग्रेटर कैलाश—दिल्ली में अनेक इलाकों के नाम सिमट कर छोटे होने लगे थे) छोड़कर, कोई सवारी नहीं लूँगा। शायद राकेश मेरा इंतजार कर रहे हों। इसलिए सीधे साउथ एक्स. ही पहुँचूँगा।

तभी अचानक उन्होंने मुझे सम्बोधित किया, "सुनो बेटा! क्या नाम है तुम्हारा?"

"जी, राजा!" मैंने यही नाम बतलाया था।

"पढ़े-लिखे लगते हो?" उन्होंने फिर पूछा था।

"जी, मैं पीएच.डी. कर रहा हूँ, जामिया मिल्लिया से।"

"मुझे भी कुछ ऐसा ही लगा था। तभी मैं तुम्हारी आंटी से कह रहा था। तुम्हारी इस किताब से मुझे लगा था कि यह किताब कोई सामान्य ऑटो वाला नहीं पढ़ सकता।" थोड़ा रुककर उन्होंने फिर पूछा था, "क्या विषय है, तुम्हारे शोध का?... गाइड कौन हैं?"

"जी, साठोत्तरी कहानियों पर काम कर रहा हूँ। गाइड तो डॉक्टर अब्दुल बिस्मिल्ला साहब हैं, मगर मुझे तो बहुत विद्वतजनों से मदद मिल जाती है।"

"तभी!... यह शायद आपातकाल के दौरान की कहानियों से संबंधित होगी—'हिन्दी कहानियाँ और अभिव्यक्ति का संकट'?"

"जी, वे भी हैं... और इससे पहले भी कहानियों पर अभिव्यक्ति के संकट आए हैं। हम मान लें कि मंटो या इस्मत आपा उर्दू में लिखती रही हों, मगर प्रेमचंद ने भी तो पहले उर्दू में ही अन्य नामों से लिखा।... हाँ, मैं इस बात पर जरूर फोकस कर रहा हूँ कि'60 के बाद, '62 और '71 के युद्ध ने... और फिर आपातकाल ने—'कहानी' को किस तरह प्रभावित किया! विशेष रूप से सन्'75 से'77, हर दृष्टि से बहुत ही घुटन-भरा समय रहा, तो पत्रकारिता और साहित्य भी—समाज, राजनीति और आम आदमी के साथ, कहाँ तक प्रभावित हुआ?"

कुछ और इसी तरह की बातों के बाद, शायद उन्होंने यह अनुभव किया था कि अब ट्रैफिक कुछ बढ़ रहा है। हम यू.पी.एस.सी. से आई.एन.ए. की तरफ बढ़ रहे थे—इसलिए वे सर, खामोश हो गए थे... मगर सन् '75 से '77 का समय एक बार फिर मेरे जहन में ताजा हो गया था।

❑❑❑

यह वही समय था, जब मैं भी हायर सेकेंडरी के बाद, बी.ए. ऑनर्स में आ गया था। एक सुबह अचानक पता चला कि तत्कालीन प्रधानमंत्री इंदिरा गाँधी ने, देश-भर में 'आपातकाल' लगा दिया है, क्योंकि उनके विरुद्ध चुनाव लड़े राज नारायण, इलाहाबाद उच्च न्यायालय से, इंदिरा गाँधी के चुनाव को निरस्त किए जाने का मुकद्दमा जीत गए हैं। इंदिरा जी के प्रधानमंत्री रहने के बावजूद, उच्च न्यायालय के तत्कालीन मुख्य न्यायाधीश, न्यायमूर्ति जगमोहन जी ने—इंदिरा गाँधी के विरुद्ध निर्णय दिया है।

इसी आधार पर जयप्रकाश नारायण के नेतृत्व में आंदोलन खड़ा हुआ... और उस देशव्यापी आंदोलन ने इंदिरा सरकार की नींद उड़ा दी थी। इसी आंदोलन को कुचलने के लिए यह 'आपातकाल' लगा दिया गया था। आश्चर्य की बात थी कि— '71 का युद्ध, इतनी मजबूती से जीतने वाली इंदिरा गाँधी, जिन्होंने पाकिस्तान के टुकड़े कर दिए और अमेरिका की धमकी तथा उसका 'सातवाँ बेड़ा' पहुँचने के पहले ही युद्ध समाप्त कर दिया था। किन्तु '74 आते-आते इस कदर 'घिर गई थीं' कि उन्हें इसके सिवा कोई चारा नजर ही नहीं आया।

देश-भर के युवा छात्र नेता इस आंदोलन में कूद पड़े थे... लालू यादव, नितीश कुमार सरीखे और दिल्ली में, अरुण जेटली, हेमंत विश्नोई जैसे मेरे कुछ अग्रज सहपाठी। हर तरफ, सभी विरोध करने वालों की 'धर-पकड़' शुरू हो गई थी। अटल बिहारी वाजपेयी, लाल कृष्ण आडवाणी और जॉर्ज फर्नांडिस जैसे जुझारू नेताओं को जेलों में डाल दिया गया था। हर तरफ एक खास तरह की दहशत या सन्नाटा-सा पसरा रहता था। लोग आपस में फुसफुसाते हुए भी डरने लगे थे कि 'सुनने वाला कान' कहीं, किसी गुप्तचर या पुलिसकर्मी का तो नहीं है? दाएँ हाथ को, बाएँ हाथ पर—भरोसा नहीं रह गया था।

स्वतंत्रता सेनानी रहे, 'कांग्रेसी विचारधारा वाले मेरे पिता जी से भी, आपातकाल को लेकर मेरा टकराव और बढ़ गया था। वे विजिलेंस अधिकारी थे... और मैं—'उनका बिगड़ैल-विद्रोही पुत्र!'

अखबार तो मैं तभी से पढ़ने लगा था, जबसे डालता था। फिर आपातकाल लगने की अगली सुबह अचानक मैंने देखा कि 'इंडियन एक्सप्रेस' के संपादकीय पृष्ठ पर, 'संपादकीय टिप्पणी' के स्थान को ब्लैंक छोड़ दिया गया था। मैं समझ गया था कि यह 'अभिव्यक्ति का गला घोटे जाने' का प्रतीक है! सभी अखबारों की खबरों को सेंसर करने के लिए—कुछ सरकारी अधिकारियों को 'ऑब्जर्वर' बना कर बैठ दिया गया था।

इंदिरा जी के पुत्र संजय गाँधी की राजनीतिक महत्त्वाकांक्षाएँ, बहुत तेजी से सिर उठाने लगी थीं। अघोषित और प्रकारांतर रूप से—इंदिरा जी की सत्ता भी उन्होंने ही हथिया ली थी... और अब, वे तथा उनकी 'मंडली' के कुछ राजनेता, खुद को निरंकुश तानाशाह की तरह समझने लगे थे।

❑❑❑

तब पहली बार मैंने कलम को, बंदूकों और संगीनों का सामना करते देखा था। कहीं पढ़ा भी था शायद दुष्यन्त जी की गजल में—'जब तोप मुकाबिल हो, तो अखबार निकालो यारो!... कौन कहता है आसमान में सुराख नहीं हो सकता, एक पत्थर तो जरा तबीयत से उछालो यारो!' और यह भी कि—'सिंघासन खाली करो कि जनता आती है!'

मैंने बताया था कि मोहन सिंह पैलेस के ऊपर, इंडियन कॉफी हाउस में साहित्यकारों का जमावड़ा हुआ करता था... लेकिन इन दिनों यहाँ की आबोहवा भी कुछ बदली-बदली-सी लगने लगी थी।

तभी एक दिन वहाँ की महफिल में, एक शाम बस, उतरने को ही थी। बाहर के खुले हिस्से में, कुछ मेजों और कुर्सियों को जोड़कर एक दायरा बना लिया गया था। कुछ वरिष्ठ साहित्यकार बैठे थे। कुछ युवा खड़े-खड़े ही सुन रहे थे। मेरे जैसे नौसिखिये, उस कॉफी हाउस की मुंडेर पर ही बैठ गए थे।

उस शाम, उस दायरे का केंद्र थे—बाबा नागार्जुन! बाबा से मेरा परिचय डॉ. नरेन्द्र कोहली के घर पर ही हो चुका था, किन्तु अपनी उम्र के संकोच को देखते हुए, मैं उन्हें दूर से ही सुन रहा था! सभी लोग कुछ न कुछ बोल रहे थे... मगर जब बाबा बोलते, तो बाकी सभी चुप हो जाते।

फिर उस भीड़ में से किसी ने कहा, "बाबा, वो सुनाइये—अकाल वाली!"

बाबा, उसकी तरफ देखकर मुस्कराये! फिर बोले, "अच्छा, सुनाता हूँ!"

कुछ क्षण उन्होंने स्मरण किया। फिर अपनी एक बहुप्रचलित कविता का पाठ शुरू कर दिया—'अकाल और उसके बाद'

"कई दिनों तक चूल्हा रोया,
चक्की रही उदास!
कई दिनों तक कानी कुतिया,
सोई उनके पास!
कई दिनों तक लगी भीत पर,
छिपकलियों का गश्त!
कई दिनों तक चूहों की भी,
हालत रही शिकस्त!

दाने आए घर के अंदर,
कई दिनों के बाद!
धुआँ उठा आँगन से ऊपर,
कई दिनों के बाद!
चमक उठी घर-भर की आँखें,
कई दिनों के बाद!
कौए ने खुजलाई पांखें,
कई दिनों के बाद!"

यहाँ तक तो सभी कुछ ठीक था। हम सभी श्रोता बाबा को बहुत ध्यानमग्न सुन रहे थे! तभी किसी ने अगली फरमाइश पेश कर दी, "बाबा, वह वाली सुनाइए—'इंदु जी, क्या हुआ आपको?" बाबा इंदिरा जी को 'इंदु जी' कहा करते थे।

पूरी संगत में एक जोरदार ठहाका लगा था। इसका मतलब था कि लगभग सभी श्रोताओं ने वह कविता... कहीं न कहीं, कभी न कभी, किसी न किसी से—सुन जरूर रखी थी!... मगर बाबा से सुनने की बात ही कुछ और थी!

बाबा मुस्कराये। फिर बोले, "अच्छा सुनाता हूँ—

इंदु जी, इंदु जी, क्या हुआ आपको?
क्या हुआ आपको? क्या हुआ आपको?
सत्ता की मस्ती में, भूल गई बाप को?
इंदु जी, इंदु जी, क्या हुआ आपको?

बेटे को तार दिया, बोर दिया बाप को!
क्या हुआ आपको? क्या हुआ आपको?
आपकी चाल-ढाल, देख-देख लोग हैं दंग..."

बाबा बहुत ही तरन्नुम में गा रहे थे। वे अपने दाएँ हाथ से चुटकी बजा रहे थे और... बाएँ हाथ से अपने पुट्ठे पर 'थाप' दे रहे थे। साँझ के झुरमुठ में, 'महफिल' अपने रंग पर थी—कि पता नहीं अचानक क्या हुआ? एकाएक जैसे 'बिजली गिरी हो!' कविता अभी पूरी भी नहीं हो पाई थी कि उसी दायरे में, अभी तक श्रोता बनें, बाबा की कविताओं का 'आनंद ले रहे' कुछ सरकारी अधिकारियों को यह स्मरण हो आया कि वे तो किसी मुखबिर से सूचना मिलने पर बाबा की गिरफ्तारी के लिए आए थे! लिहाजा 'धरपकड़' शुरू हो गई।... जो कोई हाथ आया, दबोच लिया गया। किसी को गिरेबान से, गर्दन से, हाथ से पकड़ा गया—मगर बाबा को सम्मानपूर्वक कहा गया, "क्षमा करें... मगर आपको गिरफ्तार किया जाता है!"

बाबा मुस्कराए। फिर बोले, "चलो भाई! चलते हैं!"

मोहन सिंह पैलेस के पास की एक गली में पुलिस वैन खड़ी कर रखी थी। एक-एक कर सभी को उस वैन में भरा जा रहा था। मैं न तो तब तक सभी के नाम जानता था और न ही उस हड़बड़ाहट में पहचान ही पाया कि 'कौन-कौन धरे जा चुके थे!'... मगर कुछ देर बाद, संयत होने पर—मुझे खुद के लिए आत्मग्लानी हो रही थी कि मैं क्या इतना 'गया-गुजरा' था, जो मुझे 'बाबा के साथ' बंद नहीं किया गया। ये मेरे लिए डूब मरने लायक क्षण थे। शायद मुझे बच्चा समझ कर... और शायद दूर, मुंडेर पर बैठा देख, इस 'उत्सव का' हिस्सा न समझा गया हो!

❑❑❑

मूलचंद पार करने बाद, लेडी श्रीराम कॉलेज... और फिर जमरूदपुर क्रॉस करते हुए, मैंने उनसे पूछा था, "सर! जी.के. पार्ट वन या टू?"

"पार्ट वन में लेना बेटा! बस थोड़ा आगे जाकर राइट लेंगे! (कुछ देर चलने के बाद वे लेफ्ट-राइट बताते रहे। फिर एक कोठी के सामने पहुँच कर)... बस, यहीं रोकना!"

वे ऑटो से नीचे उतर आए थे। आंटी भी बाहर आ गई थीं। वे सामान उतारने की कोशिश कर ही रहे थे कि मैंने रोक दिया। सामान मैंने ही उतार कर सड़क पर रख दिया था।

वे बोले, "मेरा नाम डॉक्टर महेन्द्र प्रभाकर है बेटा! मैं यहीं रहता हूँ, फर्स्ट फ्लोर पर। रामलाल आनंद कॉलेज के हिन्दी विभाग में पढ़ाता हूँ!... मेरा घर तुमने देख ही लिया। कभी भी, किसी भी रूप में—मेरी जरूरत हो, तो यह तुम्हारे लिए भी आपना घर ही है। जब भी तुम्हें समय मिले, तो मिलने जरूर आना। मैं तुम्हारे शोधकार्य में भी काफी मदद कर सकता हूँ!"

थोड़ा रुककर उन्होंने पूछा, "क्या मैं तुम्हारा पता जान सकता हूँ?"

मैंने उन्हें पता बतलाया, जिसे उन्होंने एक पर्चे पर लिख लिया था। फिर वे मुझे पैसे दे ही रहे थे कि मैंने उनका सामान उठाया और सीढ़ियाँ चढ़ गया। वे दोनों मेरे बाद ऊपर आए थे। उन्होंने बीस रुपये मेरी तरफ बढ़ाए थे, मगर मैंने लेने से इंकार कर दिया, "आप तो गुरुवर हैं, मैं आपसे पैसे नहीं ले सकता।"

मैं नीचे उतरने लगा, तो आंटी ने रोक लिया, "नहीं बेटा!... यह हमारे सम्मान के लिए उचित नहीं है!"

मैं कुछ नहीं बोला। बीस रुपये लिए और तय किए गए अठारह रुपये काट कर, दो रुपये उनकी तरफ बढ़ा दिए। सर ने मेरे कंधे पर हाथ रखा था, "रखो बेटा!... यूँ भी पहले वाला ड्राइवर तो बीस रुपये ही माँग रहा था।"

मैं मुस्कराया, "लेकिन हमारे बीच तो अठारह रुपये ही तय हुए थे न सर!... ये दो रुपये तो आपको लेने ही होंगे—मैं इन्हें नहीं रख सकता!"

इस बार वे मुस्कराये। उन्होंने दो रुपये ले लिए थे। मैंने चलने से पहले दोनों के पाँव छुए। उन दोनों ने समवेत स्वर में कहा था, "खुश रहो बेटा!" फिर सर ने कहा, "हम जरूर फिर मिलेंगे!"

"जी," मैंने कहा और मैं, धीरे-धीरे उनके घर की सीढ़ियाँ उतर आया था... और अब साउथ कैंपस की तरफ बढ़ रहा था, जहाँ राकेश उस्ताज्जी मेरा इंतजार कर रहे थे।

❑❑❑

अध्याय - 7

बस अड्डे पर सवारी नहीं मिली तो मैं स्टेशन के लिए चल दिया। सोचा था, एक पंद्रह वाली एक्सप्रेस उठाऊँगा। वह भी दो बजे तक तो आ ही जाएगी। हालाँकि भारतीय रेल इतनी भी बुरी नहीं हैं कि पहुँचे ही न। एक लम्बी सवारी साउथ दिल्ली की मिल गई, तो समझो कि अभी तक का जोड़ कर, तेल का पैसा निकल गया... अपनी ध्याड़ी भी और मालिक का किराया भी।

गेयर बदला, एक्सीलेटर उठाया और गाड़ी हवा हो गई।

रात को साले कौन पुलिस वाले बैठे होते हैं, जो हाथ दे लेंगे। फिर उनका कहना भी सही है कि भई जब ऐसी ठंडी रात में दुनिया ही अपनी लुगाइयों को बगल में लिए पड़ी रहती है, तो हम बेचारों ने ऐसा कौन-सा गुनाह किया है, जो इतनी हसीन रात, चोरों-उचक्कों के चक्कर में गवाँ दें। ऐसे में, पीने-पिलाने को ही कुछ मिल जाए, तब भी गनीमत समझो, मगर ड्यूटी पर साला यह लफड़ा भी है। गश्ती टुकड़ी को अगर जरा-सी भभास भी आ गई, तो समझो कि फिर जान पर ही आ गई, इसलिए नुक्कड़-कोनों में दुबके हुए, एक अदद बीड़ी के बंडल पर बेचारे रात गुजार लेते हैं। कौन पड़े बेकार की झोंक-झाँक में। उन दिनों शहर में घटी अपराध की कुछ बड़ी घटनाओं के कारण भी शहर की कानून व्यवस्था कुछ ज्यादा ही चुस्त बनी हुई थी।

चोरों या सेंधमारों की तरह मैंने भी पुलिस की इस मजबूरी का लाभ अक्सर उठाया है। दाँव लगा तो चार-पाँच सवारियाँ तक बैठा ले गया हूँ। मगर आज न जाने किस साले नेस्ती का थोबड़ा देखकर निकला था, जो शाम के छह-सात बजे से, अब तक कुल जमा आठ रुपये अस्सी पैसे बने थे। दो चाय और सिगरेट ऊपर से।

वक़्त की रफ्तार को खदेड़ता मैं स्टेशन पहुँच गया था। प्लेटफार्म की मुर्दा-सी घड़ी हरकत में आई थी। मेरे पहुँचते-पहुँचते, बारह के कुछ आखिरी घंटे खड़का कर वह फिर चुप हो गई—जैसे अभी-अभी कोई होश में आया हो और किसी को पुकार कर, न पाकर, फिर अचेत पड़ गया हो।

बारह!

मैंने सोचा।

और फिर सोचा कि दो घंटे तो आराम से सोया ही जा सकता है। इसलिए पिछली सीट पर आ गया और एक ही कंबल से ओढ़ने-बिछाने की कमी पूरी कर, उसी में सिमट गया।

❑❑❑

अचानक लगा कि एक्सप्रेस आ गई है, क्योंकि मुसाफिरों का रेला कुछ इसी प्रकार छूट रहा था, जैसे मिल या कारखाने, शाम के लम्बे सायरन के बाद, आदमी उगलने लगते हैं। वातावरण में सरगर्मी आ गई थी। भीड़ की मिली-जुली आवाजों ने कुलियों और ड्राइवरों को चुस्त कर दिया था। हालाँकि दिसंबर की ठंडी हवा के झोंके, अब भी उतने ही सर्द थे।

बदन से कंबल लपेटकर मैंने देखना चाहा प्लेटफार्म की घड़ी अब क्या कहती है—और जो कुछ उस घड़ी ने कहा, वह देखकर मुझे आश्चर्य हुआ था कि एक पंद्रह वाली एक्सप्रेस दो बजकर पाँच मिनट पर ही आ गई थी। यानी मेरे अनुमान से बस पाँच मिनट लेट।

मैंने भारतीय रेल के सम्मान में अपनी गाड़ी स्टार्ट की और मेन गेट के पास लगा दी। सवारियों को दुलारने-पुचकारने का सिलसिला शुरू हो गया था। इन्हीं में से काफी लोग डी.टी.सी. की नाइट सेवा के इंतजार में बैठ गए और बाकी लोग ऑटो-टैक्सी वालों से मोल-भाव करने लगे। मुझे कैंपस लौटना था, इसलिए दूसरी तरफ की सवारियाँ लौटाता रहा।

''क्यों भाई! आसफ अली रोड चलोगे?'' एक ऐसा देहाती पूछ रहा था, जिसे देखते ही लगा था कि उसे शहर में बसे अभी अधिक दिन नहीं हुए हैं। सोचने के दौरान मैंने उसका जायजा लिया—एक अदद खालिस आदमी... और फिर सोचा कि लम्बी सवारी के चक्कर में अटका रहा तो न घर लगूँगा और न घाट। जाना तो उसी तरफ है। क्यों न ऐसा किया जाए कि इसे आसफ अली रोड उतारकर, अमीर के ठीये पर पहुँचूँ। गारंटी है, वह खाली नहीं लौटने देगा और चाय के साथ फैन खिलाकर, दम ऊपर से लगवाएगा।

''बैठिए!'' मैंने मीटर गिराया, ''नाइट चार्ज के अलावा दो रुपये एक्सट्रा लगेंगे।''

''क्यों भाई! वो किस बात के?''

''आप ट्राई कर लीजिए। कोई दूसरा इतनी पास की सवारी उठाने को तैयार नहीं होगा... और मैं ले जा रहा हूँ, बस इसी बात के!'' मैंने कहा और सोचा, दो घंटे से खाली 'टाप' लगानी पड़ रही है और दो घंटे 'बैठे-ठाले', वह भी कहीं न कहीं से तो निकालना ही पड़ेगा। उस अर्ध-देहाती के पास दूसरा कोई चारा नहीं था, इसलिए बैठ गया। मैं जानता भी था कि बैठेगा नहीं तो जाएगा कहाँ!

सवारी उतारकर मैं अमीर के ठीये की तरफ बढ़ गया। ठंडी रात का आखिरी पहर... और अँधेरी सुनसान सड़कों का लम्बा सिलसिला। सड़कें भी ऐसी कि छाती पीट-पीटकर दिल्ली की नगरपलिका को रोती हों।... और जिस तरफ मैं बढ़ रहा था, उस तरफ तो वैसे भी कोई 'बड़ा आदमी' नहीं आता। कम से कम दिन के उजाले में तो आता ही नहीं। फिर, सफाई और मरम्मत का सम्बन्ध तो यूँ भी किसी न किसी खास आदमी के आने-जाने से ही जुड़ा है।

❑❑❑

दूसरे महानगरों की तरह दिल्ली में भी एक मोहल्ला ऐसा है, जहाँ कभी रात नहीं होती... वक़्त कभी नहीं ठहरता। इस मोहल्ले का नाम सुनते ही बदन में सरसरी-सी दौड़ जाती है। किसी शरीफ-इज्जतदार को अगर दस-पाँच लोगों में इस इलाके का नाम लेना पड़ जाए, तो बेचारा बगलें झाँकने लगेगा... आसपास-से समझाने की कोशिश करेगा, मगर नाम हरगिज नहीं लेगा। मेरा अनुमान है कि सरकारी स्तर पर भी इस समस्या को समझा गया होगा, तभी तो 'जी.बी. रोड' का अर्थ रूढ़ हो जाने पर उसे एक नया नाम देने की आवश्यकता पड़ी—'श्रद्धानंद मार्ग।' यह बात भी बहुत कम लोग जानते हैं कि एक अंग्रेज कलैक्टर गार्जिस बॉस्टिन के नाम पर इस सड़क का नाम 'जी.बी. रोड' रखा गया था, (जिसे कुछ नासमझ लोग 'गाँधी बाबा' रोड कहा करते) फिर सन् 1965 में इस सड़क का नाम बदल कर स्वामी श्रद्धानंद मार्ग किया गया, क्योंकि स्वामी जी ने महिलाओं के उद्धार के लिए समाज में बहुत काम किए थे।

मैं उसी तरफ बढ़ रहा था... क्योंकि निश्चित है, यहाँ किसी भी वक़्त चले आने पर सवारी मिल जाती है। दिल्ली का काफी तेज और गर्म बाजार होने की वजह से यहाँ खरीददारों का आना-जाना लगा ही रहता है।... और क्योंकि मुँह अँधेरे, उसमें से कुछ को, इस अँधेरे से निकाल ले जाने का दायित्व, मेरे जैसे ड्राइवरों पर रहता है, इसलिए पैदा भी अच्छी हो जाती है।

आज सोचता हूँ कि मुझे इस पेशे में उतारने से पहले जो उस्ताज्जी ने कहा था, गलत नहीं कहा था। मुझे चेहरे से मासूम और मेरी जुबान पर काव्य-शास्त्र के भारी-भरकम सूत्र रखे देखकर उस्ताज्जी ने कहा था, "देख भाई राजा!... तू अच्छा-भला पढ़ा-लिखा आदमी है, यार! किसी दफ्तर में बाबू हो जा... ये साला ड्राइवरी का धंधा अच्छे लोगों के लिए नहीं है। जानता है बेटा! रण्डी और ड्राइवर में ज्यादा फर्क नहीं होता। दोनों ही सवारियाँ चढ़ाते हैं। एक जिस्म पर और एक गाड़ी पर..."

उस्ताज्जी ने कुल जमा दस जमात भी नहीं पढ़ी होंगी, मगर मैं जब भी उनकी आँखों में देखता हूँ—मुझे जिंदगी का हर सबक उनके चेहरे से समझ में आ जाता है। उनकी आँखों में जिंदगी के गहरे तजुर्बों का अक्स देखता हूँ... उनके चेहरे पर मेहनत-मशक्कत की सलवटें!

रास्ता तय करना था और मैं उसी तरफ बढ़ रहा था, जहाँ हमेशा की तरह कुछ औरतें उन सवारियों को उतार रही होंगी, जो मुझे उठानी हैं... और क्योंकि उस्ताज्जी ने मुझे उनकी बिरादरी में शामिल कर दिया था... इसी लिए यह सब सोचने लगा था... और फिर, दिमाग में साला कोई मीटर तो है नहीं कि ज्यादा सोचने पर, ज्यादा बिल चुकाना पड़े।

आप बस, बैठे रहिए और देखते जाइए कि आपका शहर कैसे-कैसे रंग समेटे हुए है।

❑❑❑

शहरी गलियाँ या सड़कें किसी एक चौक-चौराहे से निकलकर, दूसरी बस्तियों-मोहल्लों तक फैल जाती हैं। इन्हीं सड़कों और गलियों के बदलाव, यहाँ रहने वालों की शख्सियत को भी बदल देते हैं। गोया, यह सड़कें न हुईं, अलग-अलग तहजीबों और जुबानों की सीमाएँ हो गईं।

सब जानते हैं कि 'जी.बी. रोड' एक बड़े चौक से शुरू होकर, ऊँची-ऊँची इमारतों के मध्य से होता हुआ, बहुत दूर तक निकल जाता है। मगर जी.बी. रोड का 'अर्थ' इतनी दूर तक नहीं जाता। मोहल्ले की कुछ भीतरी इमारतें इस अर्थ को अपने तहत ही रोक लेती हैं। आगे तो केवल सड़क जाती है, किसी दूसरे चौक या चौराहे में डूब जाने के लिए।

यह सड़क जहाँ से शुरू होती है, उसी चौक के पास एक दूकान है—उस्मान टी स्टाल। यूँ स्टाल तो चाय की है, मगर खाने-पीने की अन्य चीजों के आलावा यहाँ और भी बहुत कुछ मिल जाता है। यानी, जो इस मोहल्ले की किसी भी इमारत की सीढ़ियाँ खुद नहीं चढ़ पाते, वे पहले-पहल यहीं आते हैं... और जो एक ही इमारत की सीढ़ियाँ चढ़ते-चढ़ते ऊब जाते हैं, वे भी यहीं आते हैं। इनके अलावा जो नए लोग आते हैं... उन्हें भी पहले यहीं लाया जाता है... और स्कूल-कॉलिज के छोकरे भी... अमीर खान के इन्तजार में बैठे-बैठे दो-चार चाय तो पी ही जाते हैं। उनकी झिझक और शर्म उतारने का काम भी यहीं होता है... और ज्यादातर मोल-भाव भी।

❑❑❑

अमीर खान भी इस इलाके की खूब ही चीज है। क्या लम्बा-तगड़ा कसा हुआ आदमी! यही कोई छह फुटिया। मैली-चंदीली छींटदार लुंगी के फेंटे में 'ग्यारह इंची रामपुरी'। गले में ताबीज। हाथ में कड़ा। आँखों में लाहौरी सुरमा... और मुँह में, तीन सौ नम्बर जाफरानी पत्ती का पान। सबसे छोटी उँगली की गिरफ्त में, चारमीनार की सिगरेट, धीरे-धीरे सुलग कर खत्म हो जाती है। सिगरेट के टोटे को नीचे डालकर, उस पर पीक देना, उसकी निहायत जरूरी आदतों में शामिल है, ताकि पीक के जरिए वह समाज में जल रही 'चिंगारियों' पर थूक सके।

अपनी पैदाइश या अपने माँ-बाप के बारे में वह केवल यही जानता है कि यदि वह पैदा हुआ है, तो अवश्य ही उसकी कोई माँ रही होगी—और क्योंकि बिना बाप के जन्म संभव नहीं है, इसलिए उसका कोई बाप भी होगा ही। इससे अधिक वह कुछ नहीं जानता। कब, कैसे और कहाँ से, यहाँ चला आया था, उसे नहीं मालूम। एक तवायफ ने इसे अपने बच्चे की तरह पाला और फिर यहाँ परवरिश पाते हुए जब होश सम्भाला था, उस वक़्त की उम्र का भी कोई अनुमान उसे नहीं है। उसका बचपन—मुजरों, महफिलों और वेश्याओं के लिए सामान जुटाने में गुजरा और जवानी—रण्डियों की दलाली में। उम्र बस बीतती रही, उसे वर्षों में आँकने या अनुमान लगाने का समय ही नहीं मिला। तब भी कोई तीस-पैंतीस का सिन (उम्र) तो होगा ही।

कोई अगर ऊपरी तौर पर उसे समझने की कोशिश करे, तो गलती करेगा... क्योंकि प्याज की तरह अमीर खान भी परत-दर-परत उतारा जा सकता है... और जैसे-जैसे उसकी परतें उतरने लगती हैं, उसका रंग साफ... और साफ होता चला जाता है।

मैंने कितनी ही बार अमीर की परतें उतारी हैं। तब उसके जिस्म की कसावट, लम्बाई, रामपुरी, ताबीज, कड़ा, सुरमा या जाफरानी पत्ती और सुलगती हुई चारमीनार, बे-माने हो जाते हैं। अमीर के चेहरे की खिंची हुई नसें, उसकी गंदी, भद्दी और अश्लील गालियाँ... या मुँह से गिरता थूक... और 'इंकलाब के जमाने की-सी बुलन्द आवाज'— समूची सभ्यता की पैमाइश कर जाती है। बहुत अदना हो जाता हूँ मैं, क्योंकि उस वक़्त अमीर मुझे ही 'बड़े लोगों' का नुमाइंदा समझने लगता है... मगर मैं चुपचाप अपने चेहरे पर पड़े, उसकी थूक के छींटे पोंछकर रह जाता हूँ। अमीर कहता रहता है, "औरत को इतनी मर्तबा नंगा देखा है राजा!... कसम खुदा की यार!... खुद को हमेशा नामर्द महसूस करता रहा हूँ।... तू दो रोज मेरे साथ रह जा, ईमान से कहता हूँ या तो पगला जाएगा स्साले... या फिर खुदकुशी कर लेगा। मगर मैं जी रहा हूँ, क्योंकि इन्हीं हालात का पैदा किया गया हूँ।" ऐसा वह अक्सर सुरुर में आने पर ही कहता।

फिर एक दिन कह रहा था, "यार राजा! तू तो पढ़ा-लिखा है। अखबार भी पढ़ता है। एक बात बता—क्या इस दुनिया में, मैं ही एक दल्ला हूँ?... ये सफ़ेदपोश हरामजादे, जो अपने मुल्क के जिस्म से एक-एक कत्तर उतरवाकर बेच रहे हैं... ये साले दलाल नहीं हैं? सब यही समझते हैं कि मैं एक अनपढ़ और जाहिल आदमी हूँ, मगर इतनी समझ तो मैं भी रखता हूँ यार कि कौन साला, किस 'बड़ी चीज' का गुर्गा है। अब तू सोच रहा होगा कि मैं यह सब कैसे जानता हूँ। देख राजा! लोग मंदिर-मस्जिद में भी जाते हैं, तो उनके चेहरों पर शराफत का नकाब होता है, मगर जब किसी रण्डी के पास आते हैं... तो उनके जिस्म पर कपड़े का एक टुकड़ा तक नहीं रहता... वो हर तरह से मेरे सामने होते हैं... खुदा के बनाए अपने आदिम रूप में।"

मैं स्तब्ध-सा अमीर को देखता रह गया था। उस दिन पहली बार मैंने महसूस किया कि मेरी दिमागी गलियों से होता हुआ, वह मेरे दिल तक पहुँच गया है। मैंने मन ही मन उसको नमन किया और उसके मुँह से छिटककर अपने चेहरे पर पड़ी छींटों को कमीज की बाजू से पोंछ दिया।... अमीर अब भी थूक रहा था, "कसम खुदा की यार!... सच कहता हूँ, अगर ये रण्डियाँ नहीं होतीं ना, तो तुम जैसे इज्जतदारों की बहन-बेटियाँ अपनी अस्मत नहीं बचा पातीं।... तू तो सोच भी नहीं सकता राजा!... आदमी किस कदर जहरीला है।"

फिर एकाएक उसके चेहरे की नसें ढीली पड़ गईं। आवाज नीचे उतर आई। चारमीनार की एक और सिगरेट सुलगी और मेरे कंधे पर हाथ रखते हुए वह कहने लगा, "छोड़ यार राजा! चल आ, चाय पीते हैं।"

सड़क के किनारे की पुलिया से उठकर हम स्टाल की तरफ बढ़ गए। उस्मान को

दो कड़क चाय बोलकर अमीर ने फिर कहा, ''मेरी बात का बुरा मत मानना मेरे भाई! तुझसे दोस्ती है, इसलिए पर्दा नहीं है।... एक मुद्दत के बाद कोई अपना मिला है, जिससे सचमुच दिल की बात कहने को मन करता है।''

इसके बाद हम दोनों में से कोई कुछ नहीं बोला था। दोनों ही अपने-अपने हिस्से की चाय चुपचाप सुड़कते रहे—मैं सवारी के इंतजार में... और अमीर दलाली के।

❑❑❑

फिर उस दिन उस्मान टी स्टाल की बगल में गाड़ी लगाकर जब तक मैं अन्दर पहुँचा, अमीर दो कड़क चाय का आर्डर दे चुका था। उसने मुझे देख लिया था शायद। कंबल की जकड़ से छूटकर मैंने दोनों हाथ दायीं-बायीं दिशा में फैला दिए और फिर पसलियों को कुड़मुड़ा कर ढीला छोड़ दिया। एक लम्बी जुंभाई उठी, मुँह का जबड़ा कड़कड़ाती हुई, बे-ढब-सी आवाज के साथ बाहर हो गई। दोनों हाथों से अपने बालों को ऊपर की तरफ समेटा और अमीर के सामने पड़ी कुर्सी में धँस-सा गया।

सिगरेट का आखिरी कश लेते हुए उसने पूछा, ''कहो प्यारे! कैसे हो?''

''पूछ मत यार!'' मैंने कहा, ''ये साली डी.टी.सी. ने भी दुखी कर रखा है।''

''क्यूँ भई! इस बेचारी ने तेरा क्या बिगाड़ा है? हाँ, कोई मेरे जैसा कड़का अगर ऐसा कहता, तो बात भी थी। मगर तेरे नीचे तो गाड़ी रहती है राजा! तुझे इन बस वालों से क्या शिकायत हो सकती है?''

''नहीं यार अमीर! यह बात नहीं है, दरअसल दिल्ली एक ऐसा शहर है, जहाँ तब ही कोई स्कूटर करता है, जब दूसरा कोई चारा न हो। फिर जब से यह नाइट-सर्विस चली है... स्साला अपनी तरफ कोई हाथ दे के राजी नहीं।''

अमीर ने सिगरेट के टोटे पर पीका और कहने लगा, ''गम क्यूँ करता है राजा, मैंने तो पहले भी तुझसे कहा था कि साला कोई भी टैम हो, सवारी न मिले, यहाँ चला आ। कोई न कोई लाश तो यहाँ मिल ही जाएगी, ढोने को।... लाद सालों को और फेंक आ...'' फिर एकाएक जैसे उसे कुछ याद आ गया हो, ''अच्छा देख! जल्दी से चाय पी, एक सज्जन आता होगा। वहाँ जाएगा वो—आश्रम से आगे—वो है न, कोई साली—फिरेन्डस् कॉलोनी, बस वहीं। मोटी आसामी है साला, झाड़ तबियत से।''

छोकरा चाय ले आया। एकदम कड़क। अमीर की माफिक! चाय की छोटी-छोटी गर्म चुस्कियों के साथ, मेरे जिस्म की रगें, गर्माहट पाकर फैलने लगी थीं। मैंने मन-ही-मन उस अंग्रेजी नस्ल को दुहाई दी, जिसने हमारा घी-दूध छीनकर, हमें चाय पीना सिखलाया।

तभी न जाने कैसे अमीर को कुछ आभास हुआ, तो वह उठकर खड़ा हो गया। मुझसे बोला, ''चल राजा! सा'ब आ गया।''

इसे कहते हैं धंधा!

अभी कुछ क्षण पहले तक मैं ऐसा कोई संकेत नहीं पा रहा था और एक यह अमीर है... जो कुत्ते की मानिंद अपने 'कस्टमर' के कदमों की आहट भी सूँघ लेता है।

मैं चुपचाप उसके पीछे बाहर निकला। एक सर्द झोंका आया और सरसराता हुआ निकल गया। गाड़ी तक पहुँचते हुए मैंने कंबल फिर लपेट लिया था।

अमीर ने अपने हिस्से की दलाली के अलावा सरकारी दल्लों का मुआवजा भी अपने सा'ब से वसूला और एक दमदार सलाम ठोंकते हुए, मेरी गाड़ी की तरफ इशारा कर दिया। फिर मुझसे कहने लगा, "राजा! सा'ब को ले जाना सम्भाल के, अपने खास आदमी हैं।"

सा'ब अब किसी औरत से उतर कर, मेरी गाड़ी पर था।

❑❑❑

यूँ तो अपना पेशा ही कुछ ऐसा है कि हजारों-हजार नए-नए चेहरे अपनी निगाह से गुजरते हैं। अब अगर सभी को दिमागी एलबम में सँजोकर रखा जाए तो कैसे काम चले। मगर जिस चहरे की अपनी कोई विशेष शख्सियत होती है... या मैं किसी खास वजह से उसे देख लूँ तो फिर कभी नहीं भूलता। आज भी नहीं।

शायद यही वजह थी कि एक स्ट्रीट लाइट के नीचे से गुजरते हुए, मैंने अमीर के इस सा'ब को देखना चाहा और जब सामने के आइने में उसे देखा, तो दिमागी एलबम के पन्ने पलट कर उसकी पिछली तस्वीर तलाशने लगा। लगा कि इसे कहीं देखा है। फिर दिल्ली गेट से, आई.टी.ओ. तक का रास्ता, उसकी तस्वीर के संदर्भों को खोजने में तय हो गया। मैं कुछ सोच नहीं पा रहा था, इसलिए पूछ बैठा, "माफ करना सा'ब! आपको पहले भी कहीं देखा है?" सा'ब चुप बना रहा। मुझसे नहीं रुका गया तो फिर पूछा, "आप कहीं पढ़ाते हैं?"

"नहीं।" सा'ब बोला।

"दूरदर्शन पर आते हैं?"

"नहीं।"

"फिर जरूर किसी सभा-सोसाइटी में आपको देखा होगा।"

सा'ब चुप।

"हाँ सा'ब! याद आया—देखिए न, गाड़ी चलाते-चलाते साला दिमाग ही चलना बंद हो गया। शायद किसी अखबार में आपकी तस्वीर देखी है।... मगर साला नाम अब भी याद नहीं आ रहा।"

सा'ब फिर कुछ नहीं बोला था।

चिड़िया-घर से वाया निजामुद्दीन और फिर आश्रम पहुँचने वाले रास्ते पर उन दिनों पुलिस की खासी गश्त थी, इसलिए सा'ब से पूछ लिया, "कहाँ से काटूँ?"

"बाहर से।" क्योंकि रोक कर मुझसे और सा'ब से भी पूछा जा सकता था कि 'कहाँ से आ रहे हो... और कहाँ जा रहे हो?'

मैंने आई.टी.ओ. के बाद भैरों मार्ग से लेफ्ट लेकर रिंग रोड पकड़ी और सर्प-सी लहराती सड़क की छाती पर मेरी तिपहिया गाड़ी के पहिए, समानांतर दूरी बनाए सरपट दौड़ते रहे। गाड़ी के स्पीड-मीटर की सूई पचास-साठ के दरम्यान काँपती रही। उसे नीचे उतरने देने का मतलब था—विचार!... और विचार जैसी कोई चीज, अब इस सा'ब के संदर्भ में तो शेष रह ही नहीं गई थी। सा'ब के प्रति घृणा और क्रोध को मैंने ब्रेक और ऐक्सिलेटर पर केन्द्रित कर दिया था। हालाँकि एक बार विचार जरूर आया था कि इंद्रप्रस्थ डिपो से आगे—सुनसान सन्नाटे में उतार कर, इस सा'ब को 'साहब' बना दिया जाए, मगर ऐसे धर्म-संकट में उस्ताज्जी का स्मरण बहुत लाभ पहुँचाता है। मुझे स्कूटर-चालीसा का एक और अध्याय पढ़ाते हुए उस्ताज्जी ने कहा था, "सवारी को भगवान समझना राजा!... ड्राइवरों के बच्चे, उन्हीं के दिए भाड़े पर पलते हैं। इसलिए खुद भले ही कुछ भी सहना पड़ जाए, मगर सवारी की पूरी हिफाजत करनी चाहिए।" वैसे भी इस सा'ब के बारे में अमीर ने भी पहले ही हिदायत दे दी थी कि यह उसका कोई 'खास आदमी' है।

❑❑❑

एक बड़े से चौराहे पर बायीं तरफ मुड़वा कर सा'ब ने गाड़ी रुकवा दी।

कोई दूसरी सवारी होती, तो उतरते ही पूछती—कितना हुआ? फिर दो-चार रुपये पर आधे घंटे रस्साकशी होती... और तब कहीं बीच की रकम पर मामला तय हो जाता। परन्तु सा'ब ने ऐसा कुछ नहीं किया। मेरे उतरने और मीटर देखने से पहले ही उसने पचास रुपये का नोट मुझे थमाया और चुपचाप पैदल ही चल दिया। मैंने माचिस की रौशनी में देखा—छब्बीस रुपये सत्तर पैसे बने थे। नाइट चार्ज भी जोड़ता, तब भी यह बहुत ज्यादा था।

मैं क्षणिक सकपकाया, फिर पुकार लिया, "सा'ब बाकी पैसे..."

"कीप द चेंज..." सा'ब ने कहा, शायद इसलिए कि मैं अखबार पढ़ता हूँ, जैसा कि मैंने जिक्र किया था... और शायद इसलिए भी कि ऐसा कुछ उसे अमीर ने बताया होगा... या फिर मैंने उसे 'कहीं देखने' का जिक्र जो कर दिया था।

अब मैं कैंपस लौट रहा था और सोच रहा था कि मुझ में और अमीर खान में क्या फर्क है?... और कोई फर्क न पाकर लगा कि जैसे दोनों तरफ की कनपटी सनसना रही हैं। इतनी सर्दी और बर्फीले झोंकों के बावजूद, अपने दोनों कानों के पीछे से मैंने पसीने की बूँदों को सरकता हुआ महसूस किया।... मन किया कि बहुत जोर-जोर से चीखूँ, चिल्लाऊँ, गंदी, भद्दी और अश्लील गालियाँ बकूँ... बदहवास-सा बड़बड़ाऊँ कि हम सब दल्ले हैं—वह भी! तुम भी!... और मैं भी!

❑❑❑

अध्याय - 8

उस दिन बाजार में कत्ल हो गया था।

मैं जब वहाँ पहुँचा तो सड़क दूर तक खाली पड़ी थी। सूँघते ही लगा कि आज कुछ हुआ है। पुलिस के सिपाही गश्त लगा रहे थे। खोमचे-ठेले भी ऐसे फिरकी हुए थे कि एक को ढूँढ निकालना मुश्किल था। वहीं नुक्कड़ पर कुछ लोग फुसफुसा रहे थे—'गिरधारी का कतल' हो गया।

रात के आठ से ज्यादा नहीं बजे होंगे, जब मैं सवारी तलाशता उधर आ निकला था। माहौल की नजाकत को देखते हुए मैंने भी एक अजनबी से पूछा था, "क्या हो गया भाई साहब?"

"कतल।"

"किसका?"

"गिरधारी का।" बड़े मियाँ ने कुछ ऐसे कहा कि मैं समझ गया—लोकल है, यह आदमी भी और मामला भी।

फिर पूछा, "किसने कर दिया?"

"श्यामा ने।" मेरा अनुमान सही था, मियाँ उस इलाके की खासी जानकारी रखते थे। इसलिए और कुरेदा, "अमीर भी साथ था?"

"नहीं।" मियाँ ने कहा, "मगर वह भी फरार हो गया है।"

यह सब सुनकर मुझे कतई आश्चर्य नहीं हुआ। हाँ अलबत्ता थोड़ा-सा दुख जरूर हुआ। वह भी इस बात पर नहीं कि गिरधारी का कत्ल हो गया, बल्कि इस बात पर कि श्यामा ने कत्ल कर दिया!

आश्चर्य इसलिए भी नहीं हुआ कि असम्भाव्य कुछ नहीं हुआ था।

❑❑❑

इस कत्ल में मेरी इतनी दिलचस्पी नहीं थी, जितनी कि इस कहानी में थी। शायद कहानी में भी इतनी दिलचस्पी न होती, यदि कहानी का यह नाटकीय अंत न हुआ होता। इस अंत में भी दिलचस्पी इसलिए पैदा हो गई थी कि श्यामे का एक जुमला, एक अरसे से, मेरे दिमाग में इस कहानी के सूत्र बुन रहा था। मेरे अनचाहे, अनजाने—मैं इस कहानी के पात्रों में रुचि लेने लगा था... या उनसे सीधे-सीधे जुड़ा था। इस कहानी का हिस्सा बन गया था मैं भी। अत: कहानी के इस नाटकीय अंत पर मेरा तटस्थ हो जाना, कम से कम स्वाभाविक तो नहीं ही था। श्यामा कहा करता था,

"यार अमीर, कोई साला हम पर फिलम बनाए, तो बड़ी हिट जाएगी बच्चे... साली ब्लैक में भी कोई टिकट नहीं मिलेगी।"

यह उन दिनों की बात है जब सिंगल स्क्रीन थियेटर में, कांउटर पर 'हाउस फुल' के बोर्ड की तख्ती लगी होती थी, मगर थियेटर के बाहर अक्सर ये आवाजें सुनाई दे जातीं, '2 वाली 3 में... 2 वाली 3 में...' या '3 वाली 5 में... 3 वाली 5 में...!' इस इलाके के 2-4 किलोमीटर के एरिया में जितने भी थियेटर थे, वो सभी श्यामा कि 'रियासत' में आते थे। हर थियेटर पर उसकी सेटिंग थी। मैनेजर से ही 50 प्रतिशत टिकटें श्यामा को मिल जाती थीं। इसके लिए कुछ चढ़ावा मैनेजर (थियेटर स्टाफ सहित) तथा पुलिस वगैरा को भी जाता था। ऐसा लगभग किसी भी नई फिल्म के लिए पहले हफ्ते भर तो रहता ही था। यहीं से उसकी मोटी पैदा थी। कुछ और गलत काम करने वालों से भी 'सुरक्षा कर' आदि के रूप में उसकी अच्छी कमाई हो जाती थी। दंगे-फसाद की भी कुछ घटनाओं ने श्यामा का 'बाजार-भाव' काफी बढ़ा दिया था। फिर अमीर और श्यामा में भी खूब जमती थी। दोनों एक-दूसरे पर जान छिड़कते थे।

वाकई बड़ी अजीब-सी शक्सियत थी उसकी।

बिखरे, उलझे, बे-तरतीब फैले बालों से ढंका सख्त चेहरा, उसकी उम्र से ज्यादा अनुभवों का साक्षी था। आँखों की पुतलियाँ, पलकों की सुरक्षा में गहरी, स्थिर और स्याह थीं। आँखों के आस-पास की सूजन से लगता कि वह वर्षों से सोया नहीं है और अब उसकी आँखें रुदन का स्वाभाविक कर्म भी भूल गई हैं। उसकी उठी हुई भारी नाक पर स्वाभिमान बैठा रहता और सूखे, गहरा गए, पपड़ी जमे भारी होंठों पर, उसकी ईजाद की गई गालियाँ। दाढ़ी-मूँछ के मामले में कोई कायदा-नियम नहीं था। उसके कंधों पर जिंदगी बोझ बनी बैठी थी, इसलिए बलिष्ठ थे और शरीर के बाकी हिस्से—डंडों, हॉकियों, चेनों और लोहे की छड़ों से ठोंके-तराशे हुए!

श्यामे को पहले-पहल इतना ही जाना जा सकता था। उसके 'मूल स्रोत या उद्भव और विकास' के बारे में तो मैं आज तक भी ज्यादा कुछ नहीं जानता।

ये वे दिन थे, जब कुछ खास सवारियों से अतिरिक्त आमदनी के मोह में, जी.बी. रोड के उसी चौराहे की उस्मान टी-स्टाल पर आ खड़ा होता। सवारी मिलने तक मेरा समय जिन लोगों के साथ गुजरता, श्यामा और अमीर उन्हीं में से थे।

❑❑❑

अमीर दल्ला था और श्यामा खलीफा। दोनों का एक साथ मिलना किसी त्योहार से कम नहीं होता था, क्योंकि दोनों में से कोई-न-कोई प्रायः जेल में ही रहता था। यानी, 'असामाजिक तत्वों' की धर-पकड़ शुरू होती, तो श्यामा अन्दर और 'वेश्यावृति उन्मूलन' अभियान चलता, तो अमीर पर बन आती... और कभी-कभी जब सरकारी व्यवस्था के सामने अपने कर्मचारियों की खस्ता अर्थव्यवस्था का सवाल आ खड़ा होता,

तो उन्हें इस इलाके की 'यातायात व्यवस्था' भी कुछ अटपटी लगने लगती। यह स्थिति मेरे लिए घातक सिद्ध होती, किन्तु मैं सरकारी व्यवस्था के, उन सरकारी कर्मचारियों की अर्थ-व्यवस्था के, सुधार में 'अपना योगदान' देकर यहीं से बच निकलता। अन्दर-बाहर या चालान वाली किल्लत मुझे नहीं उठानी पड़ती। हालाँकि जज साहब के रहते मुझे चालान नहीं भुगतना पड़ता, लेकिन उनसे बार-बार कहना मुझे ही अच्छा नहीं लगता था।

ऐसा नहीं कि अमीर या श्यामा, 'प्रशासनिक अर्थशास्त्र' का यह सिद्धान्त नहीं जानते हों! किंतु जब कभी जनता के हारे हुए प्रतिनिधि, अपने वजूद को बनाए रखने के लिए, सरकारी व्यवस्थाओं के छेदों में झाँकने लगते, तो जनता के जीते हुए प्रतिनिधि—वेश्याओं, दलालों, असामाजिक तत्वों के आँकड़े जुटाने में लग जाते। यह और बात है कि ये सभी उनके लिए बहुत उपयोगी हुआ करते, विशेषकर चुनावों के दौरान! लेकिन फिर भी, बस इसी दौरान अमीर या श्यामा को कुछ दिनों या महीनों के लिए अन्दर जाना होता था... बाहर निकलते ही वे जीते हुए प्रतिनिधियों की सरकार के कर्मचारियों की खस्ता अर्थव्यवस्था को कंधा देने लगते।

अमीर के पास ग्यारह कोठे थे। एक कोठे पर पन्द्रह से बीस तक लड़कियाँ थीं। उस समय एक लड़की, एक ग्राहक का औसत दस रुपये लेती और एक दिन में लगभग सौ रुपये तक पैदा कर देती। हालाँकि उस समय एक रुपये की भी काफी इज्जत हुआ करती थी। यह आय सीधे कोठे वाली तक पहुँचती। यही इस व्यवसाय का केन्द्र था। इसी केंद्र से जब इस आय का बँटवारा होता तो एक कोठे से, एक दिन में दो सौ रुपये पुलिस के, इतना ही रोज का खर्च, सौ रुपये अमीर की दलाली, दो सौ रुपये 'केंद्र के'—यानी एक लड़की, एक दिन में पन्द्रह-बीस रुपये तक ही समेट पाती। यही इस बाजार का अंक गणित था। किन्तु खासा पढ़ा-लिखा होने के बावजूद, ड्राइवरी के पहले कुछ महीनों तक यह छोटा-सा गणित भी मैं नहीं समझ पाया था।

❑❑❑

उस दिन त्योहार था। यानी अमीर और श्यामा दोनों ही बाहर थे। नई दिल्ली स्टेशन से कोई ठीक-ठाक सवारी नहीं मिली, इसलिए रात दस बजे मैं भी यहाँ आ निकला था। दोनों उस्मान टी-स्टॉल पर बैठे दारू पी रहे थे। मैं अन्दर पहुँचा तो दुआ-सलाम के बाद एक पैग मेरा भी बना दिया गया था, मगर मैंने हाथ जोड़कर मना कर दिया, "नहीं भाई, अभी गाड़ी पर हूँ। फिर कभी बैठेंगे।"

आज की दावत अमीर की तरफ से थी। बात का सिलसिला शुरू करते हुए मैंने पूछा था, "आज तो महफिल का रंग कुछ और ही है! कोई खास बात है?" ऐसा मैंने दोनों के चेहरे की रंगत को देखते हुए कहा था।

जवाब दिया था श्यामा ने, "गुरु! बासठ नम्बर पर आज एक नई चीज आयी है! बड़ी तुखम औरत है साली! बस, आज की रात हमने उसी के नाम कर दी।"

"मगर फिर तो तुम्हें पिलानी चाहिए थी।" मैंने कहा।

"क्यों बे? इस भूतनी वाले को धंधा नहीं मिलेगा क्या?" श्यामा कुछ तैश में आया।

"नहीं राजा! बात न औरत की है, न धंधे की... एक मुद्दत के बाद किसी औरत पर अपने यार की तबियत आयी है! आज की महफिल का रंग इसी लिए जुदा है।" अमीर कुछ देर के बाद बोला था।

"ऐसी साली क्या चीज है यार?" मैंने जानना चाहा।

"देखेगा?" श्यामा ने पूछा।

गुदगुदी तो मेरे मन में भी हुई थी, मगर वे लोग मुझे शरीफ आदमी समझते हैं, इसलिए इज्जत भी देते हैं। लिहाजा उनके सामने मुझे कुछ संकोच हुआ। सो, कह दिया, "नहीं यार, यह कैसे हो सकता है? किसी चीज पर श्यामे की तबियत आए... और उसे कोई दूसरा देख जाए? फिर हम तो यार हैं... यारी पर दुनिया की हर खूबसूरती वार जाएँ!... मगर है कौन?... कहाँ से आयी है?"

"पूछ मत यार!" अमीर दार्शनिक-से अंदाज में बोला, "साला सोचकर भी तकलीफ होती है। मगर मैं भी क्या कर सकता हूँ, अपना तो यही धंधा है।" वह थोड़ा रुका। गिलास की बाकी दारू नीचे उतारकर फिर कहने लगा, "देख राजा! मैं तो साला दल्ला हूँ—रंडियों की दलाली खाता हूँ। मगर ये रंडियाँ न तो मेरी माँ हैं, न बहन-बेटी, न बीवी! इन्हें जिन्दा रहने के लिए धंधा करने की जरूरत पड़ती है और धंधे में मेरी। मैं इनकी मदद करता हूँ। यही मेरा पेशा है—बस्स!" वह उत्तेजित हो रहा था।

फिर एक गहरी साँस ली और कहने लगा, "मगर ये जो बहन के—अपनी माँ, बहन, बेटी और बीवी को हलाल करवाते हैं, ये साले उनकी कमाई खाते हैं! इससे तो धी के—खुद ही पाजामा उतार के औंधे लेट जाया करें, उसमें भी साला उनका कोई धरम—ईमान समझ में आता है।"

"मगर मेरा सवाल तो वहीं रह गया... और अब तू शुरू हो गया है, तो सीधा सरकार पर जाकर ही रुकेगा।" मैंने कहा, तो अमीर कुछ नीचे उतर आया।

बोला, "नहीं यार! तू सब कुछ समझ सकता है, इसी लिए तेरे सामने गालियाँ बकने को मन करता है। इसके अलावा और मैं कर ही क्या सकता हूँ... खैर छोड़!... जरीना है इस छोकरी का नाम, बहुत मासूम और भोली-भाली लड़की है यार। उसका खसम छोड़ गया है यहाँ, धंधा करवाने को। दो सौ नकद ले गया है, बाकी हफ्ते के हफ्ते उसी से कुछ ले जाया करेगा। वह कह रहा था—मेरा अपना ही फाका रहता है, इसे कहाँ से खिलाऊँगा? बद्जात स्साला! अबे धंधा करके तो यह खुद भी खा लेती, वही साला क्या खिलाएगा!"

तभी मेरे दिमाग में सन् 1958 में आई बी आर चोपड़ा की फिल्म 'साधना' का एक गीत उभर आया, जिसे साहिर लुधियानवी ने लिखा, लता मंगेशकर ने गाया और

एन. दत्ता ने संगीत बद्ध किया। गीत था—'औरत ने जनम दिया मर्दों को, मर्दों ने उन्हें बाजार दिया'। एक और बात, जो बहुत कम लोग जानते हैं कि यही वह पहला गीत था, जब साहिर साहब ने यह जिद ठान ली थी कि गायक और संगीतकार के साथ, उसके गीतकार का नाम भी दिया जाना चाहिए।

मैंने देखा, श्यामा भी कुछ गंभीर हो गया था। मगर जब उसने नशा खराब होते देखा, तो हाथ के इशारे से अमीर को रोक दिया, "प्यारे लाल! मेरी बात मान, तू इस इलाके से खड़ा हो जा। रंडियों और उनके चाहने वालों की वोटें तो पक्की समझ... जो कोई भी तेरा भाषण सुन लेगा, भूतनी का किसी दूसरी पार्टी को वोट दे ही नहीं सकता! देख राजा, साला क्या ताबड़तोड़ बोलता है!"

"रहने दे यार!" अमीर खीजकर बोला, "उससे तो अपना यही धंधा अच्छा है। साला वतन की दलाली तो नहीं खाता!" फिर थोड़ा रुककर श्यामा से बोला, "अच्छा, अब तू जल्दी खींच, अभी उसके साथ भी खोपड़ा मारना पड़ेगा। पहला दिन है साली का, थोड़ा-बहुत रोना-धोना भी चलेगा।"

तब श्यामा को देखकर मुझे बहुत आश्चर्य हुआ था। क्षणिक पहले की गंभीरता उस पर फिर लौट आई थी। उसकी गहरी, स्थिर और स्याह आँखों की सूजन कुछ बढ़ गई थी। पलकें भी स्थिर थीं और पुतलियाँ भी। शायद उसके मन में कुछ और ही चल रहा था। वे क्षण वस्तुतः सात्विक थे। मैं उन क्षणों का साक्षी था। श्यामा ने धीरे-धीरे कहा था, "अबे छोड़ यार!... अब कहीं जाने की तबियत नहीं है।"

"तू नहीं जाएगा, तो कोई और जाएगा प्यारे!... पहले-पहल मैं भी ऐसा ही सोचता था। अब उठ, महात्मा बनने के चक्कर में मत पड़। जल्दी कर—बुढ़िया रोएगी मेरी जान को कि साला अभी तक कोई आसामी नहीं लाया।" अमीर ने कहा तो श्यामा एक ही घूँट में खींच गया, "चल प्यारे लाल!" कमीज की बाजू से उसने मुँह पोंछा और उठकर खड़ा हो गया, "चल, तेरी जरीना बाई का भी उद्घाटन करें।"

हम तीनों उठे। दोनों ने मुझसे हाथ मिलाए। वे आगे बढ़कर बासठ नंबर पर चढ़ गए।

❑❑❑

मैंने एक सिगरेट सुलगाई और कुछ देर सवारी का इंतजार करने के बाद अनमना-सा, आई.टी.ओ. के प्रेस ऐरिया की तरफ चल दिया। यहाँ भी, रात के किसी भी समय सवारी मिल जाया करती है। टाइम्स हाउस से थोड़ा-सा आगे चलकर, एक सरदार जी का ठीया है। यहाँ भी मूलचंद, सफदरजंग और धौला कुआँ की तरह ही रात में किसी भी वक़्त पराँठे मिल जाया करते हैं, यही सोचकर आई.टी.ओ. आ गया था। दो गरमा-गरम पराँठे दही और अचार के साथ खाए, तो पेट को कुछ राहत पहुँची।

कुछ ही देर में एक महीला ने डिफेंस कॉलोनी चलने के लिए कहा, तो मैं हाथ मुँह धोकर उठ गया। रास्ते में बात-चीत के दौरान पता चला कि इनका नाम अंजना

मुखर्जी है और ये 'इंडियन एक्सप्रेस' की पत्रकार हैं। फिर तो रास्ते भर उनसे पत्रकारिता पर बातें होती रहीं। इस विषय में मेरी रुचि को देखते हुए उन्होंने मेरी शिक्षा के बारे में पूछा था और सब कुछ जानकर उन्हें घोर आश्चर्य हुआ था। बाद में उन्होंने मेरी मदद करने का आश्वासन भी दिया था।

❑❑❑

एक अरसा बीत गया, मैं उधर नहीं निकल पाया। फिर एक दिन पहुँचा तो अमीर से पता चला—श्यामा को तो इश्क हो गया है! मरेगा साला! गोया कि इश्क भी कोई हैजा या तपेदिक हो! सुनकर कुछ अटपटा तो जरूर लगा था, मगर क्योंकि मैं उन सात्विक क्षणों का साक्षी था, इसलिए आश्चर्य नहीं हुआ। जिज्ञासा हुई थी। मैं अब तक की सारी कहानी सिलसिलेवार जानना चाहता था।

अमीर ने बताया कि उस रात श्यामा जरीना के पास पड़ा रहा। दोनों में से कोई उस रात नहीं सोया था। अगले दिन भी श्यामा यहीं रहा और दिन-भर सोता रहा। शाम को सोकर उठा, तो थोड़ा घूमने निकल गया था। रात को फिर लौट आया और शायद इस दूसरी रात के बाद, अगले दिन, जब वह सोकर उठा तो उसका मौसम बदला हुआ था। उसने कमर से लगा तमंचा निकाल कर बुढ़िया की गरदन पर रख दिया था। कहा था, "तेरी बहन का धंधा मारूँ ताई!... एक मर्तबा बोलता हूँ, ध्यान से सुन ले... अगर इस छोकरी पर कोई दूसरा उतर गया, तो मैं इस तमंचे के सारे राउंड तेरे हलक में उतार दूँगा!"

फिर जेब से तीन सौ रुपये निकाले और बुढ़िया के ब्लाउज में घुसेड़ दिए, "दो सौ रुपये तेरे, जो तूने इसके खसम को दिए थे और सौ रुपये इसका खर्च। यह यहीं रहेगी, मगर सिर्फ मेरे लिए! खर्चा मैं और देता रहूँगा... तुझे भी कुछ मिल जाया करेगा... पर याद रखिओ—यह छोकरी किसी भूतनी वाले के सामने नहीं परोसी जानी चाहिए!"

उस दिन पूरे कोठे पर आतंक फैल गया था। सबकी बोलती बंद थी। अमीर ने ही सारा मामला रफा-दफा करवाया था। श्यामा को आश्वासन दिया था कि मुझ पर भरोसा रख यार, जरीना धंधा नहीं करेगी।

इसके बाद श्यामा जब-तब वहाँ आता। बुढ़िया और जरीना को अलग-अलग पैसे देता। वहीं पड़ा रहता या उसे घुमाने कहीं बाहर ले जाता। जरीना भी बीवी की तरह श्यामा की देखभाल करती। दोनों साथ खाते, साथ सोते। मगर बुढ़िया के कलेजे में मिर्ची का खेत झुलसता रहता।

इसकी भी वजह थी!

❑❑❑

गिरधारी पुलिस का मुखबिर था। साहब लोगों के लिए, लौंडिया और दारू वगैरा का इंतजाम उसी के जिम्मे था। इलाके की कोई भी लड़की, उससे बिगाड़कर धंधा नहीं कर सकती थी। वह साहब लोगों की तबियत पहचानता था और लड़कियाँ उसे खूब पहचानती थीं। उसके सामने ज्यादा चूँ-चपड़ करने की हिम्मत कोई नहीं जुटा पाता। वह जिस पर भी हाथ रख दे, समझो वही हलाल! हाँ, इतना जरूर था कि गिरधारी के साहब लोगों की खिदमत से कोठे की हिफाजत भी होती और वह फलता-फूलता भी खूब!

एक दिन गिरधारी बासठ नंबर पर आया। जरीना पर नजर पड़ी, तो ठगा-सा रह गया!

"ताई! यह बुलबुल कौन है?" उसने बुढ़िया से पूछा था।

"रखैल है साली! श्यामा रोक गया है, इस छिनाल को। कह रहा था—गोली उतार दूँगा, जो इस पर कोई उतर गया... कमीना, हरामजादा!... अरे भैया, ये छोकरी अगर चले, तो सोना बरसा दे मेरे कोठे पर!" बुढ़िया ने गिरधारी में मिर्च तोड़ी। वह थोड़ा उछला भी, मगर श्यामा का नाम सुनकर चुप लगा गया। समझ गया कि यह छोकरी कुछ ज्यादा ही महँगी पड़ेगी।

ये बातें जरीना के जरिये श्यामा और अमीर तक भी पहुँच गई थीं। सुनते ही श्यामा की गहरी, स्थिर और स्याह आँखें लावा उगलने लगी थीं। अमीर ने देखा कि कुछ बवाल हो सकता है, तो बात को तरीके से सँभालने की कोशिश की। श्यामा के कंधे पर हाथ रखकर थोड़ा सहलाया और कहने लगा, "यार! तू अपनी एक बात मानेगा?"

"तू बोल तो सही प्यारे लाल!... तेरी आवाज पर तो इलाका उजाड़ कर रख दूँ।"

"अरे नहीं भाई, नहीं!... ऐसी कोई बात नहीं है। दरअसल, मैं कुछ और ही कह रहा था।"

"बोल!"

"ऐसे नहीं!... तू पहले अपने खोपड़े को जरा ठंडा कर, फिर बोलता हूँ।"

"अच्छा चल बोल!" श्यामा कुछ नरम पड़ गया।

"पहले एक बात बता", अमीर ने कहना शुरू किया, "मैं तेरा यार हूँ न! ठीक-ठीक बोलियो।"

"हाँ भाई, आगे बोल!"

"तू जरीना से सचमुच मोहब्बत करता है?" अमीर ने सीधा-सपाट सवाल रखा तो श्यामा सकपका गया।

हल्का-सा मुस्कराया, "हाँ यार!...अपने को साला मोहब्बत-वोहब्बत तो पता नहीं, पर पता नहीं क्या बात है यार कि साला उसके पास जाता हूँ, तो उसकी गोद में चुपचाप आँखें बंद कर लेटे रहने को मन करता है। वो साली अपनी चुन्नी के पल्लू से मेरा पसीना पोंछ कर, मेरे बालों से खेलती है, तो कसम खुदा की, रोने को मन करता है यार! ऐसा प्यार नहीं मिला जिंदगी में।"

"अब जो मैं कह रहा हूँ... और जैसा कह रहा हूँ, वैसा ही कर!" अमीर थोड़ा रुका और बोला, "तू उसे यहाँ से ले जा।"

"ले जाऊँ? मगर कहाँ ले जाऊँ यार?"

"उससे निकाह कर ले और शराफत के साथ अपना घर बसा।"

"अबे नहीं यार!..." श्यामा अचकचा गया, "यह क्या करवा रहा है? अपनी जिंदगी का तो तुझे पता ही है—स्साला जीने-मरने, खाने-पीने, रहने-सोने, अन्दर-बाहर तक का कोई भरोसा नहीं है। उस को कहाँ-कहाँ लिए फिरूँगा?"

"वो सब तू मुझ पर छोड़ दे," अमीर ने फिर एक बार श्यामा का कंधा थकथपाया, "मैं सब सभ्माल लूँगा। बस तू हाँ कह दे, फिर देख..."

❑❑❑

इसके बाद मेरी तलाश शुरू हुई। एक दिन मैं कैंपस की लाइब्रेरी में पहुँचा तो मेरे लिए अमीर का फोन आया हुआ था। उसने श्यामा के साथ आने के लिए कहा था। फिर अगले दिन वे दोनों मेरे कैंपस आ गए। वहाँ से बाहर निकल कर हम चाय पीने के लिए उसी ढाबे पर चले आए थे। सारा मामला मेरे सामने रखा गया। अमीर पूछ रहा था कि शादी कैसे की जाए। बाद में उसने कहा कि इसकी पूरी जिम्मेदारी राजा पर छोड़ी जाए। वह समझदार बंदा है और उसके कुछ अच्छे ताल्लुकात भी हैं। इस सबके पीछे जो बवाल होने की संभावना थी, उसे समेटने की जिम्मेदारी अमीर ने अपने ऊपर ले ली थी।

किन्तु शराफत की जिंदगी जीने के लिए, शराफत से कमाना भी जरूरी था। लिहाजा इस मुद्दे पर भी विचार किया जाने लगा कि श्यामा के लिए धंधे-पानी का इंतजाम कैसे किया जाए। मेरा सुझाव था कि यदि यह चाहे तो मेरे साथ गाड़ी चला सकता है। लाइसेंस और बैज वगैरा का इंतजाम मैं करवा दूँगा। गाड़ी सिखा भी दूँगा और मालिक से कह कर, दूसरी गाड़ी की एक शिफ्ट श्यामा को दिलवा दूँगा।

मेरे इस सुझाव से दोनों सहमत थे।

दूसरी समस्या सुलझाते ही, पहली समस्या फिर उभर आई। श्यामा के विवाह का सारा इंतजाम, कहाँ और कैसे किया जाए, यह भी मुझे ही सोचना था। मैं इस मामले में कुछ भी करने से पहले जरीना से मिलना चाहता था। क्या उसका खसम उसे तलाक देगा... और अगर नहीं देगा, तो 'कैसे देगा,' यह काम अमीर का! फिर भी यदि नहीं माना, तो वह अब 'खुल्ला' ले सकती थी... और एक सवाल यह भी कि मैं आर्यसमाजी तरीके से इनकी शादी करवा सकता हूँ, पर क्या जरीना अपना मज़हब बदलेगी... और या फिर श्यामा इस्लाम कबूल करे और अमीर किसी तरह उनका निकाह पढ़वा दे!

अगले दिन मैं जरीना से मिला था।

श्यामा, अमीर और जरीना—तीनों मेरे कैंपस चले आए। हम उसी ढाबे पर आए

थे, वहीं हमने नाश्ता किया और फिर चारों, आगे की कार्रवाई पर विचार-विमर्श करने लगे थे।

बातों के दौरान मैंने पहली बार जरीना को इतने नजदीक से देखा था—गोरा, साफ, दूधिया रंग, सीपिया आँखें, उभरी-उठी नाक पर पीतल का नग जड़ा फूल, होठों पर रुकी हुई खामोश सिसकियाँ... और गहरे-काले-लंबे बाल करीने से बँधे हुए, गुलाबी रंग का छींटदार सूट... और एक बात—उसको सामने, ऊपर से नीचे... और पाँवों की उँगलियों तक भी मैंने देखा था... जरीना मुझे कहीं से भी वेश्या नहीं लगी। वह किसी भी दूसरी घरेलू औरत की तरह, अपने पूरे वजूद में एक गृहस्थ औरत ही थी! मैं उसके तहत एक नया, अपरिचित पुरुष था, लिहाजा मेरी मौजूदगी का अहसास, उसकी आँखों में लज्जा के तौर पर देखा जा सकता था। मेरे अपने मन में वेश्याओं के प्रति जो धारणा बनी थी, उसे जरीना ने पुष्ट नहीं होने दिया।

यूँ, यह वाकई एक ऐसी औरत थी, जो यदि चाहे तो सरे-बाजार श्यामा से गोलियाँ चलवा दे... और यदि चाहे तो बुढ़िया के कोठे पर सोना बरसवा दे!

❑❑❑

जरीना की इच्छा जान लेने के बाद मैंने पूछा, तो उसने स्वीकार किया कि वह अपना मज़हब बदलने और खुल्ला लेने के लिए तैयार है। जरीना के लिए एक नए नाम के प्रश्न पर श्यामा ने ही एक नाम सुझाया—आशा। यानी आशा-श्यामा मैं उसी क्षण से जरीना को आशा कहने लगा था। मेरी देखा-देखी श्यामा और अमीर भी उसे यही सम्बोधन दे रहे थे। अमीर ने जरीना के साथ मिलकर उसके 'खुल्ले' की कार्रवाई शुरू कर दी थी और वहाँ से मुक्त होने के बाद विवाह की तैयारियाँ शुरू हो गई थीं। बासठ नंबर पर या बुढ़िया के कानों तक कोई खबर नहीं लगी थी। राकेश उस्ताज्जी से कहकर, मैंने दूसरी गाड़ी के लिए दिन की शिफ्ट का इंतजाम श्यामा के लिए करा दिया था। पहले वाला ड्राइवर नाइट के लिए मान गया था।

विवाह के हर मुद्दे पर बारीकी से विचार-विमर्श कर लेने के बाद, शादी के लिए मजिस्ट्रेट के एफिडेबिट की जरूरत थी। वे तीनों मेरे कैंपस चले आए थे। उस दिन गाड़ी मैंने दिन की शिफ्ट के लिए ले ली थी। तीनों मेरे ऑटो की पिछली सीट पर बैठे और हम पार्लियामेंट स्ट्रीट की न्यू कोर्ट चले आए थे। यहाँ पहुँच कर मैंने एडवोकेट मिस्टर दुग्गल को तलाश किया। गाड़ी के चालान भुगतने के दौरान उनसे कई बार मुलाकात हुई थी। मेरी पढ़ाई-लिखाई और पेशे के विरोधाभास ने उन्हें भी मेरी ओर आकर्षित किया था। इसी लिए थोड़ी-बहुत जान-पहचान हो गई थी। पहले उन्हें अमीर, श्यामा और जरीना से मिलवाया, फिर संक्षेप में सारी कहानी सुनाकर, अपनी योजना भी उनके सामने रख दी। उसके बाद की सारी जिम्मेदारी उन्होंने सम्भाल लेने का आश्वासन दिया। अपने जज साहब के पास मैं जान बूझकर नहीं ले गया था।

कुछ ही दिनों में जरीना के खुल्ला लेने और धर्म परिवर्तन कि सभी कानूनी पेचीदगियाँ पूरी कर ली गईं। शादी के लिए, हनुमान मंदिर के निकट, आर्य-समाज मंदिर में रजिस्ट्रेशन करा दिया गया था। आखिर शादी का दिन भी आ पहुँचा। कन्यादान राकेश मेहता और उनकी पत्नी ने किया था। वर पक्ष से मैंने भूमिका निभाई थी। फेरे शुरू होते ही जरीना उर्फ आशा की आँखें भर आयीं। जब हर फेरे के साथ उसकी सिसकियाँ बढ़ने लगीं, तो अमीर से भी नहीं रुका गया। उसने अपनी आँखें पोंछी और फिर धीरे-से जरीना की पीठ को सहला दिया। फेरे पूरे होने के बाद वह बढ़ी और झुककर अमीर के पैर छू लिए। अमीर ने उसके सिर पर हाथ फेरकर उसे आशीर्वाद दिया, तो इस स्पर्श से उसकी हिचकियाँ छूट गईं। वह फफककर रो उठी थी। रोकर चुकी, तो मेरे पैरों की तरफ बढ़ी, मगर मैंने उसे दोनों कंधों से पकड़कर रोक दिया। उसने राकेश के पाँव छुए और फिर उनकी पत्नी ने उसे गले लगा लिया।

बहुत कारुणिक दृश्य था वह।

'श्यामा की फिल्म का सबसे टचिंग सीन!'

विवाह के कुछ दिनों बाद श्यामा ने एक घर जमा लिया था। वह दिन में गाड़ी चलाता और शाम को लौटता हुआ, घर के जरूरी सामान खरीद कर ले जाता। मैं कल्पना कर सकता हूँ कि आशा भी दरवाजे पर टकटकी लगाए, उसके लौटने की राह तकती रहती होगी। आलतू-फालतू के सब झगड़े-फसाद श्यामा ने छोड़ दिए थे। उसका वक़्त या तो गाड़ी पर बीतता या बीवी के साथ। अमीर और मुझसे भी उसकी मुलाकातें बहुत सीमित हो गई थीं।

❑❑❑

मगर तभी एक दिन मुझे पता चला कि श्यामा बंद हो गया है।

श्यामा को दंगा-फसाद के मामले में 107/17 के तहत गिरफ्तार किया गया था। उस पर सवारी के साथ मार-पीट और बलवा करने का इल्जाम लगा था। मैं सोच सकता था कि यह अस्वाभाविक नहीं है, वह जरूर किसी के साथ मार-पीट कर बैठा होगा। फिर भी इस वारदात के दूसरे दिन, पूरी बात जानने के इरादे से, मैं श्यामा के घर पहुँचा तो पूरा मामला समझ में आ गया।

श्यामा के घर पर ताला झूल रहा था। जरीना उर्फ आशा के बारे में उनके पड़ोसियों से पूछताछ की, तो जाना कि उसे पुलिस पकड़कर ले गई है। वेश्यावृत्ति के आरोप में उसे गिरफ्तार किया गया है!

उसके पड़ोसियों के चेहरे अजीब-सी शक्ल में सिकुड़े हुए थे। उस पूरे इलाके में सनसनी फैली हुई थी। कुछ की बातों में आक्रोश और तनाव था, तो कुछ की बातों में अविश्वास। कुछ कह रहे थे कि ऐसे लोगों को तो जूते मार-मार कर मोहल्ले से निकाल देना चाहिए... और कुछ का दावा था कि ऐसा हो ही नहीं सकता! अभी तो

बेचारी ब्याह कर आई थी, हमने तो उसे बाहर झाँकते भी नहीं देखा। मोहल्ले के छोकरे एक 'सुनहरा अवसर' खोकर पछता रहे थे। काश कि उन्हें पहले पता चल जाता!... जो तटस्थ थे, उनका कहना था कि भैया जमाना बहुत खराब आ गया है, सच और झूठ दोनों ही एक जैसे लगते हैं। अब क्या मानें और क्या न मानें?

मेरी दिमागी रगों में केंचुए तैरने लगे।

इस वारदात के सभी संदर्भ, परत-दर-परत मेरे सामने खुलने लगे। श्यामा का बन्द होना भी अब समझ आ गया। मैं समझ गया था कि हो न हो इस सबके पीछे गिरधारी का खोपड़ा ही काम कर रहा है और इस बार भी उस बुढ़िया ने ही गिरधारी में मिर्च तोड़ी होगी।

यहाँ से लौटकर मैं सीधा अमीर से मिला था। उसे जरीना की जमानत करवा लेने का बोल कर मैं श्यामा से मिलने चला आया था। वह तिहाड़ जेल में बन्द था, इसलिए 'मिलनी' के समय ही उससे मिला जा सकता था।

मामला एक और दिन के लिए टल गया था।

और यही एक दिन इस कहानी को नाटकीय मोड़ दे गया।

❑❑❑

अगले दिन आशा की गिरफ्तारी के बारे में मैंने ही उसे बताया था। सुनते ही वह पगला गया था। गंदी, भद्दी और अश्लील गालियाँ बकने लगा था। पूरे जेल में बलवा-सा मचा दिया था उसने। मेरे देखते-ही-देखते श्यामा की तुड़ाई हुई थी। बलवा मचाने पर बहुत मारा था पुलिस वालों ने उसे उस रोज। फिर कुछ दिनों के बाद उसे जमानत मिल गई थी।

करीब पंद्रह-बीस दिन तक आशा का कुछ पता नहीं चला। अमीर से पहले ही जमानत करवा कर, कोई आदमी उसे बासठ नम्बर पर छोड़ गया था। इस बारे में अमीर को भी कोई भनक लग पाई थी। तीन-चार दिन तक उसकी हालत बहुत खराब रही और उसके बाद उसने सब कुछ स्वीकार कर लिया था। वह धंधा करने लगी थी। धंधा भी इस कदर कि जब तक जिस्म थक कर टूट नहीं जाता, वह आदमी उतारती रहती। हार कर बुढ़िया को ही मना करना पड़ता।

❑❑❑

और फिर उस दिन के बाद अब, जब मैं वहाँ पहुँचा तो मैंने सुना कि गिरधारी का कत्ल हो गया! बाद में यह भी सुना कि उस दिन, उस बाजार में तीन कत्ल हुए थे!

श्यामा और अमीर फरार थे। उनकी खोज-बीन का काम काफी मुस्तैदी से चल रहा था, यह मैंने अखबारों से जान लिया था। इस मामले में अपने लिपट जाने की संभावना को देखते हुए मैंने उधर झाँकना भी बन्द कर दिया था।

धीरे-धीरे कुछ लोगों से पता चलता रहा कि श्यामा जिस दिन छूट कर बाहर आया था, वह सीधा अमीर के पास पहुँचा और उससे पूरी बात सिलसिलेवार जानकर वह बासठ नम्बर पर चढ़ गया था। उसने इस सबके बाद भी आशा को अपने साथ चले आने के लिए मजबूर किया, किन्तु इस बार उसने इसे पहचानने से भी इंकार कर दिया था... मेरा अपना अनुमान है कि यह श्यामा के प्रति उसके प्रेम की पराकाष्ठा थी!

अचानक श्यामा की दिमागी रगें कस गईं। उसका हाथ पेंट की पिछली जेब में गया और सुनहरी नगों की हत्थी वाला एक लम्बा-सा चाकू उसने जेब से निकाला। झटके-से खोला और आशा के पेट में घुसेड़ दिया। वह एक सिसकी-भर ले सकी।

पूरे कोठे पर सन्नाटा और आतंक फैल गया था।

कोठे के दूसरे कमरे से बुढ़िया झाँक रही थी। श्यामा अब उसकी तरफ बढ़ा, तो उसकी घिग्गी बँध गई—और इससे पहले कि बुढ़िया अपने बचाव में कुछ कर पाती या कह पाती—श्यामा ने उसे चाकू से गोदना शुरू कर दिया। लगभग दस-पंद्रह चाकू मारने के बाद वह नीचे उतरा और गिरधारी की दूकान की तरफ चल दिया।

श्यामा सरे-बाजार खुला हुआ चाकू लिए चल रहा था। गिरधारी की दूकान पर पहुँचकर, उसने उसे नीचे उतार लिया और चाकू का एक भरपूर वार गिरधारी के पेट पर किया... और उसे ऊपर की ओर खींच दिया। कुछ ही क्षणों में सभी दूकानों के शटर-दरवाजे ऐसे गिरे जैसे बिजली गिरती है! पूरे बाजार में दहशत तैर गई। वारदात के बाद सक्रिय होने वाली पुलिस निरंतर गश्त लगाने लगी। मैं सोच सकता हूँ कि अब विपक्ष के लोग, कानून और व्यवस्था का मातम मनाएँगे! पक्ष के लोग ऐसी घटनाओं पर दुख प्रकट करेंगे!... और बाजार के लोग, इस वारदात पर जाँच आयोग बैठाने की माँग सरकार के सामने रखेंगे... कोठे कुछ दिन बन्द रहेंगे, फिर खुल जाएँगे! पुलिस द्वारा श्यामा नाम का एक कुख्यात बदमाश किसी मुठभेड़ में मार गिराया जाएगा—और यदि नहीं मरा तो फाँसी चढ़ा दिया जाएगा।

❑❑❑

अध्याय - 9

ड्राइवरी के धंधे में एक लफड़ा और है।

राजधानी में, दिल्ली परिवहन निगम की बसों से चढ़ने वाली कोफ्त, ऑटो रिक्शा चालकों पर ही उतरती है। अब यदि किसी बस ड्राइवर ने स्टॉप पर बस नहीं रोकी या भीड़ के ऊपर से कूदकर आप बस का डंडा नहीं पकड़ सके या केवल डंडा ही पकड़ सके... और दूर तक घिसटते चले गए, तो इसमें किसी स्कूटर चालक का क्या दोष ?... मगर इस महानगर में, यह मध्यम श्रेणी का 'सवारी' नामक जीव, स्कूटर ड्राइवरों को डी.टी.सी. वालों का कजन समझता है... और अपने आपको किसी डी.सी.पी. का रिश्तेदार, जबकि ऐसी स्थिति में डी.टी.सी. या डी.सी.पी. का सीधे-सीधे कोई दखल नहीं होता, मगर कजन और रिश्तेदार में अच्छी-खासी ठन जाती है।

मैं शक्ति नगर से सवारी उठाकर शाहदरा पहुँचा था। वहाँ से आई.टी.ओ. आया और इसके बाद कनाट प्लेस। भूख और वक़्त में जैसे होड़ लगी हुई थी। दोनों ही एक-दूसरे से तेज दौड़ रहे थे। तभी खयाल आया, माँ ने शाम को खाने का डिब्बा बाँधते हुए कहा था, "बेटा सब्जी तो नहीं है। कहीं छोले या दही मिल जाए, तो ले लेना।" माँ ने कनाट प्लेस नहीं देखा। वे इस समय यहाँ होतीं, तो समझतीं कि इस इलाके में, इस समय अच्छी-से-अच्छी 'डिश' तो मिल सकती है, मगर दही या छोले खरीद पाना कितना कठिन है और वह भी रात के साढ़े नौ-दस बजे। यह तब की बात है, आज की तो बात ही कुछ और है!

फिर भी, सोच ही रहा था कि मिर्च, प्याज या अचार जैसी ही कोई चीज रोटियों के साथ रखी हो, तो पहले अंतड़ियों को ही शांत किया जाए। जब भी मैं ऐसे समय निकलता कि माँ कुछ बना कर बाँध पातीं, तो वे जरूर साथ में कुछ बाँध देतीं। आज भी पराँठे बाँधे थे, इसलिए भूख भी जोर से लग रही थी... अब, क्योंकि जब पेट शोर मचाने पर उतर आता है, तो कोई बहाना नहीं सुनता। किसी जिद्दी बच्चे के बिलखने की तरह कुड़मुड़ाने लगता है, कुत्ते की तरह भाएँ-भाएँ करने लगता है... और तब जैसे अंतड़ियाँ पेट के अन्दर का, अपने आस-पास का मांस ही कुतरने लगती हैं... कि तभी किसी ने पुकारा, "हाँ भई! लाजपत नगर चलना है?"

सवाल कुछ टेढ़ा था। इसलिए पाँच-सात उत्तर जहन में उभरने लगे। सोचा, यदि खाया ही नहीं, तो कमाया किस लिए? फिर सोचा, यदि कमाओगे नहीं तो खाओगे कहाँ से? सवारी लम्बी थी। शायद मजबूर भी हो। एक बार फिर सोचा, अच्छी पैदा हो सकती है। फिर, ठहरा भी अपना ही इलाका! इसके बाद अपने पेट और अंतड़ियों को समझाया कि लाजपत नगर से मूलचंद पहुँचकर आलू के गर्म-गर्म पराँठे खाये जा

सकते हैं या फिर दही और छोले के साथ घर के पराँठे। भगवान भला करे उस पराँठे वाले का, जो ड्राइवरों की इस तकलीफ को समझता है... और विक्रम होटल के ठीक सामने बैठकर, रात-बे-रात भटकते लोगों को आलू, प्याज, पनीर, मिक्स और अंडे के गर्म-गर्म पराँठे खिलाता है। गोया, होटलों वाली व्यवस्था के विरुद्ध गुरिल्ला शैली की लड़ाई लड़ रहा हो। कैंपस के निकट होने कारण भी, यह लगभग मेरा स्थायी ठिकाना-सा बन गया था।

मेरा पेट और अंतड़ियाँ ललचा गईं, ''बैठिये...'' मैंने कहा।

सवारी को लाजपत नगर उतार कर मैं मूलचंद की तरफ मुड़ा ही था कि एक और सज्जन ने हाथ दे दिया। गाड़ी को साइड पर लगाकर मैं रुक गया। सज्जन किसी एक और सज्जन से बतिया रहे थे। उनसे चलताऊ-सा हाथ मिलाकर उन्होंने अपना सूटकेस गाड़ी में पटका और मेरी गाड़ी को अपने बाप-दादा का तख्ते-ताउज समझ कर पसर गए।

''चलो...''

''कहाँ ?''

''स्टेशन!''

''जी, मैं तो मूलचंद तक जा रहा हूँ!'' हालाँकि मैं अस्पताल या स्टेशन की सवारी प्रायः नहीं छोड़ता था, मगर उस समय सवाल पापी पेट का था, लिहाजा मैंने मना करना चाहा।

''भई, हमें गाड़ी पकड़नी है!''

''मुझे भी खाना खाना है।''

''हम कह रहे हैं, हमें गाड़ी पकड़नी हैं।'' उसने बहुत अकड़ कर कहा।

''आपको जहाज पकड़ना हो, इसका क्या मतलब है, मैं खाना नहीं खाऊँगा? आपको पूछकर बैठना चाहिए था।''

''अबे चल यार!... वहाँ चल के खा लिओ, एक रुपया फालतू दे देंगे।'' सज्जन मुझे सरकारी बाबू समझ रहे थे।

''नीचे हो जाइए।'' मेरा ड्राइवरी स्वाभिमान उठकर बैठ गया।

''नहीं तो क्या कर लेगा?'' सज्जन अपनी पितृ भाषा में बोलने लगे थे। दूसरे सज्जन ने बवाल होते देखा, तो वे भी नजदीक आ गए।

मैंने फिर एक बार उन्हें समझाने की कोशिश की, ''देखिए भाई साहब! मैं आपसे कह रहा हूँ कि मुझे खाना खाना है, आपको सामने से दूसरी गाड़ी मिल जाएगी!''

इस बार दूसरे सज्जन ने अपनी चोंच खोली, ''तू नहीं जाएगा?''

''नहीं!'' मैंने कहा।

''तेरा तो बाप भी जाएगा, नम्बर नोट करो साले का!''

इसके बाद जो कुछ भी हुआ, उसे महानगरीय भाषा में 'सभ्यता' कहते हैं। दोनों तरफ से एक-दूसरे की माँ-बहनों से सम्बन्ध कायम किए गए। हालाँकि मैं हमेशा यह बात कहता रहा हूँ, कि पुरुषों की लड़ाई में गालियाँ भी 'बाप-भाई' की बनाई जानी चाहिए।

बेचारी 'माँ-बहनों' ने किसी का क्या बिगाड़ा है। फिर बात क्योंकि 'बाप' से शुरू हुई थी, जो 'माँ-बहनों' तक चली आई थी। मैंने भी ड्राइवरी शैली की गालियाँ बकीं और सज्जन लोग पंजाबी पर उतर आए थे। उस समय उस्ताज्जी का स्मरण बहुत जोर-से आया। ये सारी गालियाँ, उन्होंने मेरे प्रशिक्षण के दौरान, बतौर प्रशिक्षण ही सिखलाई थीं। धन्य हे गुरुदेव! मैं गोविन्द के मुकाबले आपका महत्त्व साफ-साफ स्वीकार रहा हूँ।

'बलिहारी गुरु आपने, जिन गालियाँ दी सिखाए!' गुनगुनाता हुआ, मैं विजयी भाव से मूलचंद की तरफ बढ़ गया। मगर जीतने वाले को भी संघर्ष की थकान तो रहती ही है, मैं भी महसूस कर रहा था कि मेरे दिमाग का भुना हुआ कबूतर बन गया।

गाड़ी जैसे ही विक्रम होटल की तरफ मोड़ी कि सामने दस-बारह साल का एक लड़का आ गया, मगर गाड़ी टकराते-टकराते बच गई थी। कस कर ब्रेक लगाए और बहुत बदतमीजी-से बोला, "क्यों बे! लावारिस है साले?"

"अंकल! मेडीकल इन्स्टीट्यूट चलना है, मेरी मदर को मूलचंद से वहाँ के लिए रेफर कर दिया है।"

मैं सम्भल गया था। समझ भी गया था कि मुझे रोकने के इरादे से ही यह सामने आ गया था।

अभी साहबों से झड़प के कारण मेरा दिमाग जरा भन्ना रहा था, मगर छोकरे के चेहरे पर मासूमियत और रुलाई, जैसे गड्ड-मड्ड हो रहे थे। एक क्षण टिक कर उसके चेहरे को देखा। तभी अंतड़ियों का शोर रेंगता हुआ मेरी दिमागी रगों तक पहुँच गया था।

"प्लीज अंकल..." छोकरे ने कातर होकर कहा।

जब नहीं रुका गया, तो अंतड़ियों को घुड़क कर मैंने चुप करा दिया और खुद बोला, "चल बेटा, बैठ गाड़ी में—कहाँ है तेरी मदर?"

"अंकल, वो मूलचंद हॉस्पिटल के पास।" लड़का कूदकर गाड़ी में बैठ गया। उसके चेहरे पर राहत के चिन्ह उभर आए थे। गाड़ी मोड़कर मैंने मूलचंद के गेट पर लगा दी थी।

एक प्रौढ़ा दरवाजे के पास बैठी दर्द से कराह रही थी। साथ ही एक 20-22 साल की लड़की, उस महिला का सामान उठाए खड़ी थी। शायद उस लड़के की बहन हो। मैंने सहारा देकर उसकी मदर को गाड़ी में बैठाया। वे दोनों भी बैठ गए। मोल-भाव करने जैसी कोई बात ही नहीं थी। यूँ भी, जैसा मैंने कहा कि मैं अस्पताल की सवारी कभी नहीं लौटाता। यह भी स्कूटर-चालीसा का एक अध्याय था, जो उस्ताज्जी ने काफी घोट कर पिलाया था।

मूलचंद से मेडीकल तक पेट और दिमाग दोनों शांत बने रहे। केवल उस महिला के कराहने और इंजन के खड़खड़ाने की आवाजें आती रहीं।

❑❑❑

मेडीकल पर उन्हें उतारकर मैंने सोचा था कि एक कप चाय के साथ ही जैसे-तैसे पराँठे नीचे उतार लिए जाएँ। इसी उद्देश्य से सामने चाय वाले की दूकान पर बैठकर मैंने टिफन बॉक्स खोला ही था और एक कड़क चाय का आदेश दे डाला कि तभी पीछे से मेरे कंधे पर हाथ मार कर किसी ने पुकारा, "ओए राजे!" यह मेहताब सिंह था। हम-पेशा ड्राइवर। उसके चेहरे पर एक अजीब-सी कसावट के भाव थे, जैसे मस्तिष्क पर जोर देकर कुछ सोच रहा हो। फिर बोला, "राजे! ओए तेरे नाल इक मुंडा रेन्दा सी, की नां सी ओ दा?... ओए यार! ओ धौला कुआँ ते नई बैठ्या रेन्दा सी, झल्ला जेआ?"

"कौन ऋषि?..."

"हाँ ओए, ओई रिशी-मुनी... ओस खोते दे पुत्तर ने खुदकुशी कर लेई यार!"

कैमरे की फ्लैश लाइट, जैसे एक ही क्षण में आस-पास का सारा दृश्य समेट कर बुझ जाती है... मेरे मस्तिष्क में उसकी सम्भावित आत्महत्या के अनेक संदर्भ उभर कर बुझने लगे। एक झटका-सा लगा था।

"कब?" मैं केवल इतना ही पूछ पाया।

"कल राती गुरविंदर मिलिआ सी मैनू, राजा गारडन ते। ओई दस्स रेआ सी... मुंडे ने कीड़े मारन वाली दवा पी लेई।"

इतना काफी था। आगे के सूत्र मैं स्वयं जोड़ सकता था।

मेरे सामने खुला हुआ टिफिन पड़ा था और दूकान की भट्टी पर मेरे लिए चाय का पानी खौल रहा था। किन्तु अचानक मैंने अनुभव किया कि मेरे पेट की अंतड़ियों में धमाचौकड़ी अब बंद हो गई है... या यूँ कह लीजिए कि अब वह हंगामा दिमागी रगों में स्थानांतरित हो गया था।

"तूने खाना खाया?" मैंने मेहताब सिंह से पूछा था।

"बस हुनि खा रयां..."

"ये ले, ये पराँठे हैं... माँ ने बनाए हैं... और सामने चाय बन रही है, मैं चलता हूँ..."

"ओए गल ते सुन..." मेहताब ने हड़बड़ाकर मुझे रोकना चाहा।

"नहीं यार, कोई ऐसी बात नहीं है... पर अब खाया नहीं जाएगा। अच्छा देख, किसी और से इस बारे में कुछ नहीं कहना।" मैंने कहा और मेहताब सिंह के कंधे को थपथपा कर भारी कदमों से गाड़ी की तरफ बढ़ गया। सीट पर बैठा कुछ क्षण सोचता रहा। उसकी मौत से पहले के क्षण कतरों-कतरों में बिखरे हुए सामने आ रहे थे। वह मर तो पहले ही चुका था, पर शायद मैं अपनी हार स्वीकार करने में कतरा रहा था।

गाड़ी स्टार्ट की और कैंपस की तरफ घुमा दी। इससे पहले शायद ही मैंने कभी इतनी तेज गाड़ी चलाई हो। उस्ताज्जी की हिदायतें कि मशीन पर ज्यादा भरोसा नहीं करना चाहिए, मैं उस समय भूल गया था। अपनी सभी इन्द्रियों को गाड़ी की गति पर केन्द्रित किया और चौथे गेयर में डालकर, ऐक्सीलेटर लगभग पूरा उठा लिया था। उस

समय यदि आराम से चला होता, तो तय था कि दुर्घटना होती ही, क्योंकि सम्भावित होने के बावजूद ऋषि की मौत ने झकझोर कर रख दिया था और ऐसे में सोचते-सोचते गाड़ी चलाना या गाड़ी चलाते-चलाते सोचना, खतरनाक साबित हो सकता था।... और क्योंकि उसकी मौत के सबसे अधिक प्रामाणिक संदर्भ मेरे पास रखे थे—सुरक्षित... और उन संदर्भों से जूझने-टकराने का दायित्व भी मेरे ही कंधों पर था... जबकि मेरे लिए भी, उसकी मौत से पहले, उसकी मौत के संदर्भों को जानने की मनाही थी।

यूँ तो यह महानगर है और दस-बीस अस्वाभाविक मौतें, सुबह-शाम के अखबारों में छपती ही रहती हैं, मगर ऋषि की मौत के नाटकीय सूत्रों में अप्रत्यक्ष रूप से मैं भी बँधा हुआ था... महज इसलिए या उसकी जिंदगी में ही मौत के लक्षण देखने का साक्षी रहा था... इसलिए और या फिर इसलिए कि उसकी मौत के संदर्भों को जानने की जिज्ञासा मुझ में थी... या इसलिए भी कि उसकी मौत के कारण और सबूत मेरे पास उपलब्ध थे।

एक दिन जौंडिस की तरह पीली, तपती, जर्द पड़ी दोपहरी में, मेरे घर के दरवाजे खटका कर, एक सीलबंद लिफाफा मुझे पकड़ाते हुए उसने मुझसे कहा था, ''राजा, यदि इस वक़्त मैं तुम्हारे ही पास आया हूँ, तो इसकी एक वजह है। मैं तुम पर और केवल तुम पर ही भरोसा कर सकता हूँ!''

''बात क्या है? अन्दर आ।'' मैं सोते-सोते उठा था, इसलिए कुछ नहीं समझ पा रहा था।

''नहीं, बस दो-चार जरूरी बातें तुमसे करनी हैं, फिर चलता हूँ!''

''क्या बात है? अच्छा! अन्दर तो आ!''

''नहीं।'' वह मुँह नीचे किए चुप खड़ा रहा।

''अच्छा बोल, क्यों परेशान है?''

''लगता है, मैं अब ज्यादा नहीं जी सकूँगा।'' वह एक ही झटके में कह गया था।

''तेरा तो दिमाग फिर गया है। अच्छा भला आदमी है, मगर जीने से डरता है। तुझसे कहा था न—ये साली जिंदगी बड़ी कुत्ती चीज है। बन्दर की तरह घुड़की देती है साली... जो इससे डर गया, ये उस पर हावी हो जाती है। उसके कंधों पर चढ़ जाती है और अच्छे-खासे बंदे का जीना हराम कर देती है... पर जो इसके पिछले हिस्से पर लात मार कर रखता है, खुद इसके कंधों पर चढ़कर जीता है—उसके आगे यह बकरी बनी रहती है... लड़ना चाहिए यार! सिपाही की तरह लड़ना चाहिए...'' उसे चुप बने देख कर मुझे लगा था, मैं उसे भाषण पिलाने लगा हूँ।

वह उसी तरह मुँह नीचे किए चुपचाप खड़ा रहा।

''अच्छा बोल! तुझे क्या कहना है।''

''तुम्हें दो काम करने हैं!'' उसने एक भरपूर नजर मुझे देखा था, ''एक तो यह कि जब तक मैं जीवित हूँ, तुम इस पैकेट को नहीं खोलोगे... और दूसरा यह कि यदि

मैं किसी भी तरह से मरता या मारा जाता हूँ तो—तुम मेरी मौत का बदला लोगे। बदला किससे लेना है, यह तुम इस पैकेट से जान सकोगे... मगर मेरे मरने के बाद ही तुम इसे खोलोगे... और बदला किस रूप में लोगे, यह तुम्हें सोचना है।''

वह चुप हो गया था।

मैं उसे देखता रह गया था।

थोड़ा रुककर वह फिर बोला था, ''मुझे विश्वास है, तुम ऐसा करने का वचन दोगे... और यदि तुम वचन दोगे, तो उसे पूरा करोगे, मुझे विश्वास है।''

मैंने उसका क्षणिक पागलपन समझा था और कह दिया था, ''ठीक है, मैं ऐसा ही करूँगा... पर तू बैठ तो सही। इतनी धूप में जाने कहाँ मारा-मारा फिर रहा है। आ, अन्दर बैठते हैं।''

''नहीं! अब मैं चलता हूँ... देख लो! तुमने मुझे वचन दिया है!''

''ठीक है यार! मगर बैठ तो...''

वह रुका नहीं। तेजी से घूमा और सीढ़ियाँ उतर गया। काश कि वह मेरे साथ बैठा होता। उसने अपने मन की परतें खोली होतीं, तो शायद वह आज जीवित होता!

❑❑❑

यही वजह थी कि मैंने गाड़ी को हवा कर दिया था। गाड़ी की अच्छी-खासी स्पीड ने मुझे इन संदर्भों पर, उन क्षणों में उठने वाले तनाव से बचा लिया था। समाधि की-सी अवस्था में गाड़ी दौड़ाता हुआ जब मैं कैंपस पहुँचा, तो रात के लगभग ग्यारह बज रहे थे। गाड़ी को लॉककर तेजी से सीढ़ियाँ चढ़ गया था। चाबी गार्ड साहब को दी, तो उन्होंने मुझे जिज्ञासा से देखा। मैंने कह दिया कि तबीयत ठीक नहीं है। ऊपर कुछ लड़के अभी भी पढ़ रहे थे। मुझे अचानक आया देख, एक ने पूछा, ''क्या बात है राजा, आज जल्दी आ गया?''

''हाँ यार, कुछ जरूरी काम था।'' अपने लॉकर में से वह पैकेट निकाला और सीढ़ियों में आकर बैठ गया।

एक बार फिर उस 'पैकेट' के खुलने पर रहस्य के विस्फोट का पूर्व आतंक मन पर छा गया। कुछ क्षण निस्तब्ध बैठा रहा। फिर बलात् अपने हाथों का कंपन रोक कर, आँखों पर पलकें बिछा कर, एक काले-से शून्य में कुछ खोजने लगा। शून्य एक नहीं था। काले-काले बहुत-से धब्बे थे। मैंने सायास उन धब्बों को एकत्रित किया... और उनकी स्याही पोंछकर एक आकृति उभारने की चेष्टा की।

ऋषि!

मेरी दृष्टि उसकी आँखों पर रुक कर रह गई है। एक साधारण-सा गोरा, पतला, लम्बा और किसी भी बेरोजगार युवक की तरह—अस्त-व्यस्त। उसकी जुबान और आँखों के अलावा कोई अन्य पहचान खोज निकालना मेरे लिए कठिन है। जुबान चुप

और आँखें खामोश। जुबान शायद इसलिए चुप कि उसके पास कहने के लिए कुछ भी नया नहीं है... या शायद इसलिए कि किसी से भी, कुछ भी कहने का कोई लाभ नहीं है... और आँखें इसलिए खामोश कि वह जो कुछ भी देख पा रहा है—निरर्थक है, बेमतलब है, बेवजह है। विचार-शून्य वह नहीं है, इसका प्रमाण उसकी जुबान और आँखों की स्थिरता है।

धौला कुआँ वाली टी-स्टाल पर मैंने उसे कितनी ही बार अक्सर रातों को देखा था। मगर जब भी उसे देखा, उसके होठों या पलकों को हिलते हुए नहीं देखा। इसलिए जब एक दिन अचानक वह मेरे पास आकर ठिठका, तो मैं भी सकपका गया था। उसने पूरी शालीनता के साथ पूछा था, "मैं आपके साथ बैठ सकता हूँ?"

"मुझे कोई एतराज नहीं।" वह बैठ गया। मगर कुछ देर हम दोनों ही अगल-बगल देखते रहे, बोला कोई किसी से कुछ नहीं। फिर मैंने ही पूछा, "चाय पीएँगे आप?"

"हाँ!" मेरी अपेक्षा के विपरीत उसने कहा, मगर मुझे अच्छा लगा। यूँ मैं सोच रहा था कि कहीं ऐसा पूछकर मैं उसके स्वाभिमान को चोट तो नहीं पहुँचा रहा... क्योंकि शायद वह स्वयं खरीद कर चाय पीने और मुझे पिलाने की स्थिति में न रहा हो, अत: उस जैसी आँखों और जुबान वाले व्यक्ति के लिए यह प्रतिष्ठा का प्रश्न हो सकता था। तब बहुत संभव था कि वह मेरे प्रस्ताव को मना कर देता। फिर भी उसका 'हाँ' कह देना मुझे अच्छा लगा।

"आपका नाम राजा है... और मेरा नाम ऋषि।" उसने सधे हुए ढंग से कहा। मैं सतर्क हो गया था।

"आपने एम.ए. किया है... और मैने एम.कॉम! नॉर्थ कैंपस से। आप गाड़ी चला रहे हैं... और मैं जिंदगी..." एक सन्नाटा-सा छोड़कर वह चुप हो गया। मगर इतने में ही मैंने जान लिया था कि यह आदमी सामान्य नहीं है। यह मेरे बारे में इतना कुछ जानता है, मुझे आश्चर्य हुआ था। वह फिर बोला, "पर अब, मैं भी महसूस कर रहा हूँ कि जिंदगी चलाने के लिए, गाड़ी खींचना जरूरी है... आप मेरी मदद करेंगे?"

"देखो दोस्त!" इससे पहले शायद ही मुझे किसी व्यक्ति के, किसी भी सवाल का जवाब देने में इतना सोचना पड़ा हो। मैंने उसी तरह सतर्क बने रह कर कहा, "मुझे खुशी है कि मेरे बाद, कम से कम तुम एक व्यक्ति हो, जो ऐसा सोच सकते हो... या कम से कम मैं अकेला नहीं हूँ, जो ऐसा सोचता रहा हूँ... या कर रहा हूँ। किन्तु तुमने अभी कहा कि एम.कॉम किए हो, तब एकाउन्ट्स में तो बहुत स्कोप है।"

उसकी खामोश पलकें झुक गई थीं।

मैंने स्थिति की नाजुकता को समझा, तो एकदम से बोला, "तुम कहो तो मैं एकाउन्ट्स का कुछ काम दिलवाने में तुम्हारी सहायता कर सकता हूँ। वह काम भी तुम्हारी रुचि का होगा और जैसे-जैसे तुम्हारा अनुभव बढ़ेगा, तुम्हारी जिंदगी भी स्पीड पकड़ने लगेगी।... मैं गाड़ी क्यों चला रहा हूँ, इसकी बहुत-सी वजह हैं।"

वह धीमा-सा मुस्कराया था। उसकी अर्थहीन हँसी में न व्यंग्य था, न हर्ष, न उल्लास, न आशाएँ झलक रही थीं... और न थकान। बस वह मुस्करा दिया था। किन्तु शायद आत्मबोध के कारण या शायद यह सोच कर कि ऐसे आश्वासन देने वालों की एक लम्बी फेहरिस्त होगी इसके पास... फिर भी मैं उसकी मुस्कराहट को अर्थहीन मान लेने के लिए तैयार नहीं था... और इसलिए उसी क्षण से यह ठान बैठा था कि चाहे कुछ भी हो, मैं अब इसकी मदद जरूर करूँगा। यूँ मैं स्वयं कोई बहुत अच्छी स्थिति में नहीं था। उस लिहाज से मुझे पहली मदद तो अपनी ही करनी चाहिए थी, पर क्योंकि मैं किसी भी तरह, कुछ न कुछ तो कर ही रहा था... और फिर हम दोनों के क्षेत्रों में परस्पर प्रतिस्पर्धा भी नहीं थी, इसलिए अपने क्षेत्र के साथ-साथ, मैं उसके लिए भी खोजबीन करने लगा था।

जिस गति से मैं उसको विज्ञापनों की कतरनें लाकर दे रहा था... अपने सभी मिलने वालों से मिलवा रहा था... उससे आवेदन करवा रहा था... लगभग उसी गति से हम काफी समीप आते जा रहे थे। उसे भी थोड़ा-बहुत काम मिलने लगा था। एक शायद ट्यूशन थी और एक-दो छोटी कम्पनियों का पार्ट टाइम लेखा-जोखा... और अब उसकी आँखें और जुबान थोड़ा-थोड़ा बोलने लगी थीं—जैसे कोई मृत शरीर अचानक हरकत करने लगा हो... या जैसे कोई बंद पड़ी गाड़ी अचानक स्टार्ट हो गई हो।

मगर इस सबके बावजूद मैं उसकी हरकतों में किसी बारूद की गंध महसूस कर रहा था। लग रहा था कि जैसे कोई टाइम बम उसके दिमाग में फिट कर दिया गया है। दिल की धड़कनों की तरह टिक्-टिक्-टिक्-टिक् की ध्वनि से, उस बम की सुई, तय किए गए क्षण की तरफ बढ़ रही है... और जैसे उस तय किए गए क्षण पर पहुँच कर अचानक एक विस्फोट का इंतजार उसे भी हो... या हर क्षण जैसे वह अपनी मौत की प्रतिक्षा कर रहा था।

मैंने कितनी ही बार उसे कुरेदा था, पर वह था कि मुझे हर बार केवल टिक्-टिक्-टिक्-टिक् सुना कर ही रह जाता था। टाइम बम कहाँ रखा है, यह उसने कभी नहीं बतलाया। शायद कुछ अधिक आतंकित था वह या शायद उसे भय था कि मेरे जान लेने पर विस्फोट की संभावनाएँ और बढ़ जाएँगी। यह भी हो सकता था कि उसके दिमाग में बम रखने वाले ने ही यह चेतावनी भी दे दी हो कि उसके अतिरिक्त किसी अन्य के जानने पर, समय से पूर्व ही विस्फोट हो जाएगा। कुछ भी रहा हो, मगर उसने मुझे कभी नहीं बतलाया कि उसके इस तनाव की वजह क्या है... या वह क्यों इतना अधिक उत्तेजित बना रहता है। हाँ, इतना अवश्य था कि उसने खुद को खत्म कर लेने या दुनिया उजाड़ कर रख देने की बातें मुझ से कई मर्तबा कही थीं... और मैंने हर बार उसकी सृजनात्मक शक्तियों का अहसास कराते हुए उसे जिन्दा रहने पर मजबूर किया था।

❑❑❑

किन्तु मेरा भ्रम था।

आज मैं हार चुका था।

ऋषि का हादसा—जैसे कोई बच्चा अपनी जिद मनवाकर, जीभ चिढ़ा दे कि देखो—मैं जीत गया!... किन्तु नहीं। तुम जीते नहीं ऋषि!... दरअसल तुम ही हारे हो!

हल्का-सा खाँसते हुए मैंने माचिस की तीली को डिबिया पर रगड़ा और सिगरेट सुलगा ली। तीली के रगड़ कर भभकने की आवाज, खाँसने से दब गई थी। फिर दो-चार लम्बे-लम्बे कश खींच कर सिगरेट को सीढ़ी पर ही रखा और एक झटके से उस पैकेट की सील उखाड़ कर अलग कर दी। किसी रहस्यपूर्ण गुफा के दरवाजे खोलने की तरह, मैंने पैकेट खोला और किसी डायरी से फाड़े गए पाँच-सात लिखे हुए पृष्ठ बाहर निकाल कर रख लिए।

लिखा था—

''मैं ऋषिकांत अपने पूरे होशो-हवास और बिना किसी दबाव के यहाँ जो कुछ भी लिख रहा हूँ, उसे मेरा आखिरी बयान समझा जाए। मैं ऐसा मानकर चल रहा हूँ कि मेरा यह बयान, मेरी अस्वाभाविक मौत के बाद ही खोला जाएगा... और क्योंकि तब मैं जीवित नहीं रहूँगा, इसलिए किसी के प्रति कोई दुराग्रह लेकर कुछ लिखने का दृष्टिकोण मेरा नहीं है। यदि किसी व्यक्ति पर कुछ आरोप लगते भी हैं, तो इसका यह अर्थ नहीं है कि मुझे उस अमुक व्यक्ति से घृणा है या मैं ईर्ष्या-द्वेष और शत्रुता से प्रेरित होकर ऐसा लिख रहा हूँ।

''मैं भरसक प्रयत्न करूँगा कि जिंदगी के हर लम्हे को आइने की तरह साफ-साफ रख दूँ। फिर क्योंकि प्रायः आदमी मरते समय या मरने की संभावना महसूस करते समय झूठ नहीं बोलता, इसलिए मेरे बयान पर भी शक की कोई गुंजाइश बाकी नहीं रह जाती।''

सिगरेट के एक और कश की जरूरत मैंने महसूस की।

आगे लिखा था, ''एक भरा-पूरा परिवार है हमारा। यानी, परिवार होने के लिए जितने किस्म के सदस्यों की जरूरत होती है, सब मौजूद हैं। माँ हैं, पिता हैं, मुझसे छोटे-बड़े कई भाई-बहन हैं... और हम सब जिन्दा हैं, इसलिए हैं ही। यूँ, न होते तो कोई फर्क नहीं पड़ता, पर क्योंकि हैं, इसलिए फर्क भी पड़ता है। माँ के बारे मे सोचता हूँ कि यह मर क्यों नहीं जाती, पर क्योंकि माँ है, इसलिए मर भी नहीं सकती... और इसी लिए मैं भी उसे नहीं मार सकता। पिता इस बयान के प्रमुख कारण हैं। एक बड़े भैया और एक बड़ी बहन विवाहित हैं। वे अपना-अपना अलग परिवार बढ़ा रहे हैं। उन्हें अन्दरुनी तौर पर हमारे शेष परिवार से अब कोई सरोकार नहीं है। एक दृष्टि से यह ठीक भी है, इसके बाद एक बड़ी बहन और है। कुँआरी है। फिर मैं हूँ। नकारा हूँ। फिर एक बहन है और फिर एक भाई। दोनों पढ़ते हैं, अब जैसा भी पढ़ते हैं... बस, शायद और अधिक बच्चे पैदा करने की सामर्थ्य मेरी माँ में नहीं

रह गई थी... या फिर शायद पिता जी ही माँ की बीमारी के कारण उनसे ऊब गए होंगे।''

इस बार मैंने कुछ लम्बे कश खींचे और सिगरेट दोबारा सीढ़ी पर टिकाकर फिर पढ़ने लगा, ''पिता जी बहुत बड़े अधिकारी हैं। इसलिए आय और ऊपरी आय भी अच्छी ही होगी। मगर माँ का अधिकार केवल व्यय पर है। वह खर्च कम कर सकती है, मोल-भाव तय करके सस्ता सौदा खरीद सकती है, यदि फिर भी किसी चीज का अभाव पैदा हो जाए, तो गालियाँ खा सकती है। किन्तु अधिक आय की माँग नहीं कर सकती, आय का ब्योरा नहीं माँग सकती। बेचारी माँ! अपने एक पेट का न भी सोचे, मगर अपने पेट से जो और इतने पेट बनाए हैं, उन्हीं की चिन्ता में सूखती जा रही है। कम्बख्त छातियों का दूध भी तो सूख गया, वरना वही निचोड़-निचोड़ कर पिला देती। अब क्योंकि दूध नहीं है, इसलिए खून पिला रही है।''

सिगरेट के लगातार कश खींचने के बाद, उसे बुझाने से पहले, मैंने एक सिगरेट और सुलगा ली, ''यह सिलसिला कब से चल रहा है, इसका ठीक-ठीक अनुमान नहीं है, मगर जन्म लेने के पश्चात् जैसे-जैसे इस संसार से मेरा परिचय बढ़ने लगा था, मुझे लगने लगा था कि माँ किसी अज्ञात भय से आतंकित रहती है। जब तक समझ नहीं थी, तब तक तो समझ ही नहीं पाता था कि माँ और पिता जी में क्या बातें होती हैं... और जब समझ आयी, तब यह समझने लगा था कि मेरी माँ, मेरे पिता की पत्नी भी हैं... इसलिए अभी तक मैंने उनकी बातों पर ध्यान नहीं दिया था।

''मगर पढ़ाई खत्म कर लेने के बाद, जब जिन्दा रहने के लिए जिंदगी की दूसरी लड़ाई शुरू हुई, तो व्यवस्था का चक्र समझ में आने लगा। शोषक और शोषित के चित्र, दिमाग में कैलेन्डर की तरह लटकने लगे... और उठने लगे सवाल, जिन्होंने पहले तो शंकाओं को उभारा, फिर बख्तरबंद गाड़ी की तरह मुझे तैयार किया... और किसी जंग के लिए खड़ा कर दिया। जंग छिड़ भी गई थी। दोनों मोर्चों पर क्योंकि बाहरी व्यवस्था के समानांतर, आंतरिक व्यवस्था के कैलेन्डरों पर भी मैं माँ और पिता जी के चित्र साफ-साफ देख सकता था—दो अलग-अलग दर्शन या जिन्दा रहने की दो अलग-अलग तहजीबें। मैं जानबूझ कर इस संघर्ष को आर्थिक मुद्दों से नहीं जोड़ रहा हूँ पर यह सही है कि हमारे पारिवारिक सम्बन्ध भी अन्तर्राष्ट्रीय आर्थिक नीतियों की तरह, अर्थ से ही संचालित होते हैं। ऐसा तो स्वयं कॉर्ल मार्क्स भी कह गए हैं! मेरी माँ नहीं कमाती है और मेरे पिता की आय बहुत अच्छी है, इसलिए माँ ने ही नहीं, घर के सभी ऐसे सदस्यों ने, जो उन पर निर्भर थे, उनकी अधीनता स्वीकार कर ली... और फिर हममें से जो भी अपने जिन्दा रहने का इन्तजाम खुद करने लगा, वही उनके शोषण और अत्याचार से मुक्त हो गया।

''माँ के अतिरिक्त अब मैं, एक बड़ी बहन, एक छोटा भाई और एक छोटी बहन अभी बचे हैं, हममें से कौन, कब और किस तरह मुक्त हो पाएगा, इस बारे में अभी

कुछ नहीं कहा जा सकता। यूँ मुक्त होने की अब मेरी बारी है और मुझे मुक्त होना भी है, इसी लिए यह बयान लिखने की आवश्यकता मुझे पड़ी।

"दरअसल, अब मैं जिस घटनाक्रम का जिक्र करने जा रहा हूँ, वह बहुत ही अविश्वसनीय है—और घृणित भी। फिर भी इस घटनाक्रम की सत्यता के प्रति संदेह न उठाए जाने के लिए मेरे पास दो प्रमाण है—एक तो मेरी 'गैर मौजूदगी'... और दूसरे मेरी 'स्वीकारोक्ति'। मैं स्वीकार कर रहा हूँ कि दूर के रिश्ते की एक बहन के साथ मैंने शारीरिक सम्बन्ध स्थापित किए। वे शायद मेरी दुर्बल मानसिकता... और या फिर मेरे प्रति किसी गहरे षड्यंत्र के क्षण थे।

"हुआ यह था कि रजनी गाँव से हमारे यहाँ रहने के लिए चली आयी थी। वह सुन्दर भी थी और जवान भी। यहीं दिल्ली में रहकर अपनी पढ़ाई पूरी कर रही थी। यह वही दौर था, जब मैं अपनी कुंठाओं को इसबगोल की तरह निगल रहा था। अचानक मैंने महसूस किया कि रजनी मुझ में विशेष दिलचस्पी लेने लगी है। उसने हर तरह के निमंत्रण मुझे दिए, किन्तु मैं ऐसे किसी दुस्साहस के लिए तैयार नहीं था। फिर भी यह स्थिति ज्यादा दिनों तक नहीं चल पायी। आखिर मैं टूट ही गया। अपने तनाव और दुर्बलता के क्षणों में मैंने हथियार डाल दिए। उन्हीं दिनों माँ भी रजनी को वापस गाँव भेज देना चाहती थी। वह उससे कुछ नाराज-सी भी रहती थी, किन्तु मेरे समझाने-बुझाने पर माँ मान भी जाती... और शायद यह सब एक सोची-समझी रणनीति के तहत हो रहा था...रजनी को वहीं रोके रखने में मेरा स्वार्थ पैदा किया गया था और रजनी की तो यह इच्छा थी ही। बाद में पता चला कि पिता भी ऐसा ही चाहते थे... और शायद माँ इसी लिए उसे भेजना चाहती थी।

"मैं उन दिनों अपने आपको कुछ हल्का महसूस करने लगा था कि अचानक एक दिन जब रहस्य खुला तो लगा कि मेरी कनपटियों के दोनों ओर से पसीने की बूँदे चूनें लगीं। माँ ने एक दिन मुझे अकेला पाकर बड़ी हिम्मत जुटाई और सहमे-सहमे बतलाया कि मेरे पिता के रजनी से सम्बन्ध हैं! मैं सकते में आ गया था यह सुनकर। माँ को मैंने गौर से देखा था—उसने मेरे सामने यह रहस्य उगल देने के लिए वाकई बड़ी हिम्मत जुटाई थी। वह शायद मुझे ही सबसे अधिक विश्वसनीय व्यक्ति समझती है, संभवतः इसी लिए वह मुझसे ऐसा कह पाई। बड़ी बहन या छोटे भाई-बहनों से नहीं।

"टुकड़ों-टुकड़ों में मेरे सामने कुछ दृश्य उभर आए। मैंने सबसे पहले तो यही सोचा कि माँ यदि ऐसा कह रही है, तो इसके पीछे उसका कुछ आधार जरूर रहा होगा। किन्तु माँ से सबूत माँगने का साहस मैं नहीं जुटा पाया। इसके दो कारण थे—एक तो यह कि मैं स्वयं भी उतना ही अपराधी था... और दूसरे यह कि बिना किसी आधार के, माँ इतना बड़ा आरोप अपने पति पर नहीं गढ़ सकती थी। फिर माँ से सबूत माँगना, उसे अविश्वसनीय और अधिक अपमानित करना ही होता।"

अचानक मुझे अपने हाथ की उँगलियों पर एक जलन महसूस हुई। मैंने झटके-से उँगलियों में फँसी उस सिगरेट को झटक कर जूते से कुचल दिया, जो अब तक बिना मेरे कश किए ही, चुपचाप सुलगती हुई अपनी जड़ों तक पहुँच गई थी। मैंने बिना अपना ध्यान बँटाए पढ़ना जारी रखा, ''उस दिन के बाद से मैं थोड़ा सतर्क हो गया। धीरे-धीरे मैंने महसूस किया कि पिता उसे अपनी बेटी कहते हुए भी कुछ इस तरह प्यार करते हैं, जैसा कि उन्होंने कभी अपनी बेटियों से नहीं किया। उनके इस प्यार का अंदाज भी कुछ अलग तरह का होता था। शायद वे यह नहीं समझ रहे थे कि पहले तो माँ और अब मैं भी उनके हाव-भाव पर नजर रख रहा था। वे उसकी जरूरतों का कुछ ज्यादा ही ध्यान रखते थे। एक-दो बार वे अपने दफ्तर से भी अनुपस्थित पाए गए, जबकि घर से वे दफ्तर के लिए ही गए थे। ऐसा माँ ने ही कुछ सामान मँगाने के बहाने उनके ऑफिस में फोन करने को मुझसे कहा था। उन्हीं दिनों रजनी भी थोड़ा देर से ही घर लौटने लगी थी! ऐसे ही छोटे-छोटे संदेहों ने मेरे मन में माँ के विश्वास की जड़ें जमा दी थीं। अब तो मैं स्थिति को पूरी तरह से नंगा देखने की जिद पर तुल गया था... और माँ के सहयोग से, ऐसी स्थिति पैदा होने के अनेक अवसर भी मिले।

''मुझे अधिक इन्तजार नहीं करना पड़ा। आखिर एक दिन मैंने उन दोनों को जिस हालत में पाया, वह मैं शायद किसी को भी, कभी नहीं बतला पाऊँगा! वह सब देखकर मैं पगला गया था, हिंस्र हो उठा था... और मेरी इस मानसिकता के मूल में तीन कारण कार्य कर रहे थे—पहला, अपने प्रति ग्लानि... दूसरा, पिता के प्रति घृणा... और तीसरा, रजनी के प्रति क्रोध! शायद इसी लिए मैंने पहले रजनी को बेतहाशा पीटना शुरू किया था, फिर जब पिता मुझ पर हमला करने लगे... तो मैंने उन पर भी हाथ उठा दिया था।

''मेरे सामने पूरी तरह 'एक्सपोज' हो जाने के बाद, उन लोगों ने अपनी रणनीति बदल दी... और अब, स्थिति यह है कि रजनी भी पिता के पक्ष में, मुझ पर ही आरोप लगा रही है। पिता तरह-तरह से धमकियाँ दे रहे हैं। फिर माँ भी, यह तो जानती ही है कि मैंने ही रजनी को यहाँ रोके रखने में विशेष दिलचस्पी ली थी... किन्तु शायद वह पिता से अधिक मुझे विश्वसनीय मान रही थी... या शायद रजनी को रोके रखने की मेरी मंशा के पीछे के कारणों को भी माँ ने समझा हो... मैं नहीं जानता...

''अब यह भी स्पष्ट हो गया है कि माँ पहले ही इस हादसे को भाँप गई थी। संभवत: उसने पिता से विरोध भी किया हो। इसी विरोध को देखते हुए पिता ने रजनी को मेरी तरफ भी धकेला हो... और जैसे योजनाबद्ध तरीके से रजनी ने मुझे भी इस चंगुल में जकड़ लिया हो, अन्यथा उसकी कोई दिलचस्पी मुझमें नहीं थी। शायद इसलिए भी, क्योंकि मैं बेरोजगार था और उसके खर्चे उठाने की स्थिति में नहीं था। यदि ऐसा रहा होता, तो वह मुझ पर आरोप लगाने के बजाय, पिता की अपेक्षा, मेरा पक्ष लेती।

"सम्बन्धों में बराबर तनाव बना हुआ है। यूँ अभी तक, सभी लोग एक ही छत के नीचे, चुपचाप एक-दूसरे को निगल जाने की घात लगाए हुए हैं! पिता और रजनी आक्रामक हैं, क्योंकि पिता और रजनी के आरोप मुझ पर हैं—माँ निस्सहाय हैं—और मैं... मैं खुदकुशी कर लेने के अलावा और कोई रास्ता नहीं देख पा रहा हूँ। इस बीच यदि कोई और रास्ता मुझे मिल गया, तो मैं इस घृणित हादसे के ये दस्तावेज फाड़ फेंकूँगा... इस दलदल भरी घृणित जिंदगी से बाहर को कोई विकल्प ढूँढ़ लूँगा... और यदि कोई दूसरा रास्ता मैं नहीं खोज पाया, तो इसे ही मेरा मृत्यु पूर्व प्रामाणिक बयान समझा जाए!"

इसके नीचे ऋषि ने अपने हस्ताक्षर कर दिए थे। तारीख उस पर नहीं डाली गई थी।

मैंने कागजों को समेट कर दोबारा लिफाफे में बन्द किया। फिर एक और सिगरेट निकाल कर सुलगाई। धीरे-धीरे कश लेते हुए मैंने आँखें बंद कर ली थीं। ऋषि के बन्द होठों और खुली, स्थिर आँखों के अर्थ, अब मुझे समझ आ गए थे। मैं यह भी समझ रहा था कि ऋषि की शख्सियत में जो जुझारूपन था... या जिंदगी से टकराने का जो माद्दा था, वह उसे कम से कम आत्महत्या तो नहीं ही करने दे सकता था। लिहाजा, इसके बावजूद कि ऋषि ने अपनी आत्महत्या से संबंधित बयान मेरे पास रखवा दिया था... मेरा मन उसकी मृत्यु को आत्महत्या मानने के लिए हरगिज-हरगिज तैयार नहीं था। इसके दो कारण थे—पहला, यह कि बयान लिखने और उसकी मृत्यु के बीच के समय की कोई जानकारी मेरे पास नहीं थी... यानी मैं नहीं जानता कि इस बीच और क्या-क्या घटा... और दूसरा, क्या यह सम्भव नहीं है कि उसकी हत्या ही कर दी गई हो?

मैंने महसूस किया कि मेरे दिमाग में एक आँधी-सी चलने लगी है। तूफानी हवा की सांय-सांय जैसे पेड़-पौधों को झकझोरती चलती है, उसी तरह मेरी दिमागी गलियों में धूल के गुब्बार बवंडर मचा रहे हैं... और अब मैं सोच रहा हूँ कि ये दस्तावेज मुझे सौंपते वक़्त, जो विश्वास उसने मेरे प्रति व्यक्त किया था... उस विश्वास का ऋण मुझे कैसे चुकाना चाहिए!

❑❑❑

अध्याय - 10

मैंने बताया था कि मेरे कैंपस के पास ही, सफदरजंग अस्पताल और उससे संबद्ध, दिल्ली विश्वविद्यालय के 'दिल्ली कॉलेज ऑफ मेडीकल साइंस' का कैंपस तथा उसका छात्रावास भी था। इस छात्रावास या हॉस्टल के लिए, लक्ष्मीबाई नगर के पीछे की ओर—एक सुनसान से इलाके में, कुछ बैरकें बनी हुई थीं। यहाँ एम.बी.बी.एस. कर चुके कुछ मित्र, अब इंटर्नशिप या हाउस जॉब कर रहे थे। इंटर्नशिप एक साल के लिए तथा हाउस जॉब दो साल के लिए हुआ करती थी। इंटर्नशिप में जनरल... और हाउस जॉब में, किसी विषय विशेष में दक्षता के लिए काम करना होता था। दोनों ही हालात में, लम्बे समय के संघर्ष और खर्चों के बाद—उनकी आमदनी शुरू होने लगी थी। आगे की पढ़ाई या अपनी निजी प्रेक्टिस के लिए भी, यह तीन साल काफी महत्त्वपूर्ण हुआ करते थे।

कैंपस की उन बैरकों पर भी इंटर्नशिप या हाउस जॉब कर रहे डॉक्टर मित्र रहा करते थे, क्योंकि अभी इंटर्नशिप या हाउस जॉब होने के कारण वे दिल्ली कॉलेज ऑफ मेडिकल साइंस या फिर सफदरजंग अस्पताल के स्टाफ का ही हिस्सा हुआ करते थे, मगर ये सभी मित्र डॉक्टर्स, अपने जूनियर्स या कहिये कि एम.बी.बी.एस. कर रहे छात्रों की सहायता के लिए उन्हें भी अपने साथ रख लिया करते थे। इस तरह एक-एक कमरे में, तीन-चार मित्र एडजस्ट हो जाया करते! सीनियर साथी, अपने जूनियर्स से कोई पैसा नहीं लिया करते... मगर सीनियर्स की दारू पार्टी में शामिल रहने के कारण (क्योंकि वे सभी अब कमाने लगे थे), कभी-कभी खुद भी दारू या नॉनवेज आदि का प्रबंध कर दिया करते थे... या दूसरे कामों में हाथ बँटा दिया करते।

अपने कैंपस के दौरान, बहुत-से ऐसे डॉक्टर मित्रों से अपनी मित्रता हो गई थी, जो अपने साथ ही 'पास आउट' हो चुके थे और अब कमा भी रहे थे। इन्हीं मित्रों में... डॉ. अशोक, डॉ गुलाब, डॉ. प्रेम, डॉ. लम्बा, डॉ. मनोज और डॉ. प्रकाश से अपनी अच्छी घनिष्ठता हो गई थी। वक़्त-बेवक्त मेरी भी कुछ बेहतरीन शामें यहाँ गुजरा करती थीं। इन महफिलों में गीत, संगीत और नृत्य के आयोजन भी, सुरूर के बाद हो ही जाया करते थे। इन महफिलों में जूनियर-सीनियर का कोई भेद नहीं होता था। सभी रंगरूट, अपने सीनियर की छत्रछाया में बिंदास रहा करते थे। किसी भी मेज को, तबला बना कर थाप तो कोई भी निकाल लेता... और गाने में भी कई उस्ताद थे। डांस से रंगत जमाने की जिम्मेदारी मेरी—और गिटार पर, संगत करने वाले एम.बी.बी.एस. के छात्र विशेष राय की उँगलियाँ कमाल किया करती थीं। विशेष अभी पढ़ ही रहे थे, मगर संगीत में उनकी रुचि और शायद—प्रशिक्षण भी, अव्वल दर्जे का था। 'स्पेनिश' हो

या 'हवायन', विशेष को सभी प्रकार की गिटार पर महारथ हासिल थी। किसी भी धुन को जल्दी पकड़ना... और साथ ही गाना भी, विशेष को, हम सभी सीनियर्स में भी विशेष ही बना देता था।

विशेष कहीं पूर्वी उत्तर प्रदेश या फिर लगते हुए बिहार के, किसी भूमिहार परिवार से थे। बहुत प्यारा-सा कलाकार इंसान... मगर उतना ही खुद्दार और मेहनती भी। उनका संगीत हम सभी को पूरी तरह सराबोर कर जाता था।

❑❑❑

आप बस बैठे रहिए—इत्मीनान से! अब मैं आपको जिस पड़ाव की तरफ ले जा रहा हूँ—उसकी कल्पना करना भी, आपके लिए संभव नहीं है! मगर मेरे वे सभी साथी, जो साउथ दिल्ली कैंपस में मेरे सहपाठी रहे हैं... वे स्वयं इन पड़ावों से गुजरे हैं!

दरअसल, हमारे एस.डी.सी. (साउथ दिल्ली कैंपस) के आपोजिट, साउथ एक्स. की मार्केट के एकदम बाएँ, मेरा मतलब—लेफ्ट कॉर्नर में 'सफीना' नाम से एक बड़ा-सा बोर्ड लगा था। यह बोर्ड हॉरिजंटल यानी—एक अक्षर के नीचे, दूसरा अक्षर के रूप में लिखा था। इसका अर्थ भी 'ऊपर से शुरू होकर—नीचे तक जाता था!'

सफीना को ऊपर से देखकर कुछ नहीं जाना जा सकता था, सिवाय इसके कि इस बोर्ड पर एक खूबसूरत लड़की की तस्वीर थी (भड़काऊ कपड़ों में), साइड में लोहे की जाली से बना एक काउंटर। यहाँ बगल से कुछ सीढ़ियाँ नीचे उतरती थीं जो आपको किसी और ही दुनिया में ले जातीं! दिन-भर यहाँ लोहे की जाली में—आधी सांकल लगा ताला पड़ा रहता था। केवल कुछ विशेष लोगों को, विशेष कारणों से ही नीचे जाने की इजाजत थी।

पुरुष मित्रों की कानाफूसी में पता चला कि यह कोई 'कैबरे हाउस' है। अब, 'हाउस' तो पता नहीं था, मगर फिल्मों में हैलेन आंटी, बिंदू आंटी या पद्मा खन्ना आंटी को—कुछ उत्तेजक गानों पर... 'पिया तू अब तो आ जा!... आग बुझा जा!' या फिर 'रात नशीली है, बुझ गए दिए... आ के मेरे पास...' वगैरा-वगैरा गानों में 'निमंत्रण' देते सुना था, मगर यह आग बुझाने हम जाए कहाँ —यह रास्ता उन्होंने नहीं बतलाया था।

मगर कहते न! जहाँ चाह है, वहाँ राह भी है! हमें भी वह राह मिल गई थी, जहाँ कोई हमें फायर बिग्रेड की तरह 'आग बुझाने के लिए' बुलाता तो था, मगर बस—छूने या हाथ मिलाने से ज्यादा कुछ नहीं! यह आग—उनकी आग से कई गुणा ज्यादा 'ज्वलनशील' हुआ करती थी।

एम.ए. के दौरान ही कुछ मित्रों के साथ सफीना की वे सीढ़ियाँ उतरने का मौका मिला था।

❑❑❑

पहली-पहली बार, तीन-चार मित्र साथ मिल कर गए थे। हम सभी का यह पहला अनुभव था। तब सफीना के दो शो हुआ करते थे—रात 9.30 से 11.00 और फिर 11.30 से 1.00 बजे तक। उस समय, दूसरा शो तो संभव ही नहीं था, इसलिए हम लोग पहले वाले शो, यानी 9.30 से 11.00 वाले में ही गए थे। इसका टिकट तो 12 रुपये का था, मगर 20 रुपये का अतिरिक्त टोकन 'खाने-पीने के लिए' पहले ही लेना पड़ता था। यह कम्पल्सरी था। ऊपर आप जो भी खर्च करो या लुटाओ वह आप पर था।

नीचे जाकर पता चला कि मेन्यू कार्ड में दारू का एक पैग 10 रुपये, सलाद 2 रुपये, काजू-नमकीन 3 रुपये, चीज-सैंडविच 2 रुपये, ब्रेड-पकौड़ा पचास पैसे, चिकन प्लेट 5 रुपये, अंडा प्लेट 2 रुपये... यानी आठ-दस गुणा ज्यादा का हिसाब-किताब था, जबकि 'जी.एस.टी.' जैसा आज का टैक्स तो शामिल ही नहीं था... मगर बाद में पता चला कि एक दूसरा ही 'जी.एस.टी.' यहाँ भी चार्ज किया जाता था! यानी 'गुंडा सिक्योरिटी एक्ट', मगर यह अघोषित होने के बावजूद, दिखाई देता था!

हम लोग टिकट लेकर एक गोल मेज के इर्द-गिर्द बैठ गए थे। सामने—लोहे के सरियों और जाली से उस मंच को कवर कर दिया गया था, जहाँ कुछ साजिंदे ड्रमर, गिटारिस्ट, बौंगो-कौंगो, सेक्सोफोन और ट्रम्पैड के साथ थे। एक मेल-फीमेल सिंगर की जोड़ी आकर खड़ी हो गई थी। संगीत शुरू हो गया था। पहले कुछ समय, अच्छे संगीत और खाने-पीने का कार्यक्रम चला। उसके बाद कुछ संकेत मिला और एन्ट्री गेट बंद कर दिया गया।

फिर तो संगीत के सुर और गीतों के बोल भी बदलने लगे। बड़ी-बड़ी लाइटें बुझा दी गईं। उनकी जगह लाल, नीली, पीली, हरी रोशनी टिमटिमाने लगी। पहला पैग लगभग सभी का खत्म हो चुका था, जो अफोर्ड कर सकते थे, उनका—दूसरा या तीसरा भी चल रहा था। तभी एक नृत्यांगना (जैसा भी था, नृत्य तो था ही) मंच पर आई। उसने धीरे-धीरे अपने कपड़े उतारने शुरू कर दिए। कपड़े भी संगीत के स्वर और ड्रम या बौंगो-कौंगो की बीट के हिसाब से उतर रहे थे। सोक्सोफोन उस उत्तेजना को और सेक्सी बना रहा था।

पहली नर्तकी ने दो अंगवस्त्र छोड़ कर (टू-पीस में) बाकी सारे कपड़े उतार दिए थे। वह, लोहे का बाड़ा खोलकर दर्शकों के बीच चली आई थी। तब तक, दो और सुंदरियाँ उस 'रिंग' में चली आईं और उन्होंने भी, संगीत की संगत के साथ, अपने कपड़ों की रिद्म बनानी शुरू कर दी थी। यानी, जैसे-जैसे संगीत की उत्तेजना 'ऊपर की तरफ' जाती—उनके कपड़े 'नीचे की तरफ' आकर, उनके बदन से अलग हो जाते। हाव-भाव और अश्लील हरकतें—संगीत की 'हरकतों' के साथ ही बढ़ रही थीं।

पहले वाली युवती हर टेबल पर जाकर सभी से हाथ मिला रही थी, मगर उसके साथ दो बलिष्ठ युवक (जिन्हें आज मार्शल कहते हैं) चल रहे थे। मतलब कि वह युवती अपनी इच्छा से (या अपकी पर्सनलिटी के हिसाब से) खुद कुछ भी करे—आप,

उन लठैत (देसी भाषा में) की मर्जी के बिना कुछ नहीं कर सकते! वह जाती और किसी टेबल पर रखे पैग से, एक सिप ले लेती... या किसी के हाथ से सिगरेट लेकर, खुद एक कश लगाती—और धुआँ, उसी के मुँह पर उंढेल देती। बाकी दोनों भी, लगभग निर्वस्त्र हो चुकी थीं, क्योंकि उन्होंने उसी रिंग के अंदर अपने सभी टॉप उतार दिए थे।

इस तरह किसी युवती को निर्वस्त्र देखने का यह पहला अनुभव था। जाने कैसा-कैसा हो रहा था मन! महीनों तक वे दृश्य रह-रहकर उभर आते! वे चेहरे तो ज्यादा याद नहीं रहे, पर वे जिस्म अक्सर स्मृति में साकार होते रहे।

❑❑❑

अब धीरे-धीरे यह भी निश्चित-सा ही हो गया था कि यदि कभी मुझे कैंपस में पढ़ते-लिखते देर हो जाती, तो मैं 11.30 पर ही अपनी शिफ्ट शुरू करता!... और यह भी निश्चित था कि सफीना का पहला शो छूटने से पहले ही मैं गाड़ी सफीना के बाहर लगा देता। यहाँ मीटर की रीडिंग, नाइट चार्ज के बगैर किराया 'मोल-भाव' से ही तय हुआ करता और यह लगभग दोगुने के आसपास ही बैठ जाता था। इसका एक कारण तो यही था कि रात को डी.टी.सी. की केवल 'आर.एल.' स्पेशल सर्विस (रेलवे स्पेशल) ही रात को चला करतीं और उनके आने का कोई भरोसा नहीं था। दूसरे, उन दिनों ऑटो भी कम थे... अब यदि तीन-चार ड्राइवर मोल-भाव करके सवारी के साथ निकल लिए, तो फिर बाकी सवारियों के लिए मुश्किल हो जाती। ऐसे में दूर की सवारी उठाने का ज्यादा फायदा रहता।

साढ़े ग्यारह का यह शो उठाने का एक फायदा यह भी होता कि मैं कैंटीन में ही बैठकर, घर से लाया हुआ लंच बनाम डिनर कर लिया करता। वरना तो रास्ते में जाने कहाँ, कहीं कुछ मिले, दही, छोले या चाय वगैरा, तब जाकर खा पाता था। यदी सब्जी आदि भी साथ होती, तब भी कभी 6-7 बजे ही निकल गया, तो कोई ठिकाना नहीं कि कब और कहाँ खाने को मिलेगा।

यूँ माँ, अब काफी अस्वस्थ रहने लगीं थीं। वे शारीरिक और मानसिक रूप से भी टूटने लगी थीं। इसमें, सभी भाई-बहनों की चिंताएँ, पिता का असहयोगात्मक रवैया, कारण कि वे अपने सरकारी दायित्वों तथा पारिवारिक जिम्मेदारियों से स्वयं टूट रहे थे शायद और मेरी 'आवारगी से उपजी चिंताएँ' भी कारण रही थीं। निर्णायक स्थिति में न होने के कारण भी, उनके सपने और भावनाएँ कोई महत्त्व नहीं रखते थे। यह हर उस स्त्री, गृहणी या माँ की पीड़ा थी—जो अपने लिए साहित्य, समाज और संविधान में भी—एक विमर्श तलाश रही थी।

मेरे शोध की कहानियों में, केवल पुरुष ही 'परिवेश पीड़ित' नहीं था... स्त्री की पीड़ा भी बहुत शिद्दत से आकार लेने लगी थी। महिला लेखिकाएँ विद्रोही स्वरों के साथ सामने आने लगी थीं। मन्नू भंडारी, इस्मत आपा, ऊषा प्रियंवदा, नासिरा शर्मा, मैत्रेयी

पुष्पा, ममता कालिया, ऊषाकिरण खान, अर्चना वर्मा, मीरा सीकरी आदि तथा चित्रा मुद्गल, मृदुला गर्ग सरीखी अनेक सशक्त लेखिकाओं की कलम चौतरफा ललकारने लगी थी। वे दाम्पत्य स्तर पर, पितृ सत्तात्मक समाज, समान अधिकारों की माँग, अपने शरीर पर—अपना अधिकार, स्वतंत्र व्यक्तित्व की स्वीकारोक्ति... और यहाँ तक कि 'सेक्स की स्वाधीनता' तक पर सवाल खड़े कर रहीं थीं, जिससे पुरुष के आधिपत्य, समाज की संरचना... और संविधान में संशोधनों का आधार तैयार होने लगा था। ऐसा नहीं कि इसमें पुरुष लेखकों का योगदान न रहा हो। धर्मवीर भारती, राही मासूम रजा, मोहन राकेश, कमलेश्वर, रविंद्र कालिया, नरेन्द्र कोहली और राजेंद्र यादव जैसे कथाकार इनमें प्रमुख नाम थे।

इंदिरा गाँधी के प्रधानमंत्री होने ने भी, महिलाओं में चेतना का जबरदस्त संचार किया था... और 1971 के युद्ध में, पाकिस्तान के विभाजन और अमेरिका जैसी महाशक्ति को धता बताने वाली इंदिरा ने इस 'स्त्री विमर्श' को चरम पर पहुँचा दिया था। इसी लिए मैंने कहा कि यह आधुनिक भारतीय इतिहास का एक ऐसा दशक था, जो बहुत तेजी से करवटें बदल रहा था। इसी दौरान इंदिरा गाँधी ने कथित पूर्व महाराजाओं के प्रिविपर्स जैसे वाहियात खर्चों के लिए लाखों का अनुदान देना बन्द कर दिया था और सभी निजी बैंकों के साहूकाराना रवैये को, सरकारीकरण करके, बुरी तरह से कुचल दिया था।

❑❑❑

हाँ आप! सो गए क्या? अरे भई, आप से कह रहा हूँ—मेरी प्रिय सवारी! आपको यह प्रसंग हो सकता है थोड़ा बोरिंग लगा हो... लेकिन अभी तो आपने 9.30 से 11.00 बजे रात्रि वाला शो ही देखा था न! 11.30 से रात्रि 1.00 बजे वाला शो तो अभी बाकी है! वह नहीं देखेंगे?

❑❑❑

एक दिन शाम को यूँ ही, डॉक्टर्स होस्टल चला आया था। सभी मित्र मस्ती के मूड में थे। दारू के साथ गीत-संगीत और 'कैम्प फायर' का कार्यक्रम चल रहा था। यह हमारा लोहड़ी का पर्व था, जो था तो पंजाब की संस्कृति से... और जिसके बहुत से निहितार्थ भी थे, मगर हम सभी भारतीयों ने इसे अपना लिया था। मैं समझने लगा था कि दिल्ली का तो अपना कुछ है ही नहीं या कहें कि कुछ बचा ही नहीं—यहाँ की आबोहवा-मौसम, भाषा-बोली, पहनावा वगैरा कुछ भी अपना नहीं है। राजिस्थान की 'लू' दिल्ली को झुलसाती है, तो पहाड़ों की सर्द हवा, यहाँ ठिठुरन पैदा कर देती है। खान-पान में भी दिल्ली बड़ी तेजी से बदलने लगी थी। सभी कुछ गड्मड् होने लगा था। प्रेम विवाह बढ़ने से—जातीय बंधन भी दरकने लगे थे!

साउथ का डोसा, बड़ा, इडली, सांभर भी दिल्ली में अपनी जगह बना रहे थे और पंजाब के छोले-भठूरे, गुजराती भी दिल लगाकर खाने लगे थे। बंबई की भेल-पूरी या गुजरात का ढोकला भी दूकानों में सजने लगा था... मगर, सबसे बड़ा परिवर्तन—भारत-पाक बँटवारे के बाद, यहाँ आ बसे हमारे अपने लोगों ने किया। वे सिंध-पंजाब, लाहौर, रावलपिंडी, इस्लामाबाद आदि जगहों से आए और उन्होंने ही दिल्ली में 'सांझा चूल्हा' या सामूहिक भोजन की संस्कृति को जन्म दिया। यह उस विस्थापना का सबसे बड़ा दर्द था, जो अब धीरे-धीरे दिल्ली की कल्चर का हिस्सा बनने लगा था। आजादी के बाद लगभग 20 वर्षों में, बड़े संघर्ष से दिल्ली का मिजाज बदलने लगा था। एक मिक्स कल्चर उभरने लगी थी।

इन विस्थापित लोगों को हमने रिफ्यूजी कह कर, पहले आफत की नजर से देखा—मगर इनकी 'सर्वाइवर ऑफ द फिटेस्ट' की जुझारू मानसिकता ने—दिल्ली के तमाम परिदृश्य बदलने शुरू कर दिए। कथित रिफ्यूजी बस्तियाँ, जे.जे. (झुग्गी-झोपड़ी) कॉलोनी के रूप में पनपने लगी थीं। निश्चित ही, इन कथित विस्थापितों ने, दिल्ली के चेहरे को—अपने पसीने से चमकाना शुरू कर दिया था। दिल्ली एक बार फिर—छोले-भटूरे, डोसा-सांभर, ढोकला जैसे पकवानों और समूचे भारत के 'सपनों का शहर' बनने लगा था।

❑❑❑

अब, जब मैं उस रात वहाँ डॉक्टर्स हॉस्टल आया, तो महफिल जमी हुई थी। सभी सीनियर डॉक्टर्स मित्रों की निगहबानी में सारा इंतजाम कर लिया गया था। महफिल अपने रंग पर थी। विशेष राय की गिटार और डॉ. गुलाब, डॉ. प्रेम और डॉ. लाम्बा के संयुक्त संगीत आयोजन का रंग जम रहा था।

कार्यक्रम की समाप्ति के बाद, डॉ. प्रकाश ने मुझसे कहा था, "आइये, डॉक्टर साहब, भोजन कीजिए!"

"अमां, क्यूँ मजाक उड़ाते हैं भाई? मैं और डॉक्टर?" मैंने कहा था।

"सर, एक बात बताइए! क्या आप कहानियों की 'मरहम-पट्टी' नहीं कर रहे? फिर एम.बी.बी.एस. हो पीएच.डी., मतलब तो 'एक तमगे से ही' है न भाई?" डॉ. प्रकाश का वह भाई या सर कह कर पुकारना—आज भी मैं नहीं भुला पाता! एक मामूली-से इंसान को इतना सम्मान देना—यह उनके व्यक्तित्व का बड़प्पन था।

भोजन के दौरान ही डॉ. प्रकाश ने मेरा 'बहुत अंतरंग परिचय' कराया था—विशेष राय से, "सर, यह अपना बच्चा है। बहुत प्यारा इंसान है—समझो आपकी तरह ही खुद्दार है! घर से एक रुपया नहीं लेता और एम.बी.बी.एस. कर रहा है! अपने हुनर से कमा रहा है, बस!"

अनेक बार उनकी गिटार के स्वर सुनने के बावजूद, इस बार मैंने उनको बहुत ध्यान से देखा था—बहुत ही साधारण सा दिखने वाला—एक अद्भुत प्रतिभाशाली और मेधावी

इंसान। बाद में पता चला कि वे दिल्ली कॉलेज ऑफ मेडिकल साइंस के सफदरजंग अस्पताल में, एम.बी.बी.एस. सेकेंड इयर के छात्र थे—और सफीना कैबरे हाउस में—बतौर गिटारिस्ट, रात को दो शिफ्ट में बजा दिया करते... और दिन में अपनी मेडीकल की पढ़ाई पर पूरा फोकस किया करते। सभी सीनियर्स, विशेष राय की हर तरह से मदद करते और विशेष राय हमारी निजी महफिलों की विशेष शान हो जाया करते!

❑❑❑

बस, अभी चलते हैं नीचे! शो शुरू होने में अभी भी थोड़ा समय शेष है और 'लेट नाइट सुपर शो' का टिकट लेना, अपनी औकात से बाहर है। ज़रा रुकिए, कछ जुगाड़ करते हैं! हमें याद आया कि विशेष राय ने निमंत्रण दिया था कि कभी आना हो बता देना सर, एक-दो बंदों के लिए 'स्टाफ' चल जाता है। टिकट तो नहीं लेना होता, मगर खाने-पीने की पर्ची जरूर कटानी पड़ती है। इस शो का टिकट 15 रुपये और खाने-पीने की पर्ची 30 रुपये की! यानी, अपनी लगभग 10 दिन की कमाई! अब 'स्टाफ' के नाम पर 15 रुपये की बचत और 30 रुपये तो अपने पर ही खर्च होने हैं, सो चलेगा!

पहले से तय हो जाने के बाद, उस रात मैं सवा ग्यारह के आसपास सफीना पहुँच गया था। पर्ची कटाई और विशेष राय से मिलने लिए बोला, तो एंट्री न खुलने के बावजूद मुझे जाने दिया गया था। पहला शो छूट चुका था। हॉल खाली था। विशेष अपना डिनर कर रहे थे, जो उन्हें वहीं से स्पॉन्सर्ड था। मुझे खाने के लिए कहा, तो मैंने मना कर दिया। खाते-खाते ही उन्होंने बात शुरू कर दी थी, "राजा सर! आप तो ऑटो चलाते हो न, नाइट में! मैं आपकी परमानेंट सवारी का जुगाड़ कर दूँ— लेट नाइट के बाद?"

"नेकी और पूछ-पूछ!" मैंने कहा, "पर वो कैसे? कोई डेली सवारी है क्या?"

"हाँ दो लड़कियाँ हैं—स्टेला और रूबीना! इन्हें शो के बाद आम्बेडकर नगर जाना होता है। बाकी की 'अपनी-अपनी व्यवस्था है' या हो जाती है—पर ये दोनों सीधे घर जाती हैं! रोज हम लोग ही इनके लिए ऑटो करते हैं, मगर वो इनके लिए सेफ नहीं है। लोग जान जाते हैं कि ये आर्टिस्ट हैं, तो भद्दी निगाह से देखते हैं। उल्टे-सीधे कमेंट भी करते हैं।... आप शो के बाद बाहर रुकना, मैं आपकी सेटिंग कर दूँगा। आप चाहो तो जो बनता है, उससे रुपया-दो रुपया फालतू ले लेना, मगर फिर आपकी जिम्मेदारी रहेगी, इन्हें सेफ पहुँचाने की!"

मैं विशेष की शक्ल देख रहा था। यह कितना सच्चा और प्यारा इंसान है न! कैबरे डांसर्स को भी 'हमपेशा' समझ कर उनका भी इतना ध्यान रखना चाहता है।

"ठीक है यार!... डन! तुम बात कर लेना, मैं रोज उन्हें सेफ पहुँचा दिया करूँगा। वैसे भी मैं यहाँ साउथ एक्स. की लाइब्रेरी में ही होता हूँ। लौटकर भी मुझे यहीं आना होता है।" विशेष ने डिनर निपटा दिया था।

तभी किसी स्टाफ ने आकर इशारा किया था, "सर!... गेट खोल रहे हैं!"

"ठीक है!" वे उठने लगे तो मुझसे कहा, "सर, अभी आप 'एन्जॉय' करो— फिर मिलते हैं, शो के बाद में। आप वेट करना।"

❑❑❑

मुझे याद आया कि जब हम पिछली बार यहाँ आए थे, तब विशेष इस संगीत मंडली में नहीं थे। उनकी जगह कोई बुजुर्ग गिटार बजा रहे थे। आसपास का माहौल, सिटिंग अरेंजमेंट, इंटीरियर आदि काफी कुछ बदल गया था। माइक पर कोई उद्घोषक आ गया था, जो दर्शकों को अपनी जगह लेने और 'खाने-पीने' का आर्डर देने के लिए कह रहा था। स्टुअर्ड (वेटर) आकर हर टेबल पर ऑर्डर ले रहे थे।

दारू का क्वाटर तो गाड़ी में रखा ही था, इसलिए मैंने दारू के बजाए, जूस और कुछ खाने का ही ऑर्डर किया था। यूँ भी विशेष ने बता ही दिया था कि मुझे अभी 'सवारी' लेकर जाना है... और गाड़ी पर दारू का अपना उसूल नहीं था। हर नंबर की टेबल का ऑर्डर पूरा हो जाने के बाद विशेष और उनके अन्य संगीतकारों के वाद्यों की संगत शुरू हो गई थी। उद्घोषक फिर मंच पर आया था। वह शायद पीछे 'ड्रेसिंग रूम' से तैयारियों का जायजा ले रहा था। इस बीच सभी टेबल पर उनका ऑडर सर्व होने लगा था।

"वेलकम फ्रेंड्स!" वह फिर मंच पर आ गया था, "आज की इस रात को रंगीन बनाने के लिए—जिन हसीनाओं का जलवा हमारे पास है, वे आपके दिलों में शोले भड़का देंगी! तन-बदन में आग लगा देंगी?" धीमे-धीमे संगीत के साथ वह दर्शकों में उत्तेजना भरने का काम कर रहा था। अचानक सभी बड़ी लाइटें बुझा दी गई थीं और उनकी जगह, वही मद्धम रोशनी की रंगीन लाइटें टिमटिमाने लगी थीं। इसके बाद वह सभी संगीत वादकों का परिचय कराने लगा, "आज की इस महफिल को अपने सुरों और संगीत से सजाया है... ड्रम पर हैं—" ड्रमर ने एक छोटा-सा 'सोलो आइटम' पेश किया जो गजब का था। इसके बाद वह 'बौंगो-कौंगो, सेक्सोफोन आदि' का परिचय कराने के बाद 'गिटार' पर आया, "गिटार का सेंसेशन हैं, हमारे जाने-माने गिटारिस्ट— डॉ. गौतम!"

'गौतम?' मैं भी चौंक गया था, आप ही की तरह, क्योंकि अभी तक आप भी जान गए हैं कि ये मेरे मित्र विशेष राय हैं, जो अभी 'डॉक्टर' हुए नहीं हैं... और— गौतम? मैंने अनुमान लगाया कि शायद विशेष ने अपनी पहचान छिपाने के लिए, इस नाम का सहारा लिया हो और 'डॉक्टर' लग जाने से तो रुतबा भी बढ़ ही जाता है। विशेष ने गिटार की तारों पर जैसे तूफान-सा ला दिया था! सिंगर इस समय अकेला लड़का ही था। फीमेल सिंगर इस शो में नहीं थी।

इसी के बाद वह एक-एक कर सभी लड़कियों को भड़काऊ अंदाज में, मंच पर

बुलाता। वे लड़कियाँ भी तड़क-भड़क वाले रंगीन कपड़ों में मंच पर आतीं और कुछ नशीली अदाएँ दिखाने के बाद मंच से उतर कर, पीछे ड्रेसिंग रूम में चली जातीं। इन्हीं में स्टेला और रूबीना भी आई थीं, जिन्हें मैंने इसलिए ध्यान से देखा था—कि ये ही मेरी 'डेली सवारी' होने जा रही थीं। लड़कियाँ तो और भी तीन-चार आई थीं, मगर उस डिम लाइट में, कानफाड़ू संगीत के साथ... उनकी पहचान का कोई चित्र अपने दिमाग में नहीं बन पाया था।

❑❑❑

इसके बाद, एक या दो फिल्मी भड़काऊ गाने वह सिंगर गाता रहा... और अचानक उस एंकर ने घोषणा की, "तो भाइयो, अब आप अपना दिल थाम लीजिए, क्योंकि कातिल हसीना—स्टेला!... साउथ की धड़कन, अपनी नागिन अदाओं के साथ मंच पर आ रही हैं!"

उद्घोषक पीछे हट गया था और संगीत एकदम तेज हो गया था। तभी स्टेला मंच पर आई। इस बार वह कुछ अलग ही वेषभूषा में थी। कपड़े छोटे और उत्तेजक हो गए थे। सिंगर ने भी एक भड़कीला गाना उठाया था, "लौंडा बदनाम हुआ, नसीबन तेरे लिए!... नसीबन तेरे लिए, नसीबन तेरे लिए...." इस मुखड़े के बाद, गीत के सारे बोल बेहद अश्लील होते चले गए, जो मैं आपको यहाँ नहीं बता सकता। गीत के बोल और संगीत की धुनों के साथ स्टेला के हाव-भाव भी उसी तरह अश्लील होने लगे थे। यह गीत तब मेरे लिए नया था। मैं नहीं समझ पाया कि यह किस लोकगीत से लिया गया है।

मगर बाद में पाया कि सलमान खान की किसी फिल्म में, मलाइका अरोड़ा (पूर्व में खान) पर भी यही गीत फिल्माया गया और इस बार, इसके बोल बदल कर—'मुन्नी बदनाम हुई, डार्लिंग तेरे लिए...' से शुरू करके, उसकी चाल, गाल, नैन और न जाने क्या-क्या 'शराबी-गुलाबी वगैरा' बताने के बाद उसे 'झंडू बाम' तक बता दिया गया। आज मैं समझ सकता हूँ कि मूल रचना की चोरी, कुछ रद्दोबदल के बाद, कैसे होती है... और करोड़ों की कमाई करने के बाद, इसका एक नया वर्जन—'मुन्ना बदनाम हुआ...' भी लाया गया। पहले दोनों गीतों की कंपोजिंग में भी ज्यादा अंतर नहीं था। यानी, उसकी धुन भी लगभग वही थी और उत्तेजना भी वही! इस गाने को जब भी सुनता हूँ, देखता हूँ... या फिर 'इन्हीं लोगों' को इस पर थिरकते देखता हूँ, तो लगता है कि इनमें स्टेला की आत्मा प्रवेश कर गई है।

स्टेला, इस गीत के साथ ही एक-एक कर अपने कपड़े उतारने लगी थी। उसके कपड़े थे, या किसी द्रौपदी का स्व वस्त्रांतरण... और कोई कृष्ण उसे ढँकने के लिए आगे नहीं बढ़ रहा था, बल्कि सभी चिल्ला रहे थे, कारण कि यहाँ तो वह स्वयं ही वस्त्र त्याग कर रही थी। सभी 'दरबारी' आनंद ले रहे थे। वह एक के बाद एक कपड़े

उतार रही थी, मगर उसके बाद फिर एक और अंगवस्त्र निकल आता।... इसके बाद संगीत बहुत तेज हुआ—और स्टेला ने आखिरी दो अंगवस्त्र भी उतार दिए।

अब वह मंच का पिंजरा खोलकर, पूर्णतः निर्वस्त्र, दर्शक-दीर्घा में आ गई थी! तुरंत ही दो बलिष्ठ अंगरक्षकों ने उसे कवर कर लिया था। मंच पर कुछ और नर्तकियाँ आ गई थीं और वे भी, अन्य गीतों के साथ वही प्रक्रिया दोहरा रही थीं, जो स्टेला ने दिखाई थीं।

स्टेला!

इस बार मैंने उसे—ऊपर से नीचे तक निर्वस्त्र, पूरी तरह देखा था। एकदम छरहरा बदन, तांबई त्वचा के साथ—यह शायद साउथ का ही सौंदर्य हो सकता है। चेहरे पर मधुर स्मित! सभी अवयव संतुलित! कटि पर कटिबंध!... और पूर्णतः निर्वस्त्र युवती! यह अनुभव बिल्कुल अलग था। स्टेला, पहले देखे गए शो की तरह ही हर टेबल पर आ रही थी और वही सब दोहरा रही थी, जो मैं आपको पहले भी बता चुका हूँ।

उसका हर टेबल पर जाना... और हाथ मिलाना, इस शो को 'सुपर नाइट' बनाता था और इसी लिए इसका टिकट महँगा था। यह कार्य शायद इन लड़कियों की सेवा-शर्तों में शामिल था। और सभी लड़कियों को बारी-बारी से, अलग-अलग करना ही होता था। यहाँ यह भी पुनः स्पष्ट कर दूँ कि वे खुद कुछ भी करें, उसकी स्वतंत्रता उन्हें थी—आपको नहीं! आपकी जरा-सी भी नाजायज हरकत पर आप दबोचे जा सकते थे।

स्टेला मेरी टेबल पर भी आई। मैं जूस के साथ स्नैक्स ले रहा था। यह भी उसे अजीब लगा हो शायद। उसने रूटीन कार्य की तरह, सहज रूप से मेरी ओर हाथ बढ़ाया... मगर मैंने हाथ मिलाने के बजाय—दोनों हाथ जोड़ दिए थे! (ऐसा मैंने अपने को सद्‌चरित्र दिखाने के लिए नहीं, बल्कि अपनी होने वाली परमानेंट सवारी के सम्मान में किया था।) स्टेला ने एक भर-नजर मुझे देखा था... गोया कि मेरा एक्स-रे लिया हो। फिर मेरे हाथ की सिगरेट ले ली और एक कश भरा, "क्या नाम है आपका?"

अभी तक वह जितनी भी टेबल पर गई थी, हाथ मिलाने के साथ 'हेलो, हाय!' से ज्यादा कुछ नहीं था। कुछ ने 'हाथ से ज्यादा' छूने की कोशिश की, तो मार्शलों ने कंधा दबा दिया था। पहली बार उसने किसी से 'चार शब्द' खुद बोले थे। फिर मेरा व्यवहार भी देखकर, दोनों मार्शल सामान्य हो गए थे।

"जी, राजा!"

"तो, आप हैं राजा?" उसने कुछ क्षण मुझे अजीब-सी निगाहों से मुस्करा कर देखा था। अब, पता नहीं कि यह मेरी कथित शालीनता की वजह से रहा हो, या शायद विशेष ने उसे कुछ बताया हो—और या फिर निर्वस्त्र देख लिए जाने के कारण... मगर उसने मेरी सिगरेट मुझे वापिस नहीं लौटाई थी। वह वही सिगरेट पीती हुई, आगे—अगली टेबल पर चली गई थी। दूसरी लड़कियाँ भी अब तक पूर्णतः निर्वस्त्र हो चुकी थीं। वे सभी कुछ उत्तेजक गानों पर अंतरंग हरकतें कर रही थीं। स्टेला ने एक दूसरी

मेज पर पहुँचने के बाद भी, मुझे पलट कर देखा था। मैं भी उसी को देख रहा था। उसके देखने पर इस बार मैं भी मुस्करा दिया था।

मैंने ध्यान दिया कि वह अब कुछ 'वी.आई.पी. मेजों' की तरफ बढ़ गई थी। वहाँ जाते ही उस पर नोट बरसने शुरू हो गए। ये सभी आगे की ओर ज्यादा नजदीक से देखने वाली टेबलें हुआ करती थीं, जो प्रायः राजनेताओं, बड़े पुलिस व प्रशासनिक आधिकारियों, बिल्डरों, भू-माफिया या कुछ कुख्यात आपराधियों आदि के लिए 'आरक्षित' रहा करती थीं। ये सभी महानुभाव निर्वस्त्र युवतियों पर नोटों की गड्डियाँ लुटाया करते थे... और कुछ हद तक, शारीरिक अभद्रता करने की कोशिश भी करते, मगर लड़की के हाव-भाव देखकर सतर्क हो गए मार्शल, इन्हें भी 'सहला' देते और तब ये भी अपनी खाल में आ जाते! उनके नंगे बदन से टकराकर, जमीन पर गिर गए नोटों को समेटने के लिए—एक अलग किस्म का स्टाफ था। ये नोट माहौल को और भी उत्तेजक बना जाते। इसी होड़ में, कुछ अन्य लोग भी दस-पाँच रुपये लुटा देते, जो ज्यादा सुरूर में आ जाते, वे अपना पर्स और घड़ी तक उतार कर, इन 'आर्टिस्ट' को दे दिया करते।

बाद में, विशेष राय से ही पता चला कि यह सब प्रायोजित होता है! ये तमाम सारी नोटों की गड्डियाँ, कैबरे मालिकों के द्वारा ही इन्हें दी जाती थीं, लुटाने के लिए... ताकि इनका भी रुतबा बढ़े और उधर लोगों की जेबों से भी पैसा निकाला जा सके। ये सारे, नोट स्टाफ द्वारा इकट्ठा कर, फिर से 'मालिक' को दे दिए जाते... और फिर यही नोट, कुछ और बड़े महानुभावों द्वारा, अगली रात के 'सुपर नाइट शो' में लुटाने के लिए, उन्हें दे दिए जाते। उनका अपना सारा खर्च तो यूँ भी 'प्रायोजित' होता ही था—इन्हीं में से कुछ लड़कियाँ भी, अतिविशिष्ठ लोगों को, कुछ अतिविशिष्ठ कार्यों के लिए 'गिफ्ट' भी की जाती थीं।

स्टेला ऐसी लड़की नहीं थी। यह भी विशेष ने ही मुझे बताया था।

❑❑❑

जब लगा कि शो छूटने वाला है, तो उससे पहले ही मैं बाहर आ गया था। ऑटो को झाड़-पोंछा, साफ किया। फिर एक सिगरेट सुलगाई। मैं यह सब देख और समझ कर सामान्य नहीं हो पा रहा था। जाने क्या-क्या तो मन में चल रहा था। कुछ ही देर में शो छूट गया और सभी उन्मादी जैसे 'किसी इंद्र की सभा से बाहर निकले हों!' दो-चार ने कहीं चलने के लिए कहा भी, तो मैंने मना कर दिया। एक-दो ने धौंस दिखाई, तो कह दिया कि 'बुक है।' कुछ ने ज्यादा पैसे या धमकी देना चाहा, तो उन्हें भी हड़का दिया।

आधा घंटा हो गया, शो छूटे। न तो विशेष ही बाहर आए और न ही मेरी होने जा रहीं नियमित सवारी, जिन्हें लेकर मेरे मन में कई तरह कि जिज्ञासाएँ उमड़-घुमड़ रही थीं। सारी भीड़ छँट जाने के बाद—विशेष स्टेला और रूबीना के साथ बाहर आए थे। वे उनसे मेरा परिचय करा ही रहे थे—कि स्टेला ने विशेष से कहा, "यही राजा हैं न?"

विशेष को भी आश्चर्य हुआ, "पर यार, तुमने इन्हें पहचाना कैसे? मैंने तो अभी तुम्हें इनके बारे में ज्यादा कुछ बताया ही नहीं था।"

स्टेला मुस्करा दी थी, "ऊँ... हूँ... कुछ तो बात है, तुम्हारे राजा में!" फिर वह मुझसे बोली, "चलें राजा! पता है न हमें कहाँ जाना है?"

"जी, आप बैठिये! वैसे डॉक्टर साहब ने बताया है कि आम्बेडकर नगर जाना है, बाकी आप बता देना!" स्टेला और रूबीना मेरे ऑटो में बैठ गई थीं।

"सर, टेक केयर!" विशेष ने कहा था। मैंने थम्स-अप किया और स्कूटर स्टार्ट कर, आगे बढ़ गया।

साउथ एक्स. से एम्स और फिर आई.आई.टी. होते हुए मुझे आम्बेडकर नगर आना था। इस बीच, मैंने बैक-मिरर से देखा था—दोनों लड़कियाँ मुझे बहुत ही संभ्रात और सुसंस्कृत लग रही थीं। उनका वह सारा 'गैट-अप' बदल चुका था। चेहरे पर कोई 'मेक-अप' नहीं था। वे आम लड़कियों की तरह सूट-सलवार में थीं। हाव-भाव से भी वैसा कुछ नहीं लग रहा था, जो कुछ मैं अभी देखकर आया था... मगर, मेरी नापाक नजरों ने इनके भद्र कपड़ों में भी, वही शारीरिक अवयव तलाशने की कोशिश की थी... जिस पर, बाद में मुझे खुद ही शर्म आई थी।

❑❑❑

फिर तो एक रूटीन-सा बन गया था। मैं शाम 7-8 बजे निकलता, साढ़े बारह-एक बजे तक सफीना आ जाता। यहाँ नियमित रूप से स्टेला, उसके साथ रूबीना या कभी, किसी रात कोई और लड़की भी होती। ढाई-तीन बजे तक कैंपस आना, दो-दो पैग लगाना, कुछ हल्का-फुल्का खाना... फिर लाइब्रेरी की टेबल पर ही सो जाना, रुटीन-सा बन गया था। आठ बजे गार्ड जगा देता, तो 10-11 बजे तक घर चला आता था। 4-5 बजे फिर वही कैंपस की लाइब्रेरी और फिर वही रूटीन। किसी रोज यदि मैं दिन में होता—तो रोकेश को 'सफीना की अपनी सवारी' जरूर उठाने की हिदायत दे दिया करता... या बहुत जरूरी होने पर, सफीना के लैंड लाइन पर कहीं से फोन करके, विशेष राय के लिए, 'न आने' का संदेश छोड़ दिया करता।

❑❑❑

धीरे-धीरे यह भी पता चल गया था कि सफीना ही अकेला कैबरे हाउस नहीं है। कोई महानुभाव देवराज दीवान हुआ करते थे। हम तो सिर्फ नाम के ही राजा हैं, मगर वे दिल्ली में 'कैबरे किंग' के नाम से जाने जाते थे। कहा जाता है कि कभी 'आनंद पर्वत' नाम के सरकारी पहाड़ को, धाकड़ तरीके से काट-काटकर, दिल्ली के विकास में उन्होंने अपना भरपूर योगदान दिया था। वहीं पर पहले उन्होंने 'कमल' नाम से एक रेस्त्रां खोला, फिर बार का लाइसेंस प्राप्त किया। फिर डांस का और इसके बाद उन्होंने पीछे मुड़कर नहीं

देखा। कहा जाता है कि एक दिन वे अनेक कैबरे हाउस के मालिक हो गए। उस दौर का शायद ही कोई सम्बद्ध राजनेता, अधिकारी या बड़े अपराधी रहे हों, जिन्हें इनकी सेवाओं का लाभ न मिला हो! बोलत, पैसा, 'पास' और 'गिफ्ट'—जिसकी, जैसी हैसियत होती, उसे वह अर्पित हो जाता। आजादी के बाद से ही... राजनीति, प्रशासन, पैसा, अपराधी, पूँजीपति और माफिया आदि के गठजोड़ बहुत तेजी से पनपने लगे थे। जाहिर है कि राजनीति ही इन सभी तत्वों की माँ थी, जो कमोबेश आज भी है।

यह तंत्र इतना मजबूत होने लगा था कि छोटे से छोटे, एक अदने इंसान से लेकर—लगभग हर सक्षम और समर्थ का पूरा ध्यान रखा जाता था। बाद में पता चला कि इन सभी कैबरे हाउसों—मिंटो रोड के मुहाने पर 'ब्ल्यू स्टार', आसफअली रोड पर 'इंदिरा', आनंद पर्वत पर 'कमल', दिल्ली गेट के दायीं तरफ—हेरीटेज दीवार के बराबर में 'ब्ल्यू हैवेन'... और न जाने कहाँ-कहाँ, कितने नामों से यही सब चल रहा था। लेकिन एक अंतर यह था कि अलग-अलग जगह पर, अलग-अलग हैसियत के दर्शक होने की वजह से, सभी जगह के रेट, लड़कियों का स्तर और प्रदर्शन की सीमा आदि का विशेष ध्यान रखा जाता था।

लड़कियों की 'आमद' से लेकर, उनके ट्रांस्फर-पोस्टिंग और प्रमोशन के सारे मामले 'किंग' साहब खुद ही या उनके कुछ विशेष सिपहसालार ही देखा करते थे। बाद में, यह भी पता चला कि इसमें कुछ अखबारों के कर्मचारियों का भी बड़ा ही विचित्र योगदान हुआ करता। दरअसल, आप उस दौर के अखबार उठाकर देखेंगे, तो पाएँगे कि इन कैबरों हाउसों के सभी विज्ञापन, प्रायः दाएँ पेज के किसी प्रमुख स्थान पर ही छपा करते थे। अब इसका भी रहस्य जानिए कि विज्ञापन और प्रकाशन जगत में 'दायाँ पेज' कुछ खास महत्त्व रखता है, क्योंकि वहाँ पाठक की निगाह पहले जाती है। सो, इनके विज्ञापन भी होते तो 'ब्लैक एण्ड व्हाइट' ही थे, मगर प्रमुख स्थान पर होते थे... और ऐसा करने के लिए भी कुछ अखबारी कर्मचारी उपकृत किए जाते थे।

'पास' या 'पैसा' मिल जाने पर, अमुक विज्ञापन के लिए 'ऊपर से ही' लिखा हुआ आता था—'गारंटी पेज-3 ऊपर', 'गारंटी पेज-5 ऊपर', 'गारंटी पेज-7 ऊपर'। अब यहाँ 'ऊपर' की सैटिंग को 'नीचे के' कर्मचारी भी समझने लगे थे, जिन्हें अखबार के पेज का फर्मा सैट करना होता था। लिहाजा, 'ऊपर वालों' के लिए 'पैसा और पास' दोनों, जबकि 'नीचे वालों' के लिए 'केवल पास'... 'केवल दो लोगों के लिए' की मुहर के साथ आ जाया करता था। यानी वे जहाँ चाहते, सभी अखबारों में उनके विज्ञापन उसी स्थान पर प्रमुखता से छपते, कम कीमत पर भी... और इनके इस कुकृत्य पर रिपोर्ट लिखने या छापने का साहस भी कोई अखबार नहीं कर रहा था।

पुलिस, प्रशासन, बिजली विभाग, जल-कल, दमकल, आबकारी, खाद्य संभाग, राजस्व, एंटीकरप्शन... यानी सभी सम्बद्ध महकमों की 'एन.ओ.सी.' उन्हें मिल जाया करती थी।

और फिर जैसा कि कुदरत का नियम है—'हर अती का अंत' निश्चित है, किंग साहब का भी साम्राज्य धीरे-धीरे बिखरने लगा, तो इन महानुभाव ने भी धन-बल, बुद्धि-बल, संपर्क-बल, बाहु-बल सहित अनाप-शनाप फैली संपत्ति को समेटा और 'नौ सौ चुहिया खाने के बाद'—जनता की सेवा के लिए—राजनीति में आना ही उचित समझा। हर ऐसी 'परम आत्मा' को 'जीवन का अंतिम छोर, जनता की सेवा ही' नजर आता है।

मान्यवर दिल्ली छोड़कर, हरियाणा 'शिफ्ट' हो गए। उस दौर में हरियाणा के तीन प्रमुख 'लाल' यहाँ की और केंद्र की भी, राजनीति के मजबूत स्तंभ हुआ करते थे। देवी लाल, बंसी लाल और भजन लाल! तीनों ही महापुरुषों के व्यक्तित्व और उनकी राजनीतिक शैली का कोई सानी नहीं था। तीनों ने ही, न केवल प्रदेश, बल्कि राष्ट्रीय राजनीति में भी अहम् भूमिका निभाई थी।

इधर, देवराज दीवान को भी 'जनता की सेवा का ज्वर' चढ़ गया था। रात-दिन 'जनता ही जनता' नजर आने लगी थी... गरीब जनता, फटेहाल जनता, अधनंगी जनता!... कलेजा मुँह को आ जाता कि बस, अब तो सारा जीवन जनता की सेवा में ही लगाना है। बेचारे बहुत भटके कि तीनों 'लालों' में से, कोई 'लाल' तो इन्हें भी अपना 'लाल' मान ले, मगर वे ठहरे सिद्धहस्त खिलाड़ी! किसी ने भी अपना वरदहस्त इनके सिर पर नहीं रखा... क्योंकि जो कुछ 'इनके सिर पर पहले से रखा था'—उससे वे अपने हाथ नहीं जलाना चाहते थे। लिहाजा किसी ने इन्हें 'टिकट' नहीं दिया।

कहते हैं, जंगल का राजा भी, जंगल में अकेला ही चलता है। अब देवराज दीवान की धमनियों में तो गरीब, भूखी, मजबूर, लाचार और नंगी जनता कुलबुला रही थी... फिर वे भी तो कोई छोटे खिलाड़ी नहीं थे। उन्होंने अपनी जेबों में हाथ डाला, सारे 'पत्ते' बाहर निकाले—और कूद पड़े—रोहतक विधानसभा क्षेत्र से, निर्दलीय प्रत्याशी के तौर पर ही। कमाल देखिए कि उसी भूखी, लाचार, गरीब, मजबूर और अधनंगी जनता ने, उन्हीं शक्तियों के बल पर, इन्हें भी अपना भाग्यविधाता चुन लिया। ये निर्दलीय लड़े, तन-मन-धन... और अन्य साधनों से भी जमकर लड़े और जीत गए।

'कैबरे किंग,' अब 'माननीय' हो गए थे।

बस, इतना और जानिए कि मेरी, विशेष की, स्टेला की, रूबीना और सभी डॉक्टर मित्रों में अच्छी जम रही थी... और हम सभी एक-दूसरे के पेशे और व्यक्तित्व का बहुत सम्मान करते थे। मैंने जो कुछ भी आपको बताया, उसमें स्टेला और विशेष का, विशेष योगदान है।

तो चलते हैं—अगले सफर के लिए!

❑❑❑

अध्याय - 11

आज—जबकि तुम नहीं हो। मेरे लिए, मेरे पास नहीं हो... और आज, क्योंकि तुमसे मेरा कोई रिश्ता नहीं है। मेरा कोई स्वार्थ तुमसे पूरा नहीं होता। इसलिए आज—आज मैं कह सकता हूँ—'मैं तुमसे प्यार करता हूँ।'

यूँ प्यार तो मैं पहले भी तुमसे करता था। शायद कहता भी था... या शायद कहा न हो, पर लिखा अवश्य होगा। यदि तुमने अपने विवाह से पूर्व अपनी मोहब्बत के दस्तावेज समिधा न बना दिए होते, तो तुम देख सकती थीं कि मैंने सीधे-सीधे या किसी और तरह से बार-बार कहा था, 'मैं तुमसे प्यार करता हूँ!'

पर आज जब मैं ऐसा कहता हूँ तो इसकी एक खास वजह है। यदि सीधे-सीधे कहूँ तो मैं अब किसी से भी 'प्यार' नहीं कर पाता। यदि और अधिक ईमानदारी से कहूँ तो इसका यह अर्थ कदापि नहीं है कि मैं बहुत निरासक्त हूँ या तुम्हारे स्पर्श के बाद मुझे कोई अन्य स्पर्श न मिल पाया हो। बल्कि कितने ही जिस्मों की पूरी पैमाइश के बाद ही, मैं आज ऐसा कह पाता हूँ—तुमसे प्यार करता हूँ मैं।

दरअसल हुआ यह कि जिस्म और जज्बात की मेरी पिछली प्रक्रियाओं के दौरान जब तुम आयी थीं, तब तुम्हारे जिस्म और जज्बातों में गजब का संतुलन था। तुम रहीं—और धीरे-धीरे तुम्हारा यह संतुलन प्रतिमान बन रहा था। शायद इसी लिए मैंने तुमसे—और केवल तुम्हीं से कहा था कि मैं प्यार करता हूँ तुमसे... और अब, जब तुम नहीं हो... मेरे पास, मेरे लिए, तुम्हारा प्रतिमान और अधिक स्पष्ट होकर एक शक्ल ले चुका है... और इसी लिए अब, जब मैं जिस्म और जज्बातों के पड़ावों से होकर गुजरता हूँ—तुम्हारा प्रतिमान मेरे मस्तिष्क पर सवार रहता है। मैं झटकता हूँ। नकारता-धकेलता भी हूँ... मगर तुम्हारा प्रतिमान, तुम्हारे संतुलन के छोटे-छोटे क्षण, मेरे मस्तिष्क से नहीं झरते। मैं जिस्म और जज्बातों के कितने ही पड़ावों से होकर गुजर जाता हूँ। कहीं भी रुकने या ठहरने का विचार मन में नहीं लाता। मैं केवल चलता रहता हूँ—आगे, और आगे—तुम्हारे संतुलन पर, तुम्हारे प्रतिमान की ओर।

किन्तु कहीं कुछ नहीं था। हर तरफ केवल धुंध—जिस्म और जज्बातों की। फिर भी हाल ही की एक घटना ने जैसे मुझे ठहरा-सा दिया था। तुम्हारे बाद संभवतः पहली बार ऐसा हुआ था।

फिर सिलसिला क्योंकि उसी मुद्दे से जुडा है, जिस पर तुम छूट गई थीं... लिहाजा वहीं से शुरू करता हूँ। तुम जानती हो कि पीएच.डी. करने के दौरान मैं गाड़ी चलाने लगा था। यही सबसे अहम् मुद्दा था। इसी मुद्दे पर जो बहुत कुछ मुझसे छूट गया था, उसमें सबसे महत्त्वपूर्ण तुम ही हो। इसके बाद—मेरे पिता की प्रतिष्ठा, मेरे पारिवारिक

संबंध, मेरे प्रति लोगों का आत्मीय भाव, आर्थिक समीकरण, सामाजिक नैतिकता... और न जाने क्या-क्या छूट गया था। फिर भी, तुम्हारे इस गणितीय सवाल का मेरे पास कोई जवाब नहीं है कि इतना सब कुछ खोकर मैंने पाया क्या? शायद अपने जज्बातों में एक गजब का संतुलन पैदा कर पाया मैं। अब मुझे कोई तकलीफ नहीं होती—न तुम्हें खोकर... और न गाड़ी चला कर।

❑❑❑

वह मुझे गाड़ी चलाने के दौरान ही मिली थी, किन्तु ऐसा नहीं कि यदि मैं गाड़ी नहीं चलाता, तो वह मिल ही नहीं सकती थी। फिर भी, उस जैसी अब तक जितनी भी लड़कियाँ मुझे मिली थीं, वह उन सबसे अलग थी और यही वह वजह है कि यह प्रसंग मुझे तुम्हें ही संबोधित करना पड़ा... क्योंकि तुम्हारे बाद जिस्म और जज्बातों का इतना सुन्दर संतुलन मुझे उसी में देखने को मिला था। यानी वह भी तुम्हारी ही तरह दूसरों से अलग थी। हालाँकि मैं स्टेला, रूबीना और न जाने ऐसी कितनी ही लड़कियों के सम्पर्क में आया था, मगर तुम्हारे बाद स्टेला के अलावा, वह बात किसी में नहीं थी... और अब तक स्टेला मेरी एक अच्छी दोस्त बन चुकी थी। उसे 'पूरा देखने के बाद भी' पाने का विचार कभी मन में नहीं आया था। कारण यह भी था कि 'निर्वस्त्र होना' उसका व्यवसाय था, और अपनी देह के प्रति 'सम्मान' उसकी आत्मा का 'गौरव'!

तुम्हें ही सम्बोधित करने की एक वजह यह भी है कि इस लड़की से मुलाकात के वक़्त, तुम भी मेरे दिमाग में मौजूद थीं... हम दोनों के बीच बराबर हाजिर थीं। हालाँकि इससे पहले, इस तरह की कितनी ही मुलाकातों में—मेरे दिमागी रन-वे पर तुम कभी नहीं उतर सकीं। फिर यदि तुमने उतरना भी चाहा, तो मैंने तुम्हें इसकी इजाजत नहीं दी। कह दिया कि रन-वे खाली नहीं है या ऐसा कोई सिग्नल ही नहीं दिया कि तुम उतरने का साहस कर पातीं। शुरू-शुरू में ऐसा मैंने सायास किया था, लेकिन धीरे-धीरे इसका अभ्यस्त भी हो गया था... और तब मुझे लगता कि मेरा दिमागी रन-वे खाली न पाकर, तुम ऊपर ही ऊपर मँडराती रहती हो—केवल अपना ही ईंधन फूँकती हो... और यह सोचते हुए मुझे अच्छा लगता।

यूँ रन-वे तो इस बार भी खाली नहीं था, फिर भी तुम बलात् उतर आयीं... और हतप्रभ-सा मैं—तुम्हें और उस लड़की को लगभग साथ-साथ महसूस कर रहा था। हालाँकि उस वक़्त वह मेरे सामने थी और तुम रन-वे पर।

तुम्हारा और रन-वे का जिक्र भी अनायास ही नहीं आया है।

दरअसल, वह एक तूफान के बाद की, बरसाती अँधेरी रात थी। उस बरसात ने नगर पालिका के निकम्मेपन को, सड़कों की शक्ल में, धोकर साफ कर दिया था। सड़क पर बिजली के जो खम्बे टूट कर गिर नहीं गए थे, उनमें से किसी-किसी पर बिजली का लट्टू, अपनी पूरी ताकत से चमक कर भी, बहुत मद्धिम-सा प्रकाश ही फैला पा

रहा था। गीली सड़कों पर उस प्रकाश का प्रतिबिम्ब बड़ा भला-सा लग रहा था, हालाँकि उस लट्टू से कोई विशेष मदद मिल रही हो, ऐसा भी नहीं था। मेरे स्कूटर की हेड-लाइट भी, मेरी ही तरह थकी-थकी-सी थी... और मेरी ही तरह, बरसात के बाद के ठंडे झोकों की वजह से, कभी-कभी सिहर कर कुछ तेज भी हो जाती थी।

तुम्हारा और रन-वे का जिक्र भी इसलिए आया कि उन सुनसान, अँधेरी, भीगी सड़कों पर—मैं गाड़ी पर सवार था और तुम मुझ पर। कुछ भी साफ-साफ न दीख पाने पर भी मैं गाड़ी तेज ही चला रहा था... गोया कि दिल्ली की सड़कें खाली होने के कारण रन-वे हो गई हों—और इस वक़्त उन पर उड़ान भरने का अधिकार केवल मेरा हो!

तभी अचानक—वैसे ही एक खम्बे के नीचे, वैसी ही मद्धिम रोशनी में... भीगी, सिमटी और सहमी-सी खड़ी उस लड़की को मैंने देखा था। यूँ तो कोई लड़की है—देखने के लिए बस इतना ही काफी है... फिर इस समय, ऐसे समय और इस स्थिति में, उस लड़की को देखकर मुझे आश्चर्य हुआ था और कुतुहल भी। उसे देखते ही, मन में होने वाली सरसराहट भी महसूस हुई थी। तभी वह थोड़ा आगे बढ़ी और उसने मुझे रुकने का इशारा किया था। कसकर मैंने ब्रेक लगाये थे और कचकचा कर गाड़ी थोड़ा आगे जाकर रुकी थी। कुछ तेज कदमों से वह आगे बढ़ी और मेरे बाएँ तरफ से आकर उसने कहा था, ''ग्रीन पार्क?''

मैंने क्षणांश में उसे नीचे से ऊपर तक देख लिया था। उसके चेहरे पर, उसकी आँखों में देखते हुए मेरी आँखें थम गई थीं। उस समय वह भी मुझे उतनी ही सधी हुई आँखों से देख रही थी। किसी भले घर की लड़की लगी थी वह। चेहरे पर असमंजसता के चिन्ह थे। शायद मौसम और समय की वजह से थोड़ी घबराहट भी रही हो—ऐसा मुझे पहले-पहल लगा था। लेकिन 'उस जैसी' अन्य लड़कियों के-से संकेत मुझे नहीं मिले थे।

वह तोतई रंग की एक कीमती-सी साड़ी पहने हुए थी। उसी से संगत करता हुआ ब्लाउज। ब्लाउज से दोनों तरफ बाहर निकली हुई, कधों तक खुली सुन्दर-सी बाहें। कटे, बिखरे, खुले, गीले बालों से ढंका एक गौरवर्णीय चेहरा। चेहरे पर, तराशी हुई भवों के नीचे गहरी आँखें... हाँ, उसकी आँखों में सचमुच गहरायी थी—एक डैप्थ। उसकी उम्र का अनुमान भी मैंने उसकी आँखों से ही लगाया था... और मेरा अनुमान सही भी था, वह पच्चीस-छब्बीस साल के आस-पास थी, ऐसा मुझे बाद में पता भी चला। बहरहाल, उसके चेहरे पर, उसकी आँखों के अतिरिक्त और कोई विशेष बात नहीं थी... लेकिन फिर भी उसके चेहरे में एक चुंबकीय आकर्षण था।

मैंने चुपचाप मीटर डाउन कर दिया, कहा कुछ भी नहीं।

उसने इसे मेरी स्वीकृति माना और थोड़ा हट कर गाड़ी में बैठ गई।

❑❑❑

मैं तिलक मार्ग से, इण्डिया गेट होते हुए, ग्रीन पार्क की तरफ बढ़ रहा था। यूँ रात नौ-साढ़े नौ बजे का समय ऐसा नहीं होता कि दिल्ली की सड़कें, उस लड़की की तरह अकेली-अकेली-सी लगने लगें। फिर भी अगर उस समय मुझे वैसा ही लग रहा था, तो उसका कारण, वही तूफान के बाद की बरसाती रात थी। यद्यपि वह लड़की जो मेरी गाड़ी में बैठी थी, वह मुझे 'ऐसी-वैसी' नहीं लगी थी... और जिसके चुंबकीय चेहरे ने मुझे आकर्षित भी किया था... जिसे इस तरह अकेले पाकर मुझे आश्चर्य भी हुआ था... और मेरे दिमाग में एक सरसराहट भी हुई थी, तथापि मैंने अभी तक उसे अपने सामने के बैक मिरर या बायीं तरफ लगे आइने में कनखियों से नहीं देखा था। मैं केवल सामने या दायीं-बायीं तरफ, तूफान से लड़कर धराशायी हुए वृक्षों और गीली सुनसान, अँधेरी सड़कों की निस्तब्धता देख भी रहा था, सुन भी रहा था।

तुम, जो उस समय अचानक मेरे मस्तिष्क से उतर गई थीं, जब मैंने इस लड़की को देखा था... फिर अचानक मेरे मस्तिष्क पर चढ़ आई थीं। तभी मैंने अपने सामने लगे आइने में 'तुम्हें' देखना चाहा था। तुम्हें मैंने देखा भी था। मैंने देखते रहना भी चाहा था... कि बाहर देखते-देखते उस लड़की ने, अंदर—मेरे सामने लगे आइने की तरफ देख लिया। जैसे मेरी आँखें किसी गहरायी में झाँकती हुई पकड़ी गई हों—संगीत के आरोह-अवरोह की मुद्रा में वे कई बार उठीं, गिरीं... फिर यूँ ही निरर्थक भटकने के लिए, मेरे सामने लगे पारदर्शी शीशे को भेदकर बाहर देखने लगीं।

तुम फिर गैरहाजिर हो गई थीं।

अब मैं उसी लड़की के बारे में सोचने लगा था। कई तरह के विचार मन में आ-जा रहे थे। मैं अभी-अभी घटी उस अप्रत्याशित घटना के बारे में भी सोचने लगा था, जब अपनी आँखों की गहरायी में चुपचाप उतरते हुए, उसने मुझे रंगे हाथों पकड़ लिया था। मेरे इस तरह पकड़े जाने पर उसकी आँखों में कोई घबराहट नहीं थी... और न ही अँधेरी-बरसाती रात या सुनसान सड़कों का कोई भय था। हाँ, कुछ चिंता-सी अवश्य थी—उसके चेहरे पर भी और हाव-भाव में भी। कुछ परेशान-सी लग रही थी वह।

जैसे-जैसे मैं ग्रीन पार्क की तरफ बढ़ रहा था, उस लड़की की स्फूर्ति भी बढ़ रही थी। एक खास मोड़ पर पहुँचकर उसने मुझे दाएँ मुड़ने के लिए कहा... थोड़ा आगे जाकर हम बाएँ मुड़ गए... और इसी तरह दाएँ-बाएँ मुड़ते हुए... एक कोठी के सामने, उसने मेरे कंधे को छूकर रुकने के लिए कहा था।

"कितने पैसे हुए?" उसने उतरते हुए पूछा था।

मैंने माचिस की तीली जलाकर मीटर पढ़ा, "आठ रुपये दे दीजिए।" सात रुपये सत्तर पैसे के मैंने सीधे आठ रुपये बना दिए थे। इतना तो चलता है। फिर मैंने देख लिया था कि उसने उतरने से पहले मीटर में नहीं झाँका था। कहा और मैं मीटर डाउन करने लगा, तो उसने हाथ के इशारे से रोक दिया।

"देखिए, ऐसा है—मुझे यहाँ किसी से मिलना है। अगर वे मिल गए, तो मैं अभी

आकर आपको पैसे दे देती हूँ, यदि नहीं मिले, तो मुझे कहीं और जाना पड़ेगा...'' उसने रुक कर मेरे चेहरे की तरफ गौर से देखा था।

मुझे कुछ खटका जरूर था कि शायद इस लड़की के पास मुझे देने के लिए पैसे नहीं हैं, मगर फिर भी मैंने सहज ही कहा था, ''ठीक है।''

वह पलट कर बढ़ी और एक कोठी के कोरीडोर का दरवाजा खोलकर सीढ़ियाँ चढ़ने लगी। मुझे झटके-से उस्ताज्जी का स्मरण हो आया था। स्कूटर चालीसा का पारायण कराते समय एक बार उन्होंने समझाया था कि भाई, कुछ चालाक किस्म के लोगों से हमेशा सावधान रहना। ऐसे लोग, 'अभी पैसे लाकर' देने को कहते हैं और आगे-पीछे के दरवाजों से कहीं इधर-उधर निकल जाते हैं... और तब तो मुझे और भी आश्चर्य हुआ था, जब उस्ताज्जी ने अपने अनुभव के आधार पर कहा था कि ऐसे लोगों में महिलाएँ ही ज्यादा होती हैं।

मैं टहलता हुआ थोड़ा आगे बढ़ा था और यह समझते हुए भी कि इतनी सुन्दर और संभ्रात लगने वाली यह लड़की ऐसी नहीं हो सकती, मैंने नीचे से सीढ़ियों में झाँककर देखा था—वह एक दरवाजे के सामने खड़ी दस्तक दे रही थी। मैं लौटकर स्कूटर पर आ बैठा।

बैठा-बैठा मैं अब तक के पिछले सभी सूत्र जोड़ने लगा था... और तब मुझे खटका हुआ था। इस मौसम में, इतनी रात गए, यह अकेली लड़की, इस तरह क्यों भटक रही है? मगर फिर यही सोचकर टाल गया कि शायद किसी परेशानी में हो।

तभी सीढ़ियों से उसके नीचे उतरने की आहट हुई, तो मैंने सोचना बन्द कर दिया था... मगर जब उसके चेहरे की तरफ देखा, तो समझ गया कि शायद अब कहीं और चलना पड़ेगा।

''अब कहाँ चलना है?'' मैंने कहा, तो परेशानी और मायूसी के रहते भी वह मुस्करा दी थी। ड्राइवरी के धन्धे में यह फायदा तो है कि दुनिया अपने चेहरे से ही समझ में आ जाती है।

उसने फिर एक बार मुझे ध्यान से देखा। शायद इस बार वह मुझे समझना चाह रही थी। अब मैं भी मुस्करा रहा था। बोली, ''साउथ एक्सटेंशन।'' यह तो अपना ही इलाका था।

गाड़ी के इंजन में फिर जान फूँकी, तो वह धड़कने लगा। ग्रीन पार्क से बाहर, मेन रोड पर गाड़ी निकाली और सफदरजंग से होते हुए हम साउथ एक्सटेंशन की तरफ बढ़ने लगे।

❑❑❑

तुम नहीं जानतीं कि तुम्हारे जाने के बाद से मैं लगभग नियमित दारू पीने लगा था। तुम्हारे लौट जाने की वजह से नहीं... और न ही इस वजह से कि 'ड्राइवरी' करने लगा

था। यानी दारू का तल्लुक न तुमसे है और न ड्राइवर होने से। यह सब तो हालात ने बहुत पहले ही सिखा दिया था... मगर यह भी सही है कि मैंने दारू पीकर कभी गाड़ी नहीं चलाई। उस्ताज्जी की सबसे कड़ी चेतावनी बस यही थी। एक दिन सीधे-सीधे मेरी आँखों में उतरते हुए, उन्होंने कड़क कर कहा था, "देख यार राजा, एक बात समझा रहा हूँ, हमेशा ध्यान रखना कि कभी दारू पीकर गाड़ी नहीं चलाना। नशे की हालत में कभी, किसी मशीन के साथ नहीं खेलना चाहिए... फिर गाड़ी तो बहुत ही खतरनाक मशीन है। नशा बंदे पर सवार हो और बंदा गाड़ी पर... तो समझो कि चारों लिपट सकते हैं...।"

"चारों... ?"

"हाँ, तुम भी... गाड़ी भी... सवारी भी... और वह भी, जिससे तुम्हारा 'मिलन' होगा..." हम दोनों ही खिलखिलाकर हँस पड़े थे, मगर बात बहुत गम्भीर थी। उसके बाद उस्ताज्जी की इस हिदायत को, पेट्रोल की तरह, अपने दिमाग की टंकी में भर लिया था।

आज मौसम भी कुछ तुम्हारी ही तरह हसीन था... और घर पर कोई था भी नहीं, इसलिए शाम को ही व्हिस्की की एक 'अठन्नी' लेकर पहले ही गाड़ी में रख ली थी... सफीना में भी पहले ही विशेष राय के लिए संदेश छोड़ दिया था कि आज नहीं आ पाऊँगा। राकेश को भी पहले ही बता दिया था कि आज रात घर पर ही रुकूँगा, क्योंकि सब लोग कुछ दिन के लिए कहीं रिश्तेदारी में गए हैं, इसलिए सुबह वह गाड़ी मेरे घर से ही ले लें। यूँ मौसम की वजह से भी आज रात घर पर ही रुकने का मन बना लिया था।

❑❑❑

साउथ एक्सटेंशन के पार्ट-1 की तरफ गाड़ी मोड़कर, एक गली के पास उसने मुझे रुकने के लिए कहा था। यह तो मेरे कैंपस के पीछे का ही इलाका था। एक कोठी के पास, गाड़ी साइड पर लगाकर मैंने रोक दी। इस बार वह गाड़ी से नीचे नहीं उतरी। मैंने माचिस की तीली जला कर मीटर देखना चाहा, तो उसे अपनी तरफ देखता पाया। बुहत ही विनम्र स्वर में उसने कहा था, "सुनिए!... मेरा एक काम करेंगे आप?..."

माचिस की मद्धिम रोशनी में भी बहुत ही सुन्दर लग रही थी वह। उसके भीगे बालों और भीगे कपड़ों ने भी जैसे उसका सौंदर्य और बढ़ा दिया था! मैं चाहता भी, तो मना नहीं कर सकता था, "कहिए!" मैंने कहा।

"यहाँ से बायीं तरफ के चौथे मकान में मिस्टर सुरेन्द्र सुधाकर रहते हैं, उनसे जरा कहिएगा कि कंचन आपसे मिलना चाहती है, एक बहुत ही जरूरी काम है।" उसकी आवाज में एक लाचारगी थी।

"मगर आप खुद क्यों नहीं जातीं?... आपके परिचित हैं, तो आप ही को जाना चाहिए।" मैं जा सकता था, लेकिन फिर भी मैंने सवाल किया।

थोड़ा मुरझाकर उसने मुँह झुका लिया था। फिर गर्दन उठाकर मेरी तरफ देखा और उसी विनम्रता से कहा, "प्लीज, फार माई सेक... !" मैं नहीं जानता कि उसने क्या सोच कर यह वाक्य मुझसे अंग्रेजी में कहा था।

"ठीक है, मैं देखता हूँ।" लड़कियों की यही अदा तो कुछ भी करा लेती है।

"सुनिए..." मैं चलने लगा तो उसने फिर पुकार कर कहा, "जरा सावधानी से कहिएगा... देखिएगा कि कोई और न सुने..." मैं अब उसकी विवशता कुछ-कुछ समझने लगा था, इसलिए बिना कुछ कहे फिर चल दिया।

उसके बताए गए मकान को मैंने पूरी निगाह से देखा था—कोठीनुमा ही था। दरवाजे पर पहुँचकर मैंने कॉलबेल का बटन दबाया, तो दरवाजा जल्दी ही खुल गया। सामने एक महिला हाथ में दूध का गिलास लिए खड़ी थी।

"जी, मिस्टर सुरेन्द्र सुधाकर हैं?" मैंने नमस्कार के बाद पूछा था। उस रात मैंने वर्दी की कमीज को अपनी ड्राइवरी सीट के पीछे पटक दिया था और बैज भी मैंने जेब में ही रख छोड़ा था, लिहाजा शक्ल-सूरत से कोई मुझे ड्राइवर नहीं कह सकता था।

"पढ़ रहे हैं... क्या काम है आपको?"

"जी, उन्हीं से काम है।"

थोड़ा रुककर उस सम्भ्रांत महिला ने कुछ सोचा जरूर था, मगर मुझसे और कुछ नहीं पूछा। फिर पूरी शालीनता से कहा, "ठहरिए...मैं अभी भेजती हूँ..." वह महिला अन्दर गई और जाते-जाते दरवाजा बन्द कर गई, जो मुझे अच्छा नहीं लगा था। थोड़ी ही देर बाद फिर दरवाजा खुला... और इस बार एक प्रौढ़ वय के सज्जन, नाइट गाउन पहने दरवाजे पर खड़े थे, "कहिए, क्या बात है?"

"जी..." मैंने पूरी सावधानी से ही कहा था, "कंचन जी आपसे मिलना चाहती हैं। बाहर गाड़ी में बैठी हैं। उन्हें आपसे कोई बहुत जरूरी काम है...।"

मैंने इतना ही कहा था कि उन सज्जन ने एकदम पीछे पलट कर देखा, फिर खुद बाहर की तरफ रहकर धीरे-से दरवाजा बन्द कर दिया। मैंने गौर से देखा—उनके चेहरे पर अजीब-सी झल्लाहट उतर आयी थी, "इस हरामजादी से कितनी बार कहा है, घर मत आया कर, मगर साली फिर चली आती है..." सज्जन से दिखने वाले उस व्यक्ति ने, शब्दों को क्रोध से चबा-चबा कर कहा था। मुझे झटका-सा लगा था। हालाँकि यह सब बहुत ही अप्रत्याशित था, मगर फिर भी, क्योंकि 'उसके' विषय में था, इसलिए क्रोध मुझे भी आया था। एक बार तो मन हुआ कि हाथ रख दूँ—इस साहब के, किन्तु मैंने ऐसा कुछ नहीं किया। फिर सोचा, मुझे इस तरह किसी के लफड़े में नहीं पड़ना चाहिए। न जाने कौन हो यह और उसका क्या लगता हो?

"कह दो उससे, साहब घर पर नहीं हैं..." मिस्टर सुरेन्द्र सुधाकर ने कहा और अन्दर जाकर दरवाजा बन्द कर लिया। खटाक् की आवाज सीधे मेरे कानों में लगी। भारी कदमों से मैं वापस लौट आया।

उसके पास पहुँच कर मैंने पूछा था, "एक बात बतलाइए, आप कैसे जानती हैं इस आदमी को?"

"क्यों, क्या हुआ?"

"कुछ नहीं, ऐसे ही पूछ रहा हूँ।"

"आप भी जानते हैं क्या?"

"हाँ, अब मैं भी जान गया हूँ।"

"क्या कहा उन्होंने?"

"कहा कि जाकर कह दो—मैं घर पर नहीं हूँ..." मैंने झूठ नहीं बोला था।

वह सुनकर उदास हो गई। उसकी परेशानी और बढ़ गई थी। मुँह झुकाए वह कुछ सोचने लगी थी कि मैंने फिर पूछा, "आपने मेरे सवाल का जवाब नहीं दिया।"

उस गली में इतनी रोशनी तो नहीं थी कि उसके चेहरे पर आने-जाने वाले भावों को बारीकी से देख पाता, मगर फिर भी, अपनी तरफ उठी उसकी आँखों में, इस बार मैंने बिना किसी डर के झाँका था। वह लगातार मेरी तरफ देख रही थी, जैसे कुछ कहना चाह रही हो, लेकिन कुछ कहते नहीं बन पड़ रहा हो।

"खैर, आप नहीं बतलाना चाहतीं तो जाने दीजिए... यह आपका निजी मामला है... अब कहाँ चलना है... ?" उसे चुप देखकर मैंने कहा था, क्योंकि वह गली बहुत सुरक्षित जगह नहीं थी... कम से कम इतनी रात गए, इस समय, इस तरह, एक लड़की के साथ होने पर तो सुरक्षित थी ही नहीं। वह भी ऐसी लड़की के साथ—जो सुन्दर हो, मगर जिसे यह न मालूम हो कि उसे कहाँ जाना है—ऐसा मुझे उसके इस तरह देखने पर ही लगा था... और इसी लिए मैंने पूछा भी था। वीआईपी इलाका होने से पुलिस की गश्त भी यहाँ रहती ही है।

"कहीं भी... लेकिन अब यहाँ से चलना चाहिए।" शायद उसने भी माहौल की नजाकत को समझ लिया था। इसी लिए ऐसा कहा था। इस बार पहली मर्तबा मेरे बदन में एक अजीब-सी सिहरन हुई। मैंने गौर से उसे देखा—वह अब भी उदास थी। गाड़ी स्टार्ट की और गली से निकल कर, हम बाहर रिंग रोड पर आ गए। तभी उसने पीछे से कहा, "मैं आपसे कुछ कहना चाहती हूँ...।"

उसकी बात सुनकर मैंने गाड़ी बस-स्टैंड के पास रोक दी।

"कहिए!..." मैं घूमकर बैठ गया और इस बार उसके चेहरे को मैंने पूरे तौर पर देखा था।

थोड़ी देर वह खामोश रही। विचारों और शब्दों में एक ताल्लुक... एक सामंजस्य पैदा करने की कोशिश कर रही थी शायद। फिर पूरे आत्मविश्वास के साथ, सीधे-सपाट ढंग से उसने कहा था, "मेरा नाम कंचन नहीं है... और इन लोगों से मेरा संबंध, एक खरीदार और खरीदे जाने वाले समान के बीच का संबंध है... अब तक मैं जितना आपको समझ पायी हूँ, उस आधार पर मेरा अनुमान है कि आपने भी मुझे समझ लिया

होगा...।'' एक झटके से लगा था कि उसके हालात ने उसे काफी परिपक्व बना दिया है। थोड़ा रुककर और मुझे चुप पाकर उसने फिर कहा, ''सुदीप्ता है मेरा नाम... दिल्ली यूनीवर्सिटी से मैंने बी.ए. किया है... और अब मैं नौकरी कर भी रही हूँ, नहीं भी कर रही हूँ...।''

''मतलब?'' मैंने पूछा।

''मतलब कि मेरा परिवार यह मानकर चलता है कि मैं रेडियो के लिए काम करती हूँ... क्योंकि वैसा मैंने ही उनसे कहा था... और जिन दिनों मैंने उनसे ऐसा कहा था, उन दिनों मैं ऑल इंडिया रेडियो में नौकरी पाने के लिए संघर्ष कर रही थी... वहाँ ज्यादातर सभी लोग 'कैजुअल' होते हैं... और यहीं से शुरू होती है उनके बिखराव की जिंदगी... भले ही ऐसा सभी के साथ न होता हो! शुरू में मुझे भी कुछ काम मिला, लेकिन उसी संघर्ष ने मुझे यहाँ तक पहुँचा दिया। कैसा लगता है, आपको यह सुनकर कि मुझे अक्सर रातों को बिकना पड़ता है—कभी काम दिलाने के बदले, कभी उधारी, कभी मुफ्त में, कभी किसी दूसरे का अहसान उतारने के बदले... और कभी नकद? यह सज्जन भी रेडियो में ही काम करते हैं। बड़े अधिकारी हैं... कभी रेडियो की तरफ से कुछ दिला देते हैं, तो कभी अपनी जेब से चुका देते हैं...'' उसकी बातों से मैं कुछ असहज हो रहा था, किन्तु वह बहुत ही सहज रूप से कह रही थी।

उसके अल्पविराम लेते ही मैंने कहा था, ''पर यह सब आप मुझे क्यों बता रही हैं?'' यह मेरी असहजता थी, हालाँकि मैं उसके बारे में और अधिक जानना चाहता था।

''इसलिए कि मेरे पास आपके मीटर का बिल चुकाने के लिए पैसे नहीं हैं... और फिलहाल अब कोई ऐसा जरिया भी नहीं बचा है, जहाँ से मुझे तत्काल पैसे मिलने की संभावना हो।'' यह उसके जज्बात का संतुलन था... और शायद जिस्म का भी... यानी जिस्म और जज्बात में एक गजब का संतुलन। हाँ, एक चीज और थी—पूरे आत्मविश्वास के साथ उसकी साफगोई!

कह कर वह चुप हो गई।

अब मेरी बारी थी। उसने गेंद को मेरे कोर्ट में ठेल दिया था। शायद वह मेरी प्रतिक्रिया देखना चाह रही थी। अब मुझे ही कुछ कहना चाहिए था, लेकिन क्या कहूँ, यह समझ नहीं पा रहा था। मस्तिष्क में एक गुंजलक-सी बन गई थी। बिल तो केवल चौदह-पंद्रह का ही बना होगा। इतना छोड़ा भी जा सकता था, कम से कम ऐसी लड़की के लिए। किन्तु वह लड़की है... सुन्दर भी... और उपलब्ध भी। इसलिए मैं मूर्ख बनना नहीं चाहता था। फिर यूँ भी उस रात घर पर कोई नहीं था, इसलिए उसे 'मुफ्त में यूँ ही जाने देना' मूर्ख बनना ही था।

एक बार मुझे लगा कि मेरी संपूर्ण सदाशयता जैसे तिरोहित हो गई थी। बिल वसूलने का भाव मेरे दिमाग में सांय-सांय करता घूम रहा था... किन्तु अपनी 'कायरता' के रहते, मैं उससे ऐसा कुछ भी कहने की स्थिति में नहीं था। लिहाजा मैं कह गया, ''पैसे नहीं

हैं, तो जाने दीजिए... लेकिन अब कहाँ छोड़ना है आपको?'' हालाँकि मैं यह भी महसूस रहा था कि ऐसे मौसम और रात के दस बजे, इस हालत में, ऐसी लड़की को, कहीं भी अकेला छोड़ देना—मेरे अपने ज़मीर के खिलाफ था।

''इस वक़्त मैं घर भी नहीं जा सकती...'' शायद यही मैं भी समझ रहा था। तभी वह फिर बोली, ''यदि आपको ज्यादा परेशानी न हो, तो क्या आप मेरी इतनी मदद और कर सकते हैं कि रात-भर के लिए मुझे कहीं कोई ठिकाना मिल सके। आपकी बड़ी मेहरबानी होगी...'' यह मैं खुद नहीं कहना चाहता था।

''आप मेरे साथ चल सकती हैं...'' अब मैंने बहुत साहस जुटा कर कहा।

''कहाँ?''

''मेरे घर।''

''लेकिन घर पर आपको कोई असुविधा...।''

''नहीं...फिलहाल घर पर कोई नहीं है... लेकिन इसमें आपको तो कोई आपत्ति नहीं है?''

''नहीं ठीक है, मुझे क्या परेशानी हो सकती है?'' उसने कहा, तो मैंने गाड़ी फिर स्टार्ट की और अब घर की तरफ लौटने लगा।

इस तरह से किसी लड़की को साथ लाने का मेरा यह पहला अनुभव था। इसी लिए मेरे हाथ-पैरों में एक कँपकँपी-सी होने लगी थी। इससे बचने के लिए मैंने अपना ध्यान हटाया, ''एक बात बतलाइये...'' मैंने पूछा, ''यह जानते हुए भी कि मेरे घर पर कोई नहीं है, आपको मेरे साथ चलने में डर नहीं लगा...'' मैंने पूछ तो लिया, मगर फिर खुद ही लगा कि कितना बेवकूफाना सवाल पूछा है।

उसने भी मेरी बेवकूफी सिद्ध कर दी, ''क्यों, इसमें डरने की क्या बात है? अभी तक मैं इतना तो समझ ही गई हूँ कि आप एक अच्छे इंसान हैं...यूँ भी मुझे तो फिलहाल कोई ठिकाना चाहिए... कोई भी घर, सड़कों से तो बेहतर होता है... हालाँकि मैं आपके बारे में ज्यादा कुछ नहीं जानती... लेकिन फिर भी यदि... मेरा मतलब है... मैं तो यूँ भी आपकी कर्जदार हूँ... दोनों ही स्थितियों में मुझे आपसे कोई डर नहीं है... बस थोड़ी झिझक है कि मेरी वजह से आपको परेशानी उठानी पड़ रही है...।''

''आप अगर 'परेशानी' हैं... तो इतनी 'खूबसूरत परेशानी' उठाने में मुझे कोई परेशानी नहीं।'' मैंने अपनी झेंप छिपाने के लिए जुम्ला कसा। वह हँस पड़ी तो मैंने राहत महसूस की।

❑❑❑

बरसाती अँधेरी रात बहुत वीरान-सी लग रही थी, जैसे एक युद्ध समाप्त होकर चुका हो।... रिंग रोड पर तूफान का तो कोई खास असर नहीं पड़ा था, लेकिन पानी खासा पड़ा था। अब भी ऐसा लग रहा था कि बरसाती पानी के नन्हे-नन्हे कण हवा में तैर

रहे हैं... और रिंग रोड की पीली रोशनी, उन जल-कणों के साथ, गड्ड-मड्ड होकर एक सघनता पैदा कर रही है। गाड़ी उस सघनता को भेदती हुई बढ़ रही थी। मैं ऊपरी तौर पर चुप था... और वह शायद भीतर तक चुप। उसके लिए, मेरे और अपने बीच के समीकरण सुलझाना शायद आवश्यक न था, किन्तु मेरे तहत, उस तक पहुँचने की पगडंडी तलाशने का सवाल मुँह बाय खड़ा था। क्या कहूँगा / करूँगा... कैसे कहूँगा / करूँगा... जैसे सवाल, जंगली झाड़ियों की तरह खड़े थे, जो मुझे 'तुम तक' पहुँचने का जरिया तलाशने में बाधा उत्पन्न कर रहे थे।

इधर, तुम मेरे दिमागी रन-वे पर उतर कर, जैसे हेंगर तक पहुँच चुकी थीं... इसलिए तुमसे भी कोई मदद मुझे उस समय नहीं मिल पा रही थी।

घर पहुँच कर, मुझे पगडंडी तलाश लेने में विशेष बाधा नहीं आयी। इसमें मेरा कोई श्रेय नहीं था। पगडंडी ने जैसे स्वयं पुकार कर मुझे सहज रूप से चले आने का निमंत्रण दिया था।

गाड़ी नीचे, घर के पीछे की तरफ खड़ी करके, ऊपर आते समय, मैं व्हिस्की की 'अठन्नी' एक कपड़े में लपेट लाया था। वह भी मेरे पीछे-पीछे चली आयी थी।

❑❑❑

लेकिन सुनिए—इस बार आपको यहीं रुकना होगा। आप ऊपर नहीं आ सकते। यह मेरे निजी क्षण हैं... अगली यात्रा पर हम फिर साथ चलेंगे!... मगर फिर भी, यह अंतरंग प्रसंग मैं संक्षेप में आपको सुना दूँगा।

❑❑❑

"आप फ्रैश हो लीजिए, तब तक मैं कुछ बना लेती हूँ—बहुत भूख लगी है।" उसने अन्दर आते ही सहजता से कहा था।

"लेकिन इस वक़्त तो घर में कुछ भी नहीं होगा। हाँ, शायद कुछ अंडे पड़े हों... और थोड़ा-बहुत आटा पड़ा हो शायद...।"

"बस, इतना काफी है..." वह कह कर रसोई में जाने लगी। अब कमरे की लाइट जल जाने पर मैंने उसे गौर से देखा था—वह वाकई बहुत खूबसूरत थी—शक्ल से भी, सूरत से भी, सीरत से भी... और बदन से भी... उसके बदन के कपड़े मुझे गीले लगे, तो मैंने बदल लेने के लिए कह दिया। वह सहज रूप से मान गई, शायद ऐसा चाह भी रही हो। अपनी एक लुंगी और कुर्ता उसे देकर मैं नहाने चला गया।

नहा कर लौटा, तब तक वह कुछ पराँठे बना चुकी थी। इसके बाद उसने अंडों की भुजिया बनाई और फिर सारा सामान लेकर कमरे में चली आयी।

"आप व्हिस्की लेती हैं?" मैंने सीधे-सीधे पूछा था।

उसने भी सीधे देखा था मेरी ओर। टिक कर।

''ले लेती हूँ।'' मैं उठा, अन्दर से गिलास और पानी ले आया। पैग उसी ने बनाए थे। खाना और पीना साथ-साथ शुरू हो गया था।

दूसरा पैग खत्म होने के बाद मैंने सिगरेट का पैकेट निकाला और एक सिगरेट बाहर निकालकर उसकी तरफ बढ़ा दी। एक सिगरेट मेरे होठों के दरम्यान थी। उसने पहले मेरी और फिर अपनी सिगरेट सुलगा कर पूछा, ''क्या बात है... आप कुछ नहीं बोलेंगे?''

मैं जो सोच रहा था, वह सब बोल नहीं सकता था, इसी लिए चुप था। उसने कहा, तो मैंने पूरी निगाहों से उसे देखा—किसमिशी रंग का सिल्की कुर्ता, जो उसे कुछ ढीला आया था, मगर फिर भी उस पर फब रहा था। लुंगी को उसने दूसरी तरह से बाँधा था, यानी मैं इस तरह नहीं बाँधता। बालों को झाड़-पोंछकर उसने खुला छोड़ दिया था। सिगरेट पकड़े हुए उसकी उँगलियाँ बहुत सुन्दर लग रही थीं। धुआँ उगलते उसके होठों ने मुझे एक आकर्षक निमंत्रण दिया था... एक बेहूदा-सा विचार मन में उठा था कि उसके होठों पर अपने होठ रखकर, उनसे बाहर निकलने वाला धुआँ अपने भीतर समेट लूँ!

''सोच रहा हूँ, कहाँ से शुरू करूँ!''

''इसमें सोचने जैसी बात क्या है? आप अपने ही बारे में कुछ बतलाइए...'' गजब की सहजता थी उसमें, बिल्कुल तुम्हारी तरह। किन्तु मैं उतना सहज नहीं था, जितना कि तुम्हारे साथ जीते हुए, तुम्हारे सामने होता था। इसका कारण भी था—तुमसे कुछ हासिल करने की चाह मुझे कभी नहीं रही। हालाँकि यह भी तुम्हारी ही विशेषता थी कि तुमसे बहुत कुछ माँगने आया था मैं... मगर जब-जब तुमने कहा कि 'माँगो' —तो जैसे मैं केवल हाथ में कटोरा पकड़े, ठगा-सा खड़ा ही रह जाता रहा हर बार, कभी कुछ माँग नहीं पाया... या मानो कि माँगना भूल ही गया... सोचता ही रह गया कि क्या माँगूँ!

''अब फिर क्या सोचने लगे?'' उसने तुम्हारी स्मृति को धकेला था।

''यही कि मेरे पास तो बतालाए जाने योग्य कुछ भी नहीं है...'' मैंने तुम्हारा जिक्र जानबूझ कर नहीं किया, ''यूँ मेरा नाम राजा है... मतलब इसी नाम से पुकारते हैं सब मुझे। दूसरा नाम तो डिगरियों के साथ ही कहीं दबा पड़ा होगा... मैंने एम.ए. किया है, यहीं—डी.यू. से। शुरू-शुरू में कोई और काम नहीं मिला, तो बस एक दोस्त की मदद से गाड़ी चलाने लगा... और बस... और क्या बतलाऊँ... मेरे जीवन में वैसा कुछ नहीं है, जो किसी को दिलचस्प लगे...''

''अच्छा, मैं बताती हूँ—मेरा नाम सुदीप्ता भी नहीं है...'' मैं चौका था... ''वंदना है।'' उसने कहा।

''लेकिन फिर...'' मैं पूरी बात नहीं कह पाया।

''तब तक हम दोस्त नहीं हो पाए थे ना।''

''और अब?'' मेरी जिज्ञासा लगातार बढ़ रही थी।

"अब... अब, मुझे मालूम नहीं कि आप क्या समझ रहे हैं, लेकिन मुझे लगता है कि आपके रूप में, मुझे एक अच्छा दोस्त मिला है... मैं ऐसा ही मानकर चल रही हूँ। आप दूसरे ड्राइवरों की तरह नहीं हैं, यह तो मैं बहुत पहले ही समझ गई थी। तभी मुझे लगा था कि मेरे बारे में सब कुछ जानकर भी आप मुझसे घृणा नहीं करेंगे। आपसे मदद मिलने की उम्मीद भी मुझमें तभी से पैदा होने लगी थी..." कंचन से सुदीप्ता... और फिर अब वंदना हो चुकी, अपनी इस सहयात्री को अभी भी मैं ठीक से नहीं समझ पा रहा था, जबकि बहुत कुछ न कहने के बावजूद वह मुझे काफी नजदीक से समझने का प्रयास कर रही थी।

❑❑❑

तीसरा दौर शुरू हुआ। मुझमें घबराहट पैदा होने लगी। ऐसा होता भी है। तुम्हारे संदर्भ में भी तो यही हुआ था। यानी कोई चोर के हाथ में चाबी रख दे... और कहे कि तुमसे अच्छी सुरक्षा और कोई नहीं कर सकता। मैं एक अजीब-सा तनाव अनुभव करने लगा था। ऐसा शायद वैचारिक संक्रमण की वजह से हो रहा था। उसे पूरा-पूरा हासिल करने का विचार, जैसे अपनी शिफ्ट खत्म करके लौट रहा था... और उसका विश्वास, दोस्ती का सहज निमंत्रण, जिस्म और जज्बात में गजब का संतुलन—उसका दोस्त होने की शक्ल में, दूसरी शिफ्ट पर ड्यूटी करने आ रहा था।

"मैं आपको नाम से पुकार सकती हूँ?" थोड़ा चुप रहकर उसने पूछा था।

"मुझे अच्छा लगेगा।"

"ऐसा क्यों होता है राजा... कभी-कभी बहुत अविश्वसनीय लगने वाले व्यक्ति, आपके सबसे अधिक विश्वसनीय हो जाते हैं... और कभी आपके बहुत अधिक विश्वसनीय व्यक्ति भी, एक झटके-से भरभराकर गिर जाते हैं... अविश्वसनीय हो जाते हैं... अब देखो न, तुमसे कोई पूर्व परिचय, कोई संबंध, कोई रिश्ता मेरा नहीं था—लेकिन मैंने लगातार खुद को तुम्हारे नजदीक आते महसूस किया... माफ करना, मैं 'आप' से 'तुम' पर चली आयी—बिना तुम्हारी इजाजत लिए...।"

वह काफी देर तक ऐसा ही कुछ कहती रही। जैसे-जैसे दारू खत्म हो रही थी, सुरूर बढ़ रहा था... और जैसे-जैसे सुरूर बढ़ रहा था—मुझे अपने ही ऊपर कोफ्त चढ़ने लगी थी। नशे में ही सही, मगर मैंने यह निर्णय लिया था कि मुझे अपने खोल से बाहर आ जाना चाहिए। अपने भीतर एक तीव्र छटपटाहट मैं महसूस कर रहा था। जब और अधिक नहीं रोक पाया तो मैंने कह ही दिया, "आप जो कुछ मेरे बारे में सोच रही हैं, मैं वैसा आदमी नहीं हूँ... मैंने आपको एक 'औरत' ही समझा था, इससे अधिक कुछ नहीं... और आपको पूरा-पूरा हासिल करना चाहा था मैंने... आपको यहाँ लाने का मेरा मकसद भी यही था, जिसे आपने खुद ही पूरा कर दिया था... आपकी मदद करना नहीं... लेकिन... लेकिन..."

तभी वह उठी और उसने अपने दोनों हाथों में मेरे चेहरे को भर लिया। धीरे-धीरे मेरा सिर अपने सीने पर टिकाकर उसने थपथपा दिया। फिर मेरे चेहरे को ऊपर उठाया और बोली, ''मैं जानती थी राजा... यह सब भी जानती थी... फिर भी मुझे विश्वास है कि तुम्हारे बारे में मैंने जो कुछ भी कहा है, वह गलत नहीं है। मेरी जैसी लड़की से ज्यादा, दूसरों को समझने की ताकत और भला किसमें होगी... देखो, तुम्हारी दोस्त हूँ न मैं... चलो, तुम न भी मानो—कम से कम मैंने तो ऐसा ही माना है... फिर मैंने तो तुम्हें किसी भी बात के लिए मना नहीं किया...''

उसके दोनों हाथों को मैंने अपने चेहरे से हटा दिया और अपने हाथों में थामकर कुछ इस तरह कहा, जैसे मन पर रखा कोई बहुत बड़ा बोझ उतर गया हो, ''बस... अब ठीक है... जो कुछ मैंने आपसे कहा, वह सब कहने का साहस नहीं हो रहा था, इसी लिए तकलीफ हो रही थी...''

इसके बाद वह स्वयं बिस्तर पर जा बैठी और अपनी गोद में मेरा सिर रखकर मुझे वहीं लेटा लिया। अब मैं भी सहज था। सारी रात हम बतियाते रहे। इस दौरान तुम्हारा जिक्र भी चला आया था। शायद तुम में और उस में एक जैसी सामंजस्य बैठाने की क्षमता के कारण ही मैंने तुम्हारे बारे में उसे सब कुछ बता कर, अपने मन को और हल्का कर लिया था। उसने भी अपने घर-परिवार के बारे में बहुत कुछ बतलाया था... और उन बड़े-बड़े लोगों के बारे में भी, जिन्हें उसने 'नजदीक' से देखा था। शेष आधी रात... हम दोनों के बीच मित्रता की साक्षी थी।

❑❑❑

सुबह उठकर उसने कपड़े बदले और जब वह चलने लगी, तो मैंने डेढ़ सौ रुपये निकाल कर उसकी तरफ बढ़ा दिए। उसने बताया था कि उसे कुछ पैसों की बेहद जरूरत है... इससे अधिक मेरे पास थे ही नहीं। लेकिन उसने हाथ बढ़ाकर रुपये पकड़ने की बजाय, मुझे एकटक देखा था।

''तुमने कहा था न... कि तुम्हें हर रात बिकना पड़ता है... कभी उधारी, कभी मुफ्त में... और कभी नकद, वगैरा-वगैरा। सो, मुझे उधारबाजी या मुफ्तखोरी की आदत नहीं है... फिर तुमने एक रात तो मेरे साथ गुजारी ही है...'' मैंने कहा और शरारत से मुस्करा दिया। वह भी थोड़ा मुस्कराई। तभी फिर मैंने गंभीर होकर कहा, ''अरे नहीं यार! मैं तो मजाक कर रहा था... दोस्त हूँ न तुम्हारा... तो फिर रख लो...।''

वह कुछ क्षण मुझे देखती रही। धीरे-धीरे उसकी आँखें भर आयीं। वह रुपये लेकर चलने लगी, तो उसने पलटकर कहा था, ''राजा... मेरा नाम वंदना भी नहीं है... रुखसाना है और मैं मुस्लिम हूँ... मैं नहीं जानती कि इसके बाद तुम क्या सोचोगे, मेरे बारे में... मेरे नामों के बारे में... या मेरे मजहब के बारे में... लेकिन यही नाम अंतिम है...''

मुझे झटका-सा लगा था। एक बार को तो लगा था कि धोखा खा गए प्यारे! यह लड़की भी, उस तरह की दूसरी लड़कियों से अलग नहीं है... मगर फिर मैंने अपने इस बेहूदे विचार को झटका दिया था... झटके-से उसके साथ गुजारी पूरी रात मेरे जहन में उभर आई थी... और फिर क्योंकि अब मैं भी उसका दोस्त ही था, इसलिए वैसा कोई अविश्वास, मेरे दिमाग में जगह नहीं बना पाया था। मैं केवल मुस्करा दिया था। फिर उसके नाम या मजहब से अब कोई अंतर भी नहीं पड़ता था।

वह वापिस मुड़ती, इससे पहले ही मैंने कहा था, ''तुम रुखसाना भी नहीं हो...'' उसने विश्वास दिलाये जाने जैसी निगाह से देखा था। मैंने आगे कहा, ''अब तो तुम मेरा सर्वनाम हो!... क्योंकि तुम उनसे (मैंने तुम्हारे बारे में कहा था) अलग नहीं लगी हो... या उनके बाद केवल तुम्हीं मिली हो, जो उन जैसी हो...''

उसकी आँखों का पानी गहरा गया था। आँखें धुँधला जाने के बाद उसने अपनी तोतई रंग की साड़ी के पल्लू से धीरे-धीरे अपनी आँखों को पोंछा था... फिर पलट कर वह तेजी से दो कदम मेरी ओर बढ़ी और मेरे सीने से आ लगी... मैंने उसकी पीठ और सिर को धीरे-से सहलाया था। फिर उसके कंधों को धीमे से दबाया, तो वह कुछ सहज हो गई... और फिर धीरे-धीरे वह मेरे घर की सीढ़ियाँ उतर गई थी, एक बेहतरीन और खूबसूरत रात, मेरे साथ बिताने के बाद।

❑❑❑

अध्याय - 12

स्टेला और विशेष राय, दोनों से ही मैं बहुत प्रभावित हुआ था। दोनों ही, अपने-अपने 'व्यवसाय और चारित्रिक प्रतिबद्धताओं' के प्रति, प्रतिबद्ध थे। इन दोनों ही मित्रों ने—मुझे मेरे निर्णय पर ही टिके रहने में बहुत सहायता की थी।

उन्हीं दिनों कुछ सकारात्मक संकेत भी मिलने लगे थे, जिनकी नींव—बहुत पहले और शायद बार-बार मजबूत होती जा रही थी। लेखन का प्रशिक्षण तो डॉ. नरेंद्र कोहली की गोष्ठियों में होने ही लगा था। यहीं पर, लगभग 10वीं कक्षा में ही (आज के) डॉ. मीरा सीकरी, डॉ. प्रेम जनमेजय, डॉ. हरिश नवल, डॉ. हरियश राय, डॉ. सुरेश कांत, डॉ. राजेश कुमार आदि मित्रों से भी परिचय हो गया था। इन सभी अग्रज मित्रों से लेखन में बहुत मदद मिल रही थी। अनेक रचनाएँ भी धीरे-धीरे, यहाँ-वहाँ छपने ही लगी थीं। कॉलेज में भी बी.ए. ऑनर्स प्रथम वर्ष से लेकर एम.ए. अंतिम वर्ष तक 'छात्र संपादक' बनने का अवसर मिला। बी.ए. स्तर तक 'नवागत' और फिर एम.ए. में 'प्रतिबिम्ब' के संपादन कार्य ने, 'उस जिद को' और मजबूत कर दिया था।

इन्हीं दिनों मित्र राज कमल से परिचय हुआ। वे लेखक व चित्रकार, दोनों प्रतिभाओं में पारंगत थे। फिर एक बार 'संपादन के कीड़े ने काटा', तो खुद की पत्रिका निकालने की सनक सवार हो गई। अब तक के अनुभवों ने बहुत कुछ सिखा दिया था। यह 'हैंड कंपोजिंग' का दौर था। रांगे से बने हुए एक-एक अक्षर को जोड़ कर, पेज बाँधे जाते थे। उनके प्रूफ उठाकर, गलतियों को सुधारा जाता और फिर फर्मे तैयार किए जाते। मशीन की क्षमता के अनुसार अमूमन आठ पेज का एक फर्मा बनता था। उनके 'ऑड-ईविन' नंबर के हिसाब से छपाई होती थी, मगर उससे पहले, इन्हीं 'ऑड-ईविन' नंबर के अनुसार 'शिड्यूल' बनता कि कौन-सी रचना, किस पेज से कहाँ तक जाएगी। यह आरंभिक अनुभव जीवन में बहुत काम आया।

किन्तु फिर वही हुआ, जो इस तरह की पत्रिकाओं का हश्र होता है। जल्दी ही वह पत्रिका 'डूब' गई... और डूबी भी 'बहुत रोचक' कारणों से। हाँ, इतना जरूर हुआ कि इस अनुभव ने उन इरादों को और मजबूत बना दिया। पत्रिका तो डूब गई, मगर राज कमल के साथ पत्रिका का एक लम्बा दौर बाद में फिर वर्षों तक साथ चला। वैसे 'प्रिंटिंग तकनीक' की दृष्टि से, यह बहुत कठिन समय था। पहले 'हैंड कंपोजिंग' 'मोनो कंपोजिंग', 'लाइनो कंपोजिंग... और फिर 'ब्रोमाइड-पेस्टिंग' के कठिन प्रोसेस से हमारी 'छपाई प्रणाली' बदल रही थी।

मुझे याद आता है कि शायद यह वही आपातकाल का समय था। पूर्व प्रधानमंत्री इदिरा गाँधी अपने चरम पर थीं। उसी दौरान, तत्कालीन प्रतिष्ठित पत्रिका 'दिनमान'

में छपे एक आलेख के शीर्षक में, जहाँ 'इंदिरा गाँधी' कंपोज किया गया था, वहाँ तो वह ठीक था, मगर 'प्रूफ करैक्शन' के दौरान 'इंदिरा गाँधी' में से 'गाँ' पर आ का डंडा और चँद्र बिंदु का फॉन्ट किसी वजह से गिर गया और वह शब्द बिगड़ कर 'गधी' छप गया। अब तो कल्पना ही की जा सकती है कि फिर क्या बवाल मचा होगा!

❑❑❑

उस दिन शाम को पहली सवारी ही कनॉट प्लेस की मिल गई थी। उसे प्लाज़ा पर छोड़कर, मैं मोहन सिंह पैलेस के इंडियन कॉफी हाउस चला आया था। गाड़ी नीचे ही लॉक कर ऊपर आया, तो देखा कि सभी वरिष्ठ व समकालीन कथाकार-कवि मित्रों का जमावड़ा लगा हुआ था। विष्णु प्रभाकर, जैनेन्द्र, रमेश बतरा, रमेश उपाध्याय, योगेश गुप्त, ब्रजेश्वर मदान, राजकुमार गौतम, रामकुमार भ्रमक, बलराम, डॉ. चंद्रीकेश आदि और कुछ अपने जैसे नौसिखिये युवा रचनाकार।

ऊपर पहुँच कर, मैंने एक कुर्सी खींची और उसी 'सत्संग' का हिस्सा हो गया। तभी रमेश बतरा की नजर मुझ पर पड़ी, तो वे उठकर मेरे पास आए और मुझे उठाकर गले लगा लिया। मैं तो घबरा ही गया था। उन्होंने सभी वरिष्ठजनों से मेरा परिचय कराया था, ''यह राजा है, जैसा दिखाई दे रहा है, इसकी एक कहानी भी, इसी की तरह बिंदास है। इसने एक ऐसे विषय पर कहानी लिखी है, जिस विषय के पात्रों को हम इंसान भी नहीं मानते।''

सभी ने प्रशंसा की नजर से मेरी तरफ देखा था। इतने वरिष्ठ साहित्यकारों में अपने ऐसे परिचय की कल्पना करना—वह भी उन रमेश बतरा से, जिन्होंने पान की पीक दबाये हुए ही, मुझे 'चलता' कर दिया था! मन कुछ गीला-सा हो गया। इसके बाद वे मेरी उसी कहानी के कसीदे पढ़ते रहे, जो मैं उस दिन सारिका के कार्यालय में उन्हें दे आया था।

बात, जब दूसरी किसी तरफ मुड़ गई, तब मैंने धीरे-से रमेश बतरा से कहा था, ''लेकिन भाई, उस कहानी के बारे में मुझे तो कोई भी सूचना नहीं मिली। न ही स्वीकृति और न ही वापसी की!''

''अच्छा, तू एक काम कर—संपादक जी (कन्हैया लाल नंदन) के नाम एक चिट्ठी लिख दे कि महोदय यदि आपकी पत्रिका (सारिका, जिसमें वे स्वयं कार्य करते थे) मेरी उक्त कहानी के स्तर की न हो या आपको मेरी कहानी समझ में न आई हो, तो कृपया आप मेरी वह कहानी लौटा दें ... लिख दे! हम सभी ने तेरी कहानी को रिकमेंड किया है, मगर वह उनकी फाइलों में दबी पड़ी है!''

मैं तब तो नहीं जानता था, किन्तु बाद में पता चला कि नंदन जी, कुछ महीनों के अंक निर्धारित करने के बाद, फिर महीनों तक व्यस्त हो जाया करते थे।

जब 'सभा विसर्जन' होने लगी, तब रमेश बतरा ने मेरे कंधे पर हाथ रखा और

मुझे सबसे अलग ले गए। आज वे पान चबाकर, चुप रहने के मूड में नहीं थे। साइड पर ले जाकर उन्होंने कहा, ''राजा, मेरी बात ध्यान से सुन! तेरे लिए एक अच्छा मौका है। एन.बी.टी. (नवभारत टाइम्स) में कुछ वेकेंसी निकली हैं, तू अप्लाई कर दे!... मगर मैं तेरी कोई मदद नहीं कर पाऊँगा!''

''ठीक है भाई! कोई बात नहीं, मुझे खुद पर भरोसा है। आपने रास्ता दिखाया, मैं आभारी हूँ! दरअसल, यही मेरे जीवन का स्वप्न भी था कि 'एक दिन वही आदमी बनूँगा, जिसे सबसे पहले यह पता चल जाता है कि—कहाँ गोली चली, कहाँ बम फटा... और कितने मरे, कितने घायल!' आपने तो जैसे मुझे पंख ही लगा दिए।''

❑❑❑

लौटकर मैंने दोनों ही काम कर दिए थे। एक तो नंदन जी को पत्र लिख दिया था। वैसे नहीं लिखा था, जैसा भाई रमेश बतरा ने बताया था। शालीनता से ही लिखा था कि 'संपादक महोदय, यदि मेरी कहानी आपकी प्रतिष्ठित पत्रिका के योग्य न हो तो कृपया लौटा दें।' उन दिनों डाक टिकट लगा लिफाफा रचना के साथ भेजना होता था। जवाब में नंदन जी का पत्र, एक ही सप्ताह में आ गया था, 'दौड़ते हुए चले आओ, मैं तुमसे मिलना चाहता हूँ!'

यह कहानी सारिका में छपी, तो धमाल हो गया। इसमें फोटो के साथ मेरा पता भी छपा था। हर दूसरे-तीसरे दिन, देश-भर से दो-चार पत्र मेरे घर पहुँचने लगे थे। इससे ज्यादा, शायद सारिका के कार्यालय में आ रहे थे।

पत्र तो माँ ही रिसीव करतीं और वे पिता जी के लौटने से पहले ही, सेंट्रल टेबिल पर रख दिया करतीं। पिता जी भी देखते-पढ़ते तो जरूर, मगर फिर माँ से कहते, ''ये उसके लैटर हैं, उसी की टेबिल पर रखिये।'' माँ का 'काम' पूरा हो जाता! उन दोनों के अलग-अलग मनोभावों का मैं अनुमान-भर ही लगा पाता—और मैं.... मैं तो 'बल्लियों उछलने लगा था!'

दूसरी तरफ, मैंने नभाटा (नवभारत टाइम्स) के लिए आवेदन कर दिया था, मगर—'बड़े-बड़े संस्थानों में... बड़ी-बड़ी बातें, होती ही रहती हैं!'

❑❑❑

अब तक मित्र दयानंद अरोड़ा, दिल्ली विश्वविद्यालय के शिवाजी कॉलेज में प्राध्यापक हो गए थे। किसी कार्य से उनका साउथ कैंपस आना हुआ, तो वे लाइब्रेरी चले आए थे। मैं अभी कुछ पढ़ ही रहा था कि उन्होंने पीछे से आकर मेरी आँखों को, अपनी उँगलियों से ढंक लिया। ऐसा आपके साथ भी हुआ होगा, जब किसी मित्र ने पीछे से आकर आपकी आँखों को ढाँप लिया, मगर कहा कुछ नहीं! इसका यही अर्थ होता था कि आप उसे 'केवल छूने से' पहचान सकते हैं या नहीं!

''दयानंद!'' मैंने कहा था।

आपको आश्चर्य हुआ न! जबकि उनके उस समय, वहाँ चले आने की कोई संभावना नहीं थी। उन्हें भी हुआ था, मगर मुझे उनकी इस छुअन से कतई आश्चर्य नहीं हुआ था। कारण कि यहाँ फिलहाल मैं वरिष्ठतम छात्र था। इसलिए कोई जूनियर ऐसा नहीं करेगा और दूसरा सबसे बड़ा कारण कि आप जब अपने बहुत निकट के मित्रों के हाथों को अपने हाथों में थामते हैं, तो उनकी कोमलता-कठोरता या फिर अंगूठियों का अनुमान आपको हो जाता है।

"अरे! मेरे भाई ने कैसे जाना?"

"आपकी गंध से! यह तो मेरे नथुनों में बसी है!" मैंने कहा था।

फिर इधर-उधर की बातों के बाद हम कैंटीन चले आए थे। यहाँ सांभर-वड़ा खाते हुए उन्होंने कहा था, "कहाँ तक पहुँचा काम?"

"हाँ, चल रहा है। अपनी स्पीड से... स्नॉप्सिस तो पास हो ही गए थे, अभी केवल पढ़ने और नोट्स बनाने पर ही ध्यान दे रहा हूँ। प्रस्तावना और सामाजिक ताने-बाने पर दो अध्याय लिख लिए हैं! कहानियों में 'वर्ग-संघर्ष' पर भी नोट्स बन गए हैं।

वे कुछ क्षण खामोश रहे, फिर बोले, "आप तो पढ़ाते भी रहे हैं। डी.यू. (दिल्ली यूनिवर्सिटी) में कुछ पद निकले हैं। उनमें हिन्दी विभाग में भी जगह हैं, कुछ कॉलेज में। आप कहें, तो मैं अधिक जानकारी जमा करूँ?"

"आभार भाई! पढ़ाना मुझे अच्छा लगता है, मगर वह मेरा लक्ष्य नहीं है। मैंने हमेशा ही अध्यापन को दूसरे विकल्प के रूप में रखा है! यदि कभी ऐसा लगा कि पहला विकल्प संभव नहीं हो पा रहा—तभी अध्यापन का रास्ता चुनूँगा! हम एक ही 'गुरुकुल' (नरेन्द्र कोहली आश्रम तथा साउथ कैंपस भी) से निकले हैं। मुझे यकीन है कि आप एक अच्छे आध्यापक साबित होंगे!"

थोड़ा रुककर मैंने कहा था, "लेकिन मैं गुरुवर से भी अलग कुछ और ही करना चाहता हूँ!... और मुझे लगता है कि अब मैं अपने लक्ष्य के बहुत करीब हूँ!"

इसके बाद हम लाइब्रेरी के बाहर आ गए थे और साउथ एक्सटेंशन की मार्केट में टहलते हुए घंटों बतियाते रहे। सभी पुराने मित्रों का जिक्र चला और बहुत-से 'पुराने प्रसंग' फिर से उभर आए थे। काफी समय बाद एक अच्छी शाम हाथ लगी थी और मैं इसे खोना नहीं चाहता था। सोचा देर से निकलूँगा।

राकेश, ऑटो कैंपस की लाइब्रेरी पर लगाकर, चाबी गार्ड साहब को दे गए थे।

❑❑❑

यह एक शनिवार की रात थी।

अगले दिन अपने नियमानुसार मैं 11-12 बजे के आसपास घर लौटा था। हाथ में कुछ पत्रिकाएँ, पुस्तकें और फाइलें भी थीं। सीढ़ियाँ चढ़कर अंदर आया, तो महसूस हुआ कि ड्राइंग रूम में, पिता जी के पास कुछ लोग बैठे हैं। कनखियों से देखकर मैं

अपने कमरे की तरफ बढ़ गया। सारा सामान मैंने स्टेडी टेबल पर रखा और खाना खा कर कुछ देर सोना चाहता था। तभी माँ चली आईं। उन्होंने पानी का गिलास मेरी मेज पर रखा, "बुला रहे हैं!" माँ के सहमे हुए चेहरे से किसी अनिष्ट की आशंका उपज रही थी। फिर जो भी रहा हो, मामला मुझ ही से जुड़ा हुआ लगा था।

"कौन आया है?" मैंने पूछा।

"चल के देख ले!" माँ ने अनमना-सा जवाब दिया और चल दीं। भाई-बहनों की तरफ देखा कि शायद इन्हीं से कोई 'क्लू' मिल सके, मगर सभी के चेहरों पर, जैसे कोई 'शोक धुन' बज रही थी। दिल की धौकनी चलने लगी। अपनी सभी 'छावनियाँ' जैसे ध्वस्त हो गई थीं। मंझली बहन से पूछा, वह भी एम.ए. कर चुकी थी और मुझे सबसे बेहतर भी वही समझती थी, "क्या हुआ बहन?"

"जाइए न, जाकर खुद देखिए! जो काम करते हुए नहीं सोचा, तो उसके परिणाम को लेकर क्यों परेशान हैं?" मंझली ने भी, सवाल के जवाब में, सवाल ही परोस दिया।

कुछ क्षण मन को शांत किया। माँ का रखा गया पानी पीया। पल-भर सोचा कि 'पिछली सभी कहानियों में' मैंने कोई पाप नहीं किया। फिर पूरे आत्मविश्वास के साथ ड्राइंग रूम में चला आया था। वहाँ उपस्थित सभी को नमस्कार किया और दरवाजे पर ही खड़ा रहा। अचानक निगाह पड़ी—डॉक्टर महेंद्र मधुकर! फिर वही मैम! एक युवक और एक युवती, उनके साथ।

मैंने बताया था आपको—इस पेशे में सैकड़ों सवारियाँ मिलती हैं—सभी को अपनी दिमागी एलबम में संजोना तो संभव नहीं है, मगर यदि मैं किसी भी इंसान को, किसी भी विशेष कारण से एक बार देख लूँ... तो फिर उसे कभी नहीं भूलता।

यह डॉ. महेंद्र मधुकर थे और उनके साथ वही आंटी, जिन्हें मैं एक बार पुरानी दिल्ली रेलवे स्टेशन से लेकर, जी.के. (ग्रेटर कैलाश) आया था।

मेरे सामने आते ही उन्होंने अपने बच्चों से कहा था, "देखिए आप लोग! ऐसे होते हैं, होनहार बच्चे! यह बेटा पीएच.डी. कर रहा है, मगर अपने माँ-बाप पर 'बोझ' नहीं है—ऑटो चला रहा है, मगर अपने घर-परिवार और गुरुओं के दिए संस्कार नहीं भूले इस लड़के ने! बल्कि साबित किया कि लक्ष्य तक पहुँचने के लिए कोई काम छोटा-बड़ा नहीं होता।"

ओह माई गॉड! यह क्या हो गया?

डॉ. महेंद्र मधुकर अपने दोनों बच्चों में एक संस्कार, एक चेतना भर रहे थे मगर, मैं और माँ, दोनों ही 'चेतना शून्य' हो गए थे। उन दिनों, 'युद्ध क्षेत्र में महिलाओं का प्रवेश वर्जित था!' इसलिए भी माँ अपनी रियासत (किचन) का ही करोबार सँभाल रही थीं। मैंने उनकी तरफ देखा भी, किन्तु वहाँ से सहानुभूति का कोई संकेत नहीं पाया।

"देखिए सर, मैंने पहले भी आप से कहा कि आपको कोई गलतफहमी हुई है। यह पीएच. डी. तो जरूर कर रहा है, मगर अभी इसका बाप जिंदा है। इसका स्तर इतना

भी नहीं गिरा कि यह 'ऑटो-फॉटो' चलाये... आपको जरूर कोई 'मिसअंडरस्टैंडिंग' हुई है।''

डॉ. महेंद्र मधुकर ने चाय खत्म कर, कप-प्लेट सामने रखे, ''कैसी बात कर रहे हैं आप भाई साहब! ऐसे होनहार बच्चे ईश्वर किस्मत वालों को ही देता है।'' वे काफी देर तक ऐसा ही कुछ कहते रहे।

तभी आंटी ने भी कहा, ''बात सिर्फ ऑटो चलाने या रिसर्च करने की भी नहीं है भाई साहब... मैं खुद गार्गी कॉलेज में प्रोफेसर हूँ। बात तो उन संस्कारों की है, जो आपने और बहन जी ने इस बच्चे को दिए हैं। ऑटो चालक तो बहुत हैं दिल्ली में, रिसर्च करने वाले भी कम नहीं हैं, मगर इतने संस्कारवान नहीं हैं!'' मैं स्वयं को इतने सुंदर शब्दों में व्याख्यायित होते हुए सुनकर तो आनंद अनुभव कर सकता था, किन्तु संभावित बवंडर ने इस कथित आनंद की हवा ही निकाल दी थी।

''आप जानते हैं इन्हें?'' पिता जी ने अब मुझे 'रिमांड' पर ले लिया था। झूठ बोलने से तो कोई फायदा था ही नहीं—लिहाजा सच पर ही अड़े रहना मैंने बेहतर समझा।

''जी!''

''सर, चाय पी ली आपने?'' पिता जी ने उनसे पूछा था, ''आपका बहुत धन्यवाद कि आप मेरे लड़के को इस योग्य समझते हैं!'' फिर मुझसे कहा, ''चलिए, इन्हें नीचे तक छोड़कर आइए!'' शायद पिता जी अभी भी मुझे उतना ही संस्कारवान बनाए रखना चाहते थे।

❑❑❑

मैं चुपचाप नीचे उतर आया था। कुछ क्षण के बाद वे चारों भी नीचे आ गए थे। वे अपनी गाड़ी से आए थे। मेरे कंधे को थपथपा कर उन्होंने कुछ सामान्य बातें कीं। मेरे शोध कार्य के बारे में पूछा, फिर बोले, ''कोई भी परेशानी हो, तो कभी भी घर आ सकते हो!''

''जी, जरूर!''

उन्होंने गाड़ी का दरवाजा खोला, तो मैंने झुक कर उनके पाँव छू लिए। उनके बेटे से हाथ मिलाया और बिटिया को नमस्कार किया। मेरा अनुमान था कि ये दोनों अभी किसी कॉलेज या स्कूल में ही पढ़ रहे होंगे।

वापिस लौटकर, सीढ़ियाँ चढ़ना मुझे बहुत भारी लग रहा था। पिता जी के चिल्लाने की आवाज सीढ़ियों में ही आ रही थी। वे माँ पर बुरी तरह बिगड़ रहे थे। एक तो वही, सर्वकालिक वाक्य, 'तुम्हीं ने सिर पर चढ़ा रखा है इसे। दिमाग खराब कर दिया है इसका!'

मेरे अंदर आते ही, जैसे बवंडर उठ खड़ा हुआ था, ''यही दिन देखना बाकी रह गया था? यह सब करने से पहले, अपने बाप की, घर-परिवार की इज्जत का खयाल नहीं आया? अच्छी-भली, लगी-लगाई नौकरी को लात मार कर क्या सोचा था—

कलैक्टर बनेगा? तीन साल हो गए, नौकरी छोड़े... कौन-से तीर मार लिए? जब मर्जी जाना, जब मर्जी आना—यह क्या आवारागर्दी हो रही है?''

मैं चुप। उन्होंने माँ को घेरा, ''यह भी पूछ लो—कभी पता चले कि पढ़ाई भी फर्जी हो रही है!... तरीके से पढ़-लिख कर, कोई शराफत की नौकरी नहीं हो सकती इससे?''

माँ भी चुप। मन तो हुआ, कह दूँ—'आपने ही तो कहा था कि कमा कर देखो, तब पता चलेगा कि पैसा कैसे कमाया जाता है! वही तो कर रहा हूँ बचपन से... आपके आगे तो हाथ नहीं फैलाया न!'

''इतना भी खयाल नहीं आया कि बहनों की शादी-ब्याह कैसे होगी? क्या पूछेंगे लोग कि भाई क्या करता है?...'' वे फिर मुझसे मुखातिब हुए, ''क्या कहेंगे, हम ऑटो चलाता है? कोई और काम नहीं मिला, डूब मरने को?...''

फिर मन हुआ कि कहूँ, 'मेहनत-ईमानदारी से किया गया, कोई काम बुरा नहीं है! अभी तक तो यही सुना था...' पर हिम्मत नहीं हुई। वे इसी तरह काफी देर तक बरसते रहे। माँ ने उन्हें समझाने की कोशिश भी की थी, ''आप शांत हो जाइए, अब से नहीं चलाएगा।'' उन्होंने माँ को भी झिड़क दिया था।

माँ ने मुझे आँखों से संकेत किया था कि मैं उनसे कहूँ—'अब से नहीं चलाऊँगा!' किन्तु मैं शशोपंज में पड़ गया था। ऐसा मैं कहना नहीं चाह रहा था, क्योंकि मुझे अभी भी इसमें कुछ बुरा नहीं लगा था। फिर बस, कुछ ही दिनों की तो बात है, जैसे ही मेरे मन की कोई राह मिलेगी, तब छोड़ दूँगा। वैसे भी, यह कार्य मेरे जीवन का लक्ष्य नहीं है। फिर, जितना मैंने अभी तक पुस्तकों से सीखा है, उससे कहीं अधिक जिंदगी ने ही सिखाया है।

मैं चुप बना रहा, तो माँ ने फिर संकेत किया। इस बार कुछ 'सख्त अंदाज' में।

''ठीक है, दो-चार दिन में बात करके, छोड़ दूँगा।'' मैंने कहा।

''नहीं, कल से!'' वे फिर गरजे। इस बार मैं कुछ नहीं बोला। चुपचाप उठकर अपने कमरे में चला आया। इसके आगे का संग्राम उन्हीं दोनों के बीच था।

पिता जी 'हुड्डा साहब' तो नहीं थे, मगर इस बार उन्हीं की वजह से अपनी रोजी-रोटी जाती रही।

❑❑❑

कहते हैं न!... कि 'ईश्वर, हम सभी की जिंदगी में, यदि एक रास्ता बंद करता है, दो रास्ते खोल देता था!' हुआ भी वही। पिछले दिनों डॉ. जगदीश चंद्रीकेश से, उन्हीं के कार्यालय 'कादम्बिनी' के संपादकीय विभाग में मिलना हुआ था। तब लेखन और पत्रकारिता की तरफ मेरा रुझान देखकर, उन्होंने 'दिल्ली प्रेस पत्र प्रकाशन संस्थान' में आवेदन भेज देने का सुझाव दिया था। वे स्वयं भी यहीं से होकर आए थे। इस प्रकाशन

संस्थान की पत्रिकाएँ, 'सरिता', 'मुक्ता', 'गृहशोभा', 'चंपक', आदि निकलती हैं। इस संस्थान के संस्थापक, संपादक विश्वनाथ जी थे और यहाँ के संपादकीय विभाग का कार्य परेश नाथ जी देख रहे थे।

डॉ. चंद्रीकेश ने समझाया था कि आवेदन में अपनी शिक्षा, आलेख आदि का उल्लेख करने के बाद, लिख देना—'संप्रति : ऑटो रिक्शा चालक'। एक और बात उन्होंने समझाई थी, जो 'अकबरनामा' की तर्ज पर थी... 'इस संसार को एक पुलिया समझना, यहाँ से होकर गुजर जाना, यहाँ घर बनाने का विचार अपने मन में मत लाना!'

उन्होंने कहा था कि 'बेटा! दिल्ली प्रेस को एक पुलिया समझना, यहाँ से आगे निकल जाना! यहीं टिके रहने का विचार अपने मन में मत लाना!'

सो, राकेश उस्ताज्जी से बात करने के बाद, अगली सुबह मैंने ऑटो की चाबी जज साहब को सौंप दी थी। कारण बताया था कि पढ़ाई में बाधा आ रही है। उनके और आंटी के पाँव छूकर लौट आया था। तकरीबन दूसरे या शायद तीसरे दिन मुझे 'दिल्ली प्रेस' से पत्र आ गया था। मेरी शिक्षा और वर्तमान कार्य, किसी के लिए भी 'अजूबा-सा' था। पत्र स्वयं विश्वनाथ जी की ओर से था। मुझे सीधे 'साक्षात्कार' के लिए बुलाया गया था।

विश्वनाथ जी बहुत पारखी नजर रखते थे। थोड़ा-सा मेरे शोध कार्य तथा लेखन आदि के बारे में पूछा, फिर वे 'मूल विषय' पर आ गए थे। ऑटो चलाने से जुड़े पचासों सवाल और जिज्ञासाएँ उनके मन में थीं... या फिर वे मेरी सत्यता परखाना चाह रहे थे। मीटर में 'हेराफेरी' (फिरकी घुमाने) से लेकर ट्रैफिक पुलिस तक उनके सभी सवालों के जवाब मैंने दिए थे। बीच में उन्होंने मुझे चाय भी पिलाई थी। बाद में, अन्य मित्रों से पता चला कि वे अब न तो स्वयं कोई इंटरव्यूह लेते हैं, न ही किसी प्रत्याशी से मिलते हैं। चाय पिलाना तो मेरे लिए बड़े ही सौभाग्य की बात थी।

"अच्छा, अब आप बाहर बैठिये... और अपने अनुभवों पर एक आलेख लिख दीजिए!" उनका आदेश हुआ था। उन्होंने अपनी पी.ए. (निजी सहायक) को बुलाकर, प्रबंध करने के लिए कहा था। मैं समझ गया था कि यह मेरी लेखकीय क्षमता को परखने के लिए, एक प्रकार से 'लिखित परीक्षा' ही थी।

❑❑❑

अगले सप्ताह परेश नाथ जी का पत्र मिला था। इसमें 'साक्षात्कार' जैसा तो कुछ नहीं थी, पर लिखा था—'मिल लें!' मैं गया, तो अपने साथ दो आलेख भी ले गया था। एक था, 'आपका हस्तलेख, आपके व्यक्तित्व की पहचान है!' (संयोग से अपना हस्तलेख भी ठीक-ठाक ही है) और दूसरा आलेख था, 'भाषा में वशीकरण होता है!'

मैं जब परेश जी से मिलने पहुँचा, तो मैंने पाया कि मेरी 'पूर्व लिखित परीक्षा' वाला आलेख उनकी मेज पर सामने ही रखा था। परेश जी आयु में मुझसे बहुत ज्यादा

बड़े नहीं थे। जीवन और शिक्षा से जुड़ी बातों के बाद, वे भी 'ऑटो पुराण' पर ही आ गए थे। कुछ संक्षिप्त और रोचक अनुभव मैंने उन्हें भी सुनाये थे। (इतने विस्तार से नहीं, जितने कि आपको अपने ऑटो में बैठाकर सुनाये हैं!)

"और, आजकल क्या लिख रहे हैं?" परेश जी ने पूछा था।

मैंने वही, पहला आलेख उनके सामने रखा दिया—'आपका हस्तलेख, आपके व्यक्तित्व का प्रमाण है!'

वे मुस्कराये, फिर बोले "जी हाँ मैं देख रहा हूँ!... और?"

अब मैंने दूसरा आलेख भी उन्हें सौंप दिया—'भाषा में वशीकरण होता है' (अर्थात् हम बोलकर, या लिखकर सामने वाले को अपने पक्ष में प्रभावित करते हैं)।

परेश जी फिर मुस्कराये, "जी हाँ, मैं सुन रहा हूँ!" थोड़ा रुक कर उन्होंने कहा, "क्या ये आलेख हम अपने यहाँ प्रकाशित कर सकते हैं?"

"जी, मेरा सौभाग्य!" मैंने दोनों हाथ जोड़ दिए।

"कब से ज्वाइन करेंगे?" उन्होंने सीधे पूछा था।

"आप आदेश करें!" मैंने विनम्रता के साथ कहा।

"मंडे से आ जाइये!"

"जी!"

"लैटर आपको तभी मिल जाएगा... और सभी टर्म्स-कंडीशनस् भी समझा दी जाएँगी।" वे एक बार फिर मुस्कराये थे। बाद में जाना कि परेश जी तो बहुत कम 'बोलते और मुस्कराते' थे।

अगले मंडे को मैंने ज्वाइन कर लिया था।

❑❑❑

[हालाँकि यहाँ से पहले ही, आपका और मेरा साथ छूट चुका है... कम से कम 'सवारी और ड्राइवरी' का नाता तो जाता ही रहा... मगर क्योंकि राकेश उस्ताज्जी ने कहा था कि बेटा! कभी, किसी भी सवारी को अधर में मत छोड़ना... जब तक उसे उसका मुकाम न मिल जाए—बीच में मत उतारना। लिहाजा 'आपका किराया' तो पूरा हुआ, मगर 'मुकाम' अभी भी बाकी है! इसलिए अब आप मेरी 'सवारी' तो नहीं हैं, किन्तु इतनी लम्बी यात्रा में, सहयात्री होने से भी, आपस में इतना जुड़ाव तो हो ही जाता है। इसलिए 'ऑटो पर न सही', मगर अगले कुछ पड़ावों तक हम साथ-साथ चलेंगे!]

'दिल्ली प्रेस' चले आने पर, बहुत प्यारे-प्यारे मित्र मिले। व्यावहारिक पत्रकारिता का अध्याय भी शुरू हो गया था। विवेक सक्सेना, विश्राम वाचस्पति (जो स्व. इंद्रविधा वाचस्पति के पुत्र तथा श्रद्धेय स्वामी श्रृद्धानंद जी के पौत्र हैं) श्रीशचंद्र मिश्र, डॉ. मेहरुद्दीन खां, सुभाष भारद्वाज, प्रीति श्रीवास्तव, गीता, कमलेन्दु, रानी बग्गा, हरीश पाठक, राकेश

तिवारी, दिनेश तिवारी, मुकुल गर्ग, अनीता सिंह सहित बहुत प्यारे मित्र—यहीं 'दिल्ली प्रेस' में आकर मिले।

एक और प्यारा अनुभव, जो यहाँ आकर मिला—वह यह कि इस संस्थान में किसी भी कर्मचारी को ज्यादा गर्दन उठाने की इजाजत तो नहीं थी... मगर पत्रकारिता के स्तर पर, कहीं झुक जाने या गर्दन झुकाने की भी सख्त मनाही थी। यही कारण था कि उत्तर प्रदेश की 'एक बहुत बड़ी अधिकारी के द्वारा, मेरी ही एक 'खबर' पर कथित 'मानहानि का पहला मुकदमा ' भी यहीं आकर लड़ना पड़ा—और अपने अब तक के अनुभवों के आधार पर, धुआंधार रिपोर्टिंग का 'खुला हाथ' भी मिला। यहीं आकर, उन 'कैबरे हाउसों' पर भी धड़धड़ा और सप्रमाण रिपोर्टिंग हुई—और अँधेरी दुनिया के वे 'नाइट और सुपर नाइट शो' बंद हो गए।

विशेष राय ने कोई और जरिया तलाश कर लिया। स्टेला, अपने घर—'कोयंबटूर' लौट गई थी। अन्य का मुझे पता नहीं। ये सारी खबरें सप्रमाण तो छपी थीं, मगर 'बाई लाइन' *(संवाददाता के नाम सहित)* नहीं थीं। ऐसा परेश जी के सुझाव पर ही किया गया था। वह 'कथित मानहानि' का मुकदमा भी, लखनऊ उच्च न्यायालय से जीता गया था, जबकि वे महिला अधिकारी, वहीं पर पदासीन थीं। *(वे आज भी अपने आपराधिक कर्मों के कारण, गाजियाबाद की डासना जेल में बंद हैं!)*

'दिल्ली प्रेस' किसी भी युवा पत्रकार के लिए एक कुम्हार के 'चाक' की तरह है। बाद में पता चला कि वरिष्ठ कथाकार और सारिका के पूर्व संपादक कमलेश्वर और 'माधुरी' फिल्म पत्रिका के पूर्व संपादक अरविंद कुमार भी, दिल्ली प्रेस से ही अपनी पत्रकारीय यात्रा आरंभ कर चुके थे।

❑❑❑

मैंने कहा था न आप से कि 'ईश्वर एक रास्ता बंद करता है, तो दो रास्ते खोलता है!'

कुछ ही दिनों में नवभारत टाइम्स के लिए, लिखित परीक्षा देने का पत्र आ गया। किसी को भी बिना कुछ बताए मैंने वह परीक्षा दी थी। उस परीक्षा के लिए, मुझे उसी 'टाइम्स हाउस' आना पड़ा... जहाँ कभी, सड़क के किनारे लगी जालियों से, नीचे झाँक कर मैंने, पहली मर्तबा यह देखा था कि 'अखबार कैसे छपता है?' उसी टाइम्स हाउस में, जिस प्रेस एरिया में, रात को कभी भी चले आने पर मुझे सवारी मिल जाया करती थी... और जहाँ एक रात 'इंडियन एक्सप्रेस' की पत्रकार अंजना मुखर्जी मुझे सरदार जी के ठीये पर मिली थीं, जिनसे बाद में अच्छी मित्रता हो गई थी।

लिखित परीक्षा देकर मैं भूल गया था, क्योंकि यह संभावना बहुत कम थी कि यहाँ मेरा चयन हो सकता है! उस परीक्षा में अनेक नामधारी लोग भी शामिल थे। नाम तो अपना भी होने ही लगा था, मगर 'हमें ही खुद की खबर नहीं थी!' फिर भी लगा कि यह पहाड़ चढ़ना शायद कठिन रहेगा। ऐसा नहीं कि कथित 'गॉड फादर' तब नहीं

होते थे या केवल बॉलीवुड में ही होते थे। आजादी के बाद से ही, पहले राजनेताओं ने 'गॉड फादर' बनना शुरू किया। बाद में, हर तरफ ऐसे 'फादर' पनपने लगे—और धीरे-धीरे इन कथित 'फादरों' ने ही हमारी समूची प्रजातांत्रिक व्यवस्था को, 'ऑक्टोपस' की तरह, अपनी 'अष्ठ भुजाओं' में जकड़ लिया। फिर, अपनी तो—'अपने फादर' से ही नहीं बनीं, ऐसे में गॉड फादर तलाशना... और उसे अपनी खुद्दारी के साथ झेलना—अपने बस के बाहर था।

खैर, तीन महीने बाद पता चला कि लिखित परीक्षा मैंने भी पास कर ली है। यहाँ किसी और को संदेह रहा हो, मगर मुझे स्वयं कोई संदेह नहीं था कि इस स्तर पर मुझे हरा पाना, मेरे ज्ञात-अज्ञात प्रतिस्पर्धियों के बस का नहीं था।

पत्र मिला था—'आपने लिखित परीक्षा पास कर ली है। बधाई एवं शुभकामनाएँ! साक्षात्कार के लिए आपको सूचित किया जाएगा।' हालाँकि लिखित परीक्षा के लिए भी—आवेदन में आए सैकड़ों पत्रों की छंटनी के बाद ही कुछ लोगों की लिखित परीक्षा का निर्णय लिया गया था, इसलिए लगा कि 'दो कदम तो' आगे बढ़े ही।

दरअसल, कथित पारदर्शिता के नाम पर—'असली खेल' भी यहीं शुरू होता है... और वह हुआ भी! दो महीने बाद साक्षात्कार के लिए पत्र आया। यहीं, इसी टाइम्स हाउस में बुलाया गया था। थर्ड फ्लोर पर। यह थर्ड फ्लोर टाइम्स हाउस में 'इंद्र लोक' माना जाता था। सभी मालिकान, वरिष्ठतम अधिकारी, वरिष्ठ कर्मचारी आदि—इसी लोक पर विचरण करते थे। हर तरफ एक 'सुगंधित खामोशी'। कलात्मकता और रचनात्मकता की एक से बढ़कर एक नायाब कलाकृतियाँ, मूर्ति शिल्प, अद्‌भुत 'परीलोक-सा' इंटीरियर। सभी कुछ बहुत भव्य, सुव्यवस्थित, बहुत संभ्रांत, सुरुचिपूर्ण था।

बाहर, सड़क के पास की जाली से नीचे झाँकते समय मैंने कल्पना भी नहीं की थी कि—इस ऊपर खड़ी अट्टालिका में ऐसा कोई इंद्र लोक भी होगा! कुछ क्षण को वही सवाल पुनः उभर आया था कि—यहाँ से अखबार निकलने के कोई लक्षण दिखाई नहीं दे रहे... लेकिन अब तक मैं समझने लगा था कि यहाँ से अखबार निकलता नहीं है, नियंत्रित होता है! बाद में पता चला कि यहाँ से नियंत्रित होकर, वह इसके निचले फ्लोर से संचालित होता है और फिर तमाम प्रशासनिक प्रक्रियाओं से होता हुआ—भूमिगत तलों से निकल कर मेरे जैसे किशोरों, युवकों या अन्य के हाथों तक पहुँचता है और फिर वह हर सुबह पाठकों तक पहुँच जाता है!

इस थर्ड फ्लोर ने मुझे इतना अभिभूत कर लिया था कि पिछले आठ-दस वर्ष के सभी चित्र किसी फास्ट रिवाइंड की तरह पीछे लौट गए थे। सभी कुछ फ्लैश बैक में उभर आया था। मुझे वही, आर.के. पुरम के पास बने, राज टॉकिज का वही चौराहा याद आ गया, जहाँ से मैं इन्हीं सब अखबारों और पत्रिकाओं के बंडल लेकर घर-घर पहुँचाता रहा था।

❑❑❑

वहाँ उपस्थित सभी युवक-युवतियाँ एक-दूसरे का परिचय पा रहे थे और यह भी पूछ रहे थे कि 'आप किस रेफ्रेंस (गॉड फादर) के साथ आए हैं?' कोई अपना गॉड फादर होता, तभी तो उसका नाम बताते! सारिका के मित्र बड़े भाई अवधनारायण मुद्गल, रमेश बतरा, सुरेश उनियाल, बलराम, अरुण वर्धन या कुछ अन्य वरिष्ठ साहित्यकारों से परिचय तो था, पर यह नहीं पता था कि इनमें से कौन सचमुच अपनी मदद कर पाएँगे।

उस दिन, वहाँ पहली बार समझ में आया कि 'नोपोटिज्म' क्या होता है! वह केवल सुशांत सिंह राजपूत, कंगना रनौत, समीर शर्मा, आशुतोष भाकरे, जिया खान... और न जाने इन जैसे सैकड़ों युवाओं को ही नहीं निगल जाता, वह आज हर तरफ, अपनी जड़ें बहुत गहरी जमा चुका है। देश के किसी भी 'राजनीतिक घराने का' एक बच्चा भी फौज में नहीं रहा! क्या यह अनिवार्य नहीं होना चाहिए कि राजनीति में आने की एक शर्त—पाँच वर्ष सेना में रहना भी होना चाहिए, जबकि कुछ देशों में ऐसी ही परंपरा है! क्या कुछ घरानों के बच्चे हम पर शासन करने के लिए पैदा हुए हैं और कुछ कुनबे, सरहदों पर अपने बच्चों की लाशें बिछाने के लिए... और किसान का बेटा किसान ही बने... ताकि देश का पेट भी भरना है। वह भला, सफल अभिनेता कैसे बन सकता है? कुछ अभिनेता भले ही किसान होने का अभिनय करें।

आपको आश्चर्य हो सकता है कि बड़ी-बड़ी हस्तियों के सिफारशी पत्र और फोन धरे रह गए और एक बहुत लम्बी, जटिल तथा पीढ़ादायक प्रक्रिया के बाद ऐसा हो पाया कि अंततः मैं नभाटा तक पहुँच ही गया! शायद यह मेरा तप था, भाग्य था, क्षमता थी, योग्यता थी, शालीनता थी, अनुभव थे—या फिर, ईश्वर द्वारा खोला गया, वह दूसरा द्वार! नवभारत टाइम्स आ जाने बाद पहली बार वह फ्लोर देखा था, जहाँ सचमुच का अखबार तैयार होता था। (अब यह भी वहाँ से नहीं निकलता।) यहाँ भी मुझे कुछ अच्छे मित्रों का साथ मिला, पर जड़ें खोदने वाले भी कम नहीं थे।

यहाँ तक पहुँचने की प्रक्रिया, मैं आपको इसलिए नहीं बता रहा कि हर संस्थान की अपनी कुछ व्यवस्थाएँ होती हैं। उनसे सहमति-असहमति, हमारा निजी मसला है। पत्रिकाओं की पत्रकारिता के बाद दैनिक अखबार की प्रक्रियाओं को समझने में ज्यादा समय नहीं लगा। खबरों की तात्कालिकता का महत्त्व और फिर जल्दी ही उनका 'मर जाना' भी समझ में आने लगा। सभी तकनीकि शब्दावली और वह पूरा प्रोसेस समझने में भी मुझे अधिक समय नहीं लगा... जिसे मैं तब, बाहर सड़क किनारे की जालियों से झाँक कर नहीं समझ पाया था।

आखिर वह दिन भी आया, जब मुझे स्वतंत्र रूप से, अपनी जिम्मेदारी पर एडीशन छोड़ना था। उस दिन वही सब याद करके आँखें भर आई थीं कि कल सुबह मेरे जैसा ही कोई लड़का, इस अखबार पर रबड़ चढ़ाकर, घर-घर डालेगा... और हो

सकता है कि उन्हें लड़कों में से कोई और लड़का—यहाँ तक पहुँचने के स्वप्न देखने लगे! ऐसे युवाओं के लिए भी यह संदेश तो बनता ही है कि—हर चमकने वाली चीज सोना नहीं होती!

जिन दिनों मैं यह स्वप्न देख रहा था, उन दिनों पत्रकारिता एक मिशन हुआ करती थी। इसमें मान-सम्मान, गरिमा, साहस, क्षमता, भाषा, समाज, राजनीति आदि सभी विषयों की अच्छी पकड़ अनिवार्य हुआ करती थी। उन दिनों यह माना जाता रहा कि पत्रकारिता कठिन करियर तो है ही, इसमें बहुत अधिक धन प्राप्ति की संभावना भी नहीं है। कम से कम ईमानदारी से तो और भी नहीं। तब यह भी लगता रहा कि जो मीडिया दुनिया-जहान के अन्याय और अत्याचार के खिलाफ पुरजोर आवाज उठाती है, उसके अपने भीतर तो पारदर्शिता होगी ही। यह भी सोचता रहा था कि जो पत्रकारिता दूसरों के शोषण व अन्याय पर आग-बबूला हो जाती है—वहाँ, सभी प्रकार से ईमानदारी व न्यायसंगत व्यवहार का ध्यान तो रखा ही जाता होगा। जहाँ दूसरे शोषित-पीड़ितों के हक में बड़ी-बड़ी 'लीड' लगाकर आवाजें उठाई जाती हैं, वहाँ उसकी अपनी अंदरूनी व्यवस्ता में तो 'राम राज्य' होगा ही। जहाँ किसी अन्याय या भ्रष्टाचार के खिलाफ—एक अदने-से कर्मचारी से लेकर... संतरी, मंत्री, मुख्यमंत्री और प्रधानमंत्री तक को कठघरे में खड़ा करने की क्षमता है, वहाँ कोई भीतरी अन्याय या भ्रष्टाचार नहीं होगा। वह अखबार जो हर खासोआम की आवाज बन जाता है, वहाँ अपनी बात कहने में कोई कठिनाई होगी, यही सब सोचता रहा था मैं।

❑❑❑

किन्तु मेरे ये सभी स्वप्न किसी रेत के टीले की तरह भरभरा कर बिखर गए। मेरी चयन-प्रक्रिया के साथ ही—शोषण, अत्याचार, भ्रष्टाचार, अन्याय और मानसिक प्रताड़ना का जो सिलसिला शुरू हुआ... वह मेरे आखिरी दिन तक चलता रहा। धीरे-धीरे पता चला कि मीडिया में भी माफिया बैठे हैं। इसका कारण भी था। पत्रकारिता के 'मिशन' होने का भ्रम, बेमौत मारा गया... और उसके स्थान पर, पत्रकारिता को एक 'व्यवसाय' में बदलने की कोशिशें शुरू हो गईं। इसमें भी जब कुछ मीडिया घरानों को पता चला कि 'कथित पत्रकारों' ने ही इसे 'दुधारू गाय' बना लिया है, तो उन्होंने भी पत्रकारिता का विशुद्ध व्यवसायीकरण करना शुरू कर दिया। कुछ 'महान' लोगों ने—'खबर छपने के पैसे... और खबर न छपने के पैसे' माँगने शुरू किए और साथी ईमानदार लोगों को नाकारा, बेईमान और मैनेजमेंट के विरुद्ध साजिशकर्ता आदि बता कर, भयानक मानसिक प्रताड़ना शुरू कर दी। तब कुछ अन्य मीडिया संस्थानों के भी कान खड़े हो गए। कुछ मीडिया घरानों ने 'खाओ भी, खिलाओ भी' की नीति अपनाई, तो कुछ ने अपने पत्रकारों का 'सदुपयोग' दूसरे कामों में भी शुरू कर दिया।

विभागीय पारदर्शिता और न्याय की दिमागी तस्वीरों को चापलूस और चुगलखोर चूहे कुतरने लगे। कुछ ऐसे ही 'कुकुर' मेरी पढ़ाई भी निगल गए और मुझे उस पीएच. डी. से भी आधे-अधूरे में हाथ धोना पड़ा। ईमानदारी और तटस्थता की खबरों में दीमक लगने लगी। आंतरिक अन्याय, शोषण और अत्याचार के खिलाफ उठने वाली आवाजों को तरह-तरह से प्रताड़ित कर खामोश किया जाने लगा। धीरे-धीरे पूरे पत्रकारिता जगत में ही एक अजीब मानसिकता उभर कर सामने आने लगी।

अपने दौर में ही यह समझ आने लगा था कि अब बिखराव, फैलाव और कसाव का विरोधाभासी समय शुरू होने लगा है। एक घुटन-सी होने लगी थी। मीडिया के कुछ ऐसे ही महानुभावों ने मुझे कई बार मौत के मुहाने तक पहुँचाया, मगर हर बार मेरे साहस, धैर्य और अब तक के अनुभवों ने बचा लिया। मेरा ही नहीं, मेरे देखते-देखते अनेक लोगों का करियर बर्बाद किया गया। ऐसे हर संस्थान में, ऐसी कितनी ही मजबूत लॉबी पनप जाती हैं, जो कितने स्वप्नों को—सुशांत सिंह राजपूत या ऐसे तमाम नामों में तब्दील कर देती हैं।

लेकिन मेरा मानना है कि कोई भी आसमां अंतिम नहीं है—स्वप्नों की उड़ान तो सातवें आसमान तक भरी जा सकती है!

इस बार ऐसा हुआ कि पुराने स्वप्न ध्वस्थ हो गए... और नए स्वप्न आँखों में थे ही नहीं, मगर इतना जीवट जरूर था कि जो भी होगा—देखा जाएगा! फिर एक बार खयाल आया कि यदि तब वहीं, केंद्रीय हिन्दी संस्थान में ही रह गया होता, तो इतना कुछ नहीं झेला होता। शायद आज किसी बड़े सम्मानित पद पर होता और भाषा की सेवा का सुख भी मिलता। फिर सोचा कि यदि अध्यापन ही चुना होता, तब भी यहाँ से बेहतर ही होता तथा भाषा और साहित्य की सेवा भी होती ही। हालाँकि ऐसा नहीं कि हमारी शिक्षा व्यवस्था में भी माफिया की घुसपैठ न हो गई हो ... मगर यह 'होता' बड़ी बुरी चीज है! आज अहसास हुआ कि जिन सपनों के पीछे मैं भाग रहा था—वे तो मृग-मरीचिका थे।

हमारा केवल शहर ही नंगा नहीं है, यहाँ तो पत्रकारिता, राजनीति और शिक्षा जैसी तमाम व्यवस्थाओं के भी तीन चेहरे नजर आने लगे थे! एक वह जो दिखाई देता है। दूसरा, जो दिखाई नहीं देता, मगर समझ में आता है। तीसरा वह, जो न दिखाई देता है, न समझ में आता है, किन्तु बहुत गहरे तक अपना असर रखता है।

इस बार माँ और पिता जी नहीं थे। मैं स्वयं पति और पिता हो गया था। लगा कि इतिहास एक बार फिर अपने आप को दोहरा रहा है। इस बार भी, बिना किसी से पूछे या बताये, सेवा काल के समाप्त होने से कई साल पहले ही नौकरी छोड़कर फिर से बाहर आ गया। इस बार सपने नहीं थे, अनुभव था। जिंदगी से लड़ने का माद्दा था। जुनून था।

कोई संस्थान किसी के बिना नहीं रुकता... पर कोई जुझारू जिद भी किसी संस्थान की मोहताज नहीं होती। लगभग 40 बरस की पत्रकारिता के बाद—पत्रकारिता से ही मोहभंग हो गया।

❑❑❑

[बस! राजा की जर्नी भी यहीं समाप्त होती है और आपकी भी। हमारा साथ भी यहीं तक था। भविष्य में फिर मिलेंगे, कुछ और नए कहानी-किस्सों के साथ। नए विषयों और नए पात्रों के साथ। पत्रकारिता के अनेक चेहरों से नकाब हटाएँगे जरूर, मगर वे फिर कभी!]

* 9 7 8 8 1 9 4 5 4 4 4 5 6 *
FCW - #0113 - 061026 - C0 - 216/140/9 - PB - 9788194544456 - Matt Lamination